Jörg Steinleitner
Räuberdatschi

PIPER

Zu diesem Buch

Irene Heigelmoser kann ihr Pech nicht fassen. Da ist heute Rosstag am Tegernsee und trotzdem teilt der Chef sie, die größte Pferdenärrin im ganzen Landkreis, zum sonntäglichen Putzdienst in der Bank ein. Den will sie einfach nur so schnell wie möglich hinter sich bringen. Doch wenig später hält ihr ein junges, gefährlich gut aussehendes Bankräuberpaar in Occupy-T-Shirts einen Revolver an den Kopf und will ausgerechnet von ihr den Tresorschlüssel! Eine halbe Stunde später liegt die Heigelmoserin gefesselt und geknebelt neben dem Filialleiter unter dessen Schreibtisch, und die Bankräuber schicken über das Internet ihre unglaublichen Forderungen in die Welt. Als die Videobotschaften schon bald globale Aufmerksamkeit erregen und die Bundeskanzlerin in Berlin einen ziemlich ungehaltenen Anruf aus China erhält, schlägt die Stunde von Bayerns heißester Polizistin: Anne Loop begibt sich in Gefahr.

Jörg Steinleitner, geboren 1971 im Allgäu, studierte Jura, Germanistik und Geschichte in München sowie Augsburg und absolvierte die Journalistenschule in Krems/Wien. 2002 ließ er sich nach Stationen in Peking und Paris als Rechtsanwalt in München nieder. Er veröffentlichte mehrere Bücher und schrieb unter anderem für das Süddeutsche Zeitung Magazin. Steinleitner, der bekannt ist für seine amüsanten, aufwendig inszenierten Lesungen, lebt und arbeitet in München sowie im Bayerischen Oberland.

Jörg Steinleitner

Räuberdatschi

Ein Fall für Anne Loop

Piper München Zürich

Mehr über unsere Autoren und Bücher:
www.piper.de

Von Jörg Steinleitner liegen bei Piper vor:
Tegernseer Seilschaften
Aufgedirndlt
Räuberdatschi

Jörg Steinleitner dankt dem Sternekoch Christian Jürgens von Herzen für sein exklusiv für dieses Buch entworfenes Rezept »Räuberdatschi mit Schwammerlsauce«.

MIX
Papier aus verantwortungsvollen Quellen
FSC® C014496

Originalausgabe
April 2013

Umschlaggestaltung und -motiv: bürosüd°, München
Satz: Satz für Satz. Barbara Reischmann, Leutkirch
Gesetzt aus der Quadraat
Papier: Munken Print von Arctic Paper Munkedals AB, Schweden
Druck und Bindung: GGP Media GmbH, Pößneck
Printed in Germany ISBN 978-3-492-30241-8

Die Gesetze der Physik sind stärker als die der Ökonomie.
Kjell Aleklett (Physikprofessor und Erdölspezialist)

Die Gesetze der Liebe sind stärker als die der Physik.

Zwei nackte Brüste an der Fensterscheibe im ersten Stock des Bankgebäudes. Der Fischer Wastl Hörwangl konnte es nicht fassen. Träumte oder wachte er? War es möglich, dass ihm die Wahrnehmung einen Streich spielte? Natürlich sah man durch ein Fernglas manches anders als mit bloßem Auge, aber wenn es nicht mit dem Teufel zuging, dann waren das sehr wohl zwei echte weibliche Brüste, resch und mittelgroß, hellhäutig und von der Scheibe etwas in die Breite gedrückt. Was hatten die Brüste dort verloren? Da stimmte doch etwas nicht!

Wastl Hörwangl war an diesem Tag allein zur Ballonfahrt gestartet. Die nächste Montgolfiade an dem See inmitten von Bergen würde erst im Winter stattfinden. Jetzt aber war Sommer, sogar einer, wie man ihn sich heißer nicht vorstellen konnte. Doch der Heißluftballon war wie ein Mensch. Der wollte bewegt werden, auch ohne Montgolfiade, und so hob Wastl Hörwangl in regelmäßigen Abständen ab, das Fernglas mit im Korb, außerdem eine kleine Flasche Kräuterschnaps aus der Destillerie vom Nachbarsee, dessen Wasser früher einmal blutrot gewesen war; nicht als Folge eines brutalen Verbrechens, wie sie das Tal seit einiger Zeit immer häufiger erschütterten, sondern wegen einer merkwürdigen Alge, der man dann vor Jahren mithilfe eines ausgeklügelten Wasserumwälzsystems den Garaus gemacht hatte.

Der moderne Mensch hatte Möglichkeiten, und er nutzte sie. Mitunter kamen verrückte Sachen dabei heraus: Schuhe, die mitzählten, wie viele Schritte jemand den ganzen Tag über machte, und dann ausrechneten, wie viele Kalorien man verbraucht hatte; Bücher, verborgen in tragbaren Miniaturfernsehern, die flach waren wie Bootsplanken, und Kühlschränke, die eigenmächtig Nahrungsmittel bestellten. Hörwangl hielt dies alles für einen ausgemachten Blödsinn und schüttelte den Kopf, als er an diese Erfindungen dachte.

Aber seine Gedanken kehrten flugs wieder zum Geschehen unter ihm zurück. Mit zusammengekniffenen Augen blickte er hinunter. Vom Ballon aus mutete das Bergtal ganz anders an als von seinem Boot aus.

Dann linste er noch einmal durch das Fernglas. Nein, er hatte sich nicht getäuscht. An der Bankfensterscheibe waren Brüste! Zweifellos war das keine Schaufensterpuppe. Die hatten harte Brüste, die sich nicht platt drücken ließen. Zweifellos stand da eine nackte Frau! Waren die Banker wegen der ganzen Krisen mittlerweile derart verzweifelt, dass sie auf solch krachlederne Werbemaßnahmen setzten? Und war so ein Marketinggag nicht etwas gewagt in einem Alpendorf, auch wenn es hier vor Wohlstandsverwahrlosten nur so wimmelte?

Wastl Hörwangl schraubte den Deckel von der Schnapsflasche und genehmigte sich einen großen Schluck. Als er erneut durch das Fernglas blickte, war die Busen-Erscheinung weg. Sachen gibt es in der Welt, sinnierte Hörwangl, die gibt es eigentlich gar nicht. Dann betätigte er den Brenner, dass es rauschte, und überblickte mit Stolz den See und die Gipfel, die ihn umgaben: Kogelkopf, Huder, Ring-, Setz- und Wallberg, Riederstein. Je weiter man oben war, umso schöner sah sie aus, die Natur, umso unbedeutender wurde das, was der Mensch schon alles angerichtet hatte. Der Mensch ist gefährlich, konstatierte Hörwangl mit gerunzelter Stirn. Der Mensch macht, was er will. Sogar mit Brüsten.

Während die Entscheidung, auf einen Lottogewinn zu hoffen, der religiösen Vertagung des Glücksverlangens entspricht, stellen die Phantasien und Träumereien von einem gelungenen Bankraub eine konkrete Utopie dar.

Klaus Schönberger (Kulturwissenschaftler und Historiker)

EINS

Die Sonne ist ein Depp.

Das dachte sich zumindest die Putzfrau Irene Heigelmoser.

Mehr als denken ging momentan auch gar nicht, weil ihre Lippen mit einem silberfarbenen Gewebeklebeband versiegelt waren. Schweigen war in diesem seltenen Fall also nur Silber.

Warum aber dachte die Heigelmoserin so über die Sonne?

Das ist schnell erklärt: Heute war Rosstag an dem See inmitten von Bergen, und während die anderen feierten, umwabert vom aufgeregten Schnauben der Tiere und dem würzigen Geruch bayerischer Pferdeäpfel, saß die Heigelmoserin gefesselt und geknebelt auf dem Teppichboden des Zimmers ihres Chefs. Den Teppich sollte sie laut Dienstplan eigentlich gerade saugen. Was offensichtlich nicht möglich war.

Und als wäre ihre Lage nicht schon schlimm genug, schien jetzt auch noch die Sonne derart unverschämt. Es hätte ja auch regnen können, oder zumindest hätte sie, die Sonne, von Wolken verdeckt sein können. Malefiz. Dann wäre die Situation vielleicht nicht ganz so verheerend gewesen.

Die Riesenwut der Heigelmoserin kam daher, dass sie pferdenarrisch war. Und der Rosstag war sozusagen der Tag des Pferdes an dem bayerischen Millionärssee. Insofern hatte die Heigelmoserin auch alles andere als begeistert reagiert, als ihr Chef, der Herr Robert Ochsenknecht, ausgerechnet sie für den Putzdienst am letzten Sonntag im August eingeteilt hatte.

Aber sie hatte sich gegen die Einteilung nicht gewehrt. Denn erstens vermutete sie tief verborgen in der Seele des Robert Ochsenknecht einen kleinen sadistischen Teufel, und zweitens war das derzeit nicht so gefragt im Land: dass man als Untergebener die Stimme erhob, wenn einem etwas nicht passte. »Aufmucken is' grad' need so en Woge«, so hätte es die lässige Boutiquenbesitzerin Kelly Reibeisen von der Hauptstraße oder eine andere Dame von Welt vermutlich formuliert (die Reibeisen Kelly ist die mit den schweren Goldklunkern und den aufgepumpten Lippen; jeder kennt sie, manche mögen sie).

Die Heigelmoserin hatte es in einer Nachrichtensendung gesehen und gehört: Wer sich dieser Tage gegenüber seinem Chef aufmandelte, konnte schon bald eine Änderungskündigung mit gestrichenem Weihnachtsgeld und ähnliche unerfreuliche Mitteilungen im Briefkasten vorfinden. Wer etwa eine übrig gebliebene nackte Semmel, die sowieso weggeschmissen worden wäre, weil sie den feinen Herren zu trocken war, mit heim nahm, um Semmelknödel als Schweinsbratenbeilage daraus zu formen – jetzt nur als Beispiel –, dem wurde gekündigt, wegen Diebstahl und so. Unerfreulich, das. Man könnte auch sagen: eine Sauerei.

Deshalb hatte die Heigelmoserin auch in Sachen Dienstplan nicht aufgemuckt und für den Rosstag eine andere Strategie ins Auge gefasst: Besonders schnell wollte sie putzen und auch gar nicht überall, sondern nur da, wo man es besonders gut sehen konnte – und dann ab zum Rosstag und mitfeiern. Man lebt nur einmal – »Karpfen Dielen«, das war das Lebensmotto der Irene Heigelmoser, oder wie das auf Lateinisch hieß.

Im Grunde war der Heigelmosersche Plan zweifellos gut. Aber er hatte einen Haken: Es kam ein Verbrechen dazwischen.

Als Irene Heigelmoser um Punkt zehn Uhr die Hintertür zur Bankfiliale in der nördlichen Gemeinde des Bergsees, direkt gegenüber des kleinen Bahnhofsgebäudes, aufsperrte, geschah es: Genau in dem Augenblick, in dem die Musikkapellen in der Kuranlage der südlichen Seegemeinde mit dem rosstäglichen Musizieren begannen (neben den heimischen Musikanten waren auch welche aus Südtirol und dem Schwarzwald angereist), war für Irene Heigelmoser auf einen Schlag schon alles vorbei. Und das mit dem Schlag ist wörtlich zu verstehen. Knock-out.

Als Irene Heigelmoser, achtundvierzig, verwitwet, drei erwachsene Kinder, aus ihrer Ohnmacht erwachte, verspürte sie einen ebenso dumpfen wie gewaltigen Schmerz am Hinterkopf. Es war ihr unmöglich, mit der Hand die Größe der zu vermutenden Beule zu ertasten, denn man hatte ihre Hände bandagiert, vermutlich mit demselben Gewebeklebeband, das ihr jegliche mündliche Äußerung, die über ein »mmh, mmh« hinausging, verwehrte. Immerhin waren ihr die Augen nicht verbunden oder verklebt worden, weshalb Irene Heigelmoser wusste, wo sie sich befand: Sie lag in der Bank, die sie eigentlich reinigen sollte. Und zwar im Zimmer ihres Chefs Robert Ochsenknecht, genauer: unter dessen Schreibtisch. Der Moment, in dem Irene Heigelmoser sich daran erinnerte, dass der Chef mit seinen Schweißfüßen hier oft ohne Schuhe saß, währte nur kurz. Sollte sie tatsächlich auf Schweißfußterrain liegen, so war dies derzeit angesichts der sonstigen Umstände das geringste Problem.

Denn alles sprach dafür, dass sie heute nicht mehr zum Rosstag kam; dass sie den Frühschoppen mit der Danzlmusi der Musikschule ebenso verpassen würde wie den großen Festumzug von der Ganghoferstraße zum Festplatz, und natürlich die Pferdesegnung. Mit Abstand betrachtet war die Situation sogar noch übler, da sie ja keine Ahnung hatte, geschweige denn eine Vorstellung, wie lange sie ohnmächtig gewesen war. Womöglich hatte Irene Heigelmoser all diese Höhepunkte bereits verpasst, nicht zuletzt auch die königliche Schleppjagd und die Vorführungen der Reitergruppen des berühmten Oswald-von-Wolkenstein-Ritts aus der Partnergemeinde Kastelruth. Es war ein Jammer! Am Ende war der Rosstag längst vorbei! Mit allem Drum und Dran! Und womöglich, das wurde Irene Heigelmoser mit furchterregender Klarheit bewusst, womöglich befand sie sich dazu noch in Lebensgefahr! Denn was sonst sollte hier anderes geschehen sein, als dass ihr ein brutaler Verbrecher beim Aufsperren der Hintertür mit einem harten Gegenstand auf den Kopf geschlagen, sie in den ersten Stock der Bank geschleift, gefesselt und geknebelt und unter dem Chefschreibtisch abgelegt hatte, und ...

Irene Heigelmoser traute sich kaum, weiterzuspekulieren: Hatte der unbekannte Grobian sie während der Bewusstlosigkeit etwa auch vergewaltigt? Wie blöd war sie eigentlich, dass sie im aufreizenden Dirndl zum Putzen ging? Da war man ja praktisch Freiwild!

Aber natürlich hing die Wahl ihrer Bekleidung mit dem ursprünglichen Plan zusammen, direkt vom Putzen zum Rosstag zu gehen. Immerhin schien das Gewand, soweit die Heigelmoserin das in ihrem Zustand beurteilen konnte, in ordnungsgemäßem Zustand. Und wenn sie gedanklich ihren Unterleib absuchte – das hatte sie im Kurs »Autogenes Training für Einsteiger« in der Volkshochschule gelernt –, dann saß auch die bequeme Damenunterhose, oder wie man neuerdings sagt: High-Waist-Slip, noch am richtigen Ort. Abgesehen davon verspürte sie nichts, was zwischen den Beinen anders gewesen wäre als sonst. So, wie sich das anfühlte, hatte also niemand etwas zwischen ihren Schenkeln gemacht, was gegen ihren Willen gewesen wäre.

Dank dieses bei allem Unglück doch insgesamt positiven Resümees gelang Irene Heigelmoser noch ein wesentlich komplexerer Gedankengang: Wenn sie es sich recht überlegte, konnte seit ihrem Dienstantritt an der Bankhintertür noch gar nicht so viel Zeit verstrichen sein. Es musste noch Sonntag und damit Rosstag sein, denn wäre es bereits Montag, wären sicherlich schon der Filialleiter Ochsenknecht und die anderen Bankmitarbeiter sowie der eine oder andere Bankkunde aufgekreuzt. Da draußen schien aber niemand zu sein. Totenstill war es. Und nicht einmal von dem Verbrecher, der sie halb tot geschlagen hatte, war etwas zu hören, geschweige denn zu sehen. War das nun ein gutes oder ein schlechtes Zeichen?

Plötzlich verspürte Irene Heigelmoser ein mulmiges Gefühl im Bauch. Gerade so wie damals, als sie frisch verliebt mit ihrem mittlerweile verstorbenen Mann auf dem ausgesetzten Gipfel des Leonhardstein gestanden hatte und sie ihr Geliebter kurz mit der linken Hand geschubst und sofort mit der rechten wieder gehalten hatte. Obwohl Irene Heigelmoser damals mit Leib und Seele in ihren Zukünftigen vernarrt gewesen war, hatte sie diesen Augenblick als schreckliches Erlebnis in Erinnerung.

Um das unangenehme Gefühl loszuwerden, rollte sie sich auf die Seite und konzentrierte sich auf den Anblick des dunkelblauen Teppichs unter dem Schreibtisch. Eine ganze Weile studierte sie die merkwürdigen Flecken, die sie noch bei keinem einzigen Putzeinsatz hatte entfernen können, nicht einmal durch intensivstes Shampoonieren mit Spezialmitteln, als sie blitzartig ein Schreck durchfuhr: Im Türrahmen stand ein Mann, ein Fremder. Der Verbrecher.

Irene Heigelmoser begann, am ganzen Leib zu zittern. Das Blut stieg ihr in die Wangen, ihre Hände wurden schwitzig. Im Kopf wummerte der Schmerz. Sie hatte Angst. Was würde jetzt passieren?

Der Mann tat einen Schritt in den Raum hinein, und Irene Heigelmoser konnte sehen, dass er groß und schlank, aber noch sehr jung war, vielleicht Anfang zwanzig. Sein Gesicht war schmal, bartlos und blass. Irgendwie sah der Kerl überhaupt nicht wie ein Bankräuber aus. Und wie ein Vergewaltiger schon gar nicht.

Irene Heigelmoser war sich nicht sicher, ob es richtig war, sich direkt nach dieser Erkenntnis zu entspannen. Aber eine Putzfrau ist ja kein Roboter. Und deswegen macht ihr Körper mitunter, was er will. Und es wird schon seinen Sinn haben, dass das so ist. Denn dieser Kerl da sah einfach überhaupt nicht so aus wie einer, der ihr vor Kurzem einen Schlag auf den Kopf versetzt haben sollte, an dem sie auch hätte sterben können. Eher, dachte sich Irene Heigelmoser, eher sieht der aus wie einer der beiden Moderatoren von diesem Jungeleuteprogramm im Fernsehen, Schoko und Kas, oder wie die hießen.

Was ich mir nicht alles denke!, wunderte sich Irene Heigelmoser über ihr ratterndes Hirn. Dies aber nur etwa eine Sekunde lang, denn jetzt glaubte die Reinigungsfrau zu spüren, dass etwas Klebriges in ihren schwarz gefärbten Haaren hing. (Sie putzte zwar nur, aber immerhin an einem Millionärssee. An solch einem Ort war graues Haar Gift fürs Geschäft.) War das Klebrige Blut? Und dann schoss ihr eine weitere Frage durch den Kopf: Warum trug der Mann keine Maske? Sie erschrak. Denn eines wusste die erfahrene Fernsehkrimizuschauerin: Tatopfer, die das Gesicht eines Verbrechers gesehen hatten, wurden praktisch immer umgebracht. Zur Vertuschung der Tat, zur Erschwerung der Festnahme. Schnell schloss Irene Heigelmoser die Augen. Vielleicht ließ der Übeltäter sie dann leben.

»Gutön Tag«, sagte der Bankräuber. »Mein Namö ist Rififi.«

Sofort erkannten die feinen bayerischen Ohren der Irene Heigelmoser, dass dieser Verbrecher kein Deutscher sein konnte. Aber der Akzent kam ihr bekannt vor ... Richtig, der Fußballer des FC Bayern mit der Sexaffäre und der Narbe im Gesicht, der sprach auch so. Änderte die Nationalität des Bösewichts nun irgendetwas an ihrer Situation? Konnte sie die Augen jetzt wieder öffnen? Noch immer rauschten die Fragen so schnell durch das Heigelmosersche Hirn wie die Alpenmöwen über den See.

Der Kidnapper setzte seine Rede fort: »Iesch nieschts Ihnen möschte tun.«

Ja, ja, dachte sich Irene Heigelmoser, das sagen sie alle, die Mörder, die Vergewaltiger, die Totschläger und die ganze Bagage. Um die Opfer ruhig zu halten. Und am Ende wurde kaltblütig getötet und vergewaltigt – oder andersherum.

»Warum 'aben Sie zu die Augön?«, fragte der junge Mann nun. »Tut weh was?«

Jetzt musste Irene Heigelmoser antworten, alles andere wäre unklug gewesen, aber sie hatte ja dieses vermaledeite Klebeband über dem Mund. Sie bemühte sich, so energisch und deutlich wie möglich zu sprechen, doch sie brachte nur ein »mmh, mmh, mmh!« hervor.

»Ah, bien sûr, sieschör, sieschör.« Ihr Peiniger begriff und begann, an dem Klebeband herumzuzupfen, was sehr wehtat. Und das, obwohl die Putzfrau sich wegen des Rosstags noch am Vortag die Härchen über der Oberlippe entfernt hatte. Aber natürlich, das war Irene Heigelmoser klar wie ein Gebirgsbach, waren diese Schmerzen erst der Anfang. Wer weiß, was er ihr noch alles antun würde, dieser Unhold! Unwillkürlich dachte Irene Heigelmoser an den Kannibalen von Rotenburg.

»So, jetzt ist sie weg die doofe Ding«, kommentierte der Mann seine für sie so schmerzhafte Aktion. »Es war eine Sieschör'eitsmaßnahme. Die brauchen wir niescht mehr jetzt. Aber iesch 'abe eine Bitte.« Die Heigelmoserin sah ihn verunsichert an. »... schreien Sie bitte niescht.«

Hielt der sie eigentlich für verrückt? Natürlich würde sie nicht schreien! Wer bei einer Geiselnahme schrie, war genauso dem Tod geweiht wie all jene Opfer, die das Gesicht des Täters gesehen hatten.

»Warum also 'aben Sie zu die Augön?«

»Weil«, antwortete Irene Heigelmoser nach einer kurzen Pause und mit verzweifelt klingender Stimme, »weil, wenn ich Sie einmal gesehen habe, Sie mich sicher umbringen. Ich will aber nicht sterben. Ich will mit diesem ganzen Scheiß hier überhaupt nichts zu tun haben. Ich bin hier nur die Putzfrau. Von mir aus rauben Sie die Bank aus, aber lassen Sie mich in Gottes Namen am Leben.« Sie zögerte. »Deshalb schaue ich Sie nicht an. Ende. Punkt. Aus. Amen.« Irene Heigelmoser stellte überrascht fest, dass ihre letzten Worte gar nicht mehr so zittrig geklungen hatten.

»Iesch werde Sie niescht bringen um«, beteuerte der Bankräuber.

»Ja, ja, das sagen's alle. Das kenne ich schon. Ich für meinen Fall mache die Augen jedenfalls nicht auf.« Sie dachte kurz nach. »Es sei denn, Sie ziehen sich eine Maske über den Kopf oder so einen Damenstrumpf, meinetwegen auch einen Motorradhelm, wie das Bankräuber ja üblicherweise tun. Es muss jedenfalls sichergestellt sein, dass ich Sie nicht erkennen kann. Darum geht es mir.«

»Iesch bitte Sie, öffnen Sie die Augön. Sonst Sie niescht können kooperieren mit uns. Wir aber Sie brauchen.«

»Dass ich nicht lache!«, entfuhr es der Gefesselten. So ein Theater hatte sie ja noch nie erlebt!

»Iesch meine das ernst. Wir werden nur 'aben Erfolg, wenn Sie machen mit.«

»Aber ich will ja vielleicht gar nicht, dass Sie Erfolg haben!«, erwiderte die Putzfrau trotzig und registrierte im selben Moment ihren Fehler. Denn natürlich musste sie dem Mordbuben das Gefühl geben, mitzuspielen. Sonst wurde der am Ende nervös und brachte sie um.

»Kommen Sie, machen Sie auf die Augön.«

Die Heigelmoserin fand es zum Schießen: Der Mann, der sich anhörte wie dieser berühmte Fußballspieler, bettelte jetzt beinahe. Im selben Moment fiel Irene Heigelmoser auch ein, woher der Bayernprofi kam.

»Sie sind nicht aus'm Tal, gell?«, fragte sie. Vielleicht konnte sie ihn so etwas ablenken. »Sie sind ein Franzos', oder?«

»'ört man das?«, fragte der Bankräuber.

»Ja ... na ... fast gar nicht«, schwindelte Irene Heigelmoser. Wer weiß, vielleicht dachte der Typ ja, dass er perfekt Bairisch sprach, und war stolz darauf. »Sie sprechen schon sehr gut Deutsch, also halt für einen Ausländer. Äh, zum Bairisch fehlt da allerdings schon noch ein Stückerl. Aber das macht ja nix. Bairische Sprache, schwere Sprache.«

»Also, dann machen Sie jetzt bitte auf die Augön!«

»Aber nur, wenn Sie mir hoch und heilig versprechen, dass Sie mir nichts antun. Nur dann. Sonst bleiben die Augen zu.«

»Iesch versprechö!«, sagte der Franzose und klang dabei durchaus glaubwürdig.

Vielleicht war es der größte Fehler ihres Lebens – und womöglich einer der letzten Fehler, die sie überhaupt noch vor ihrem Tod würde begehen können –, aber tatsächlich öffnete die gekidnappte Reinigungsfrau jetzt die Augen und blickte dem Milchbubi, der sie bewusstlos geschlagen haben musste, ins Gesicht.

Nun nahm sie auch wahr, dass sein Haar schwarz und halblang war und dass er ein T-Shirt mit der Aufschrift OCCUPY trug. Just in dem Moment, in dem sie darüber nachdachte, dass der Name Rififi und das Wort OCCUPY ganz schön nach Indianerstamm klangen, durchfuhr sie erneut ein Schreck. Denn wie aus dem Nichts aufgetaucht stand plötzlich eine weitere Person neben dem Geiselnehmer. Es war eine junge Frau. Sie war blond und hatte ihr langes Haar zu zwei Zöpfen geflochten, die rechts und links vom Gesicht auf die Schultern herabfielen. Das Mädchen verbeugte sich leicht vor der auf dem muffigen Fußboden liegenden Gefesselten und sagte: »Hi, ich bin die Jorina. Und wie heißt du?«

Irene Heigelmoser antwortete nicht sofort, sie war erstaunt: Zum einen hatte die junge Bankräuberin sie geduzt, zum anderen konnte die schlaksige Person – sie war sicher fast einen Meter achtzig groß – wesentlich besser Deutsch als dieser Rififi.

Wenngleich leider nur irgend so einen hochdeutschen Dialekt und kein Bairisch.

»Irene Heigelmoser«, antwortete die Putzfrau. Und fügte ein wenig pampig hinzu: »Ich bin mir übrigens nicht sicher, ob ich mit wem per Du sein mag, der mich halb tot schlägt.«

»'aben Sie Weh an die Kopf?«, erkundigte sich der Franzose fürsorglich. »Wir werden gleich nachher bestellen für Sie ein Kopfschmerztablett. Sie müssen sein fit. Wir Sie noch brauchen.«

»Ja, tut uns echt leid, dass wir dich k.o. schlagen mussten, aber ging ja nicht anders. Wie hätten wir sonst in die Bank reinkommen sollen?«, ergänzte die Lange die Ausführungen ihres Komplizen.

»Vielleicht durch den Haupteingang? Und während der Geschäftszeiten?«, brauste Irene Heigelmoser auf, deren messerscharfer Verstand zeitgleich vermeldete, dass die Bankräuberin so redete wie der ostfriesische Komiker mit den blonden langen Haaren, der so gut Witz-Elefanten zeichnen konnte. »Ihr habt's mir den ganzen Rosstag versaut, ihr Banditen! Was fällt euch ein? Mich auf den Kopf hauen, das tut weh, und außerdem ist's Körperverletzung!« Sie zögerte. »Ihr seid's ja fast noch Kinder, und außerdem nicht von hier. Was wollt's ihr denn überhaupts?«

»Müssen Sie auch in die Tresorraum putzen?«, fragte jetzt der Franzose, ohne auf Irene Heigelmosers Tirade einzugehen.

»Ja!«, bellte die am Boden Liegende wütend. »Alles muss ich putzen. Oder meint's ihr vielleicht, dass der Ochsenknecht, der faule Hund, selbst einen Lumpen in die Hand nimmt?«

»Supi!«, flötete hierauf die junge Frau, die sich mit einem Mal ganz glücklich anhörte. »Kannst du uns den gleich mal aufschließen?«

»Nein!«, blaffte die Putzfrau.

Die beiden jungen Bankräuber blickten sie erstaunt an. Aber die Heigelmoserin hatte eine Erklärung parat: »Weil der wird am Sonntag nicht geputzt. Und heute ist Sonntag.«

»Non, Sie niescht verstehen. Passen Sie auf: Es ist uns egal, ob Sie an normale Tage putzen die Tresorraum oder niescht. Heute ist niescht normal. Wischtieg ist für uns, dass Sie aufschließen ihn. Immédiatement.« Rififi klang jetzt nicht mehr so freundlich wie noch gerade eben.

»Ja, das geht aber nicht«, erwiderte Irene Heigelmoser genervt.

»Und warum nicht?«, wollte nun die Blonde wissen. Auch sie schien jetzt die Geduld zu verlieren.

»Weil ich für den Tresorraum keinen Schlüssel habe. Den hat der Ochsenknecht, das ist unser Chef. Immer wenn ich den Tresorraum putz, dann muss der mir aufsperren. Und weil der Tresorraum ja nicht so gut besucht ist wie ein Hirlwimmer-Konzert, kommt das auch nur relativ selten vor, dass ich dort putze.« Irene Heigelmoser dachte kurz nach. »Kennt's ihr den Hirlwimmer überhaupts?« Da niemand antwortete, sang sie kurz Hirlwimmers neuesten Hit an: »Hey, hey, ihr lieben Leute, wir feiern hier und heute, tausendundeine Nacht, wir feiern, dass es mächtig kracht ...« Und fügte erklärend hinzu: »Der Hirlwimmer Hanni ist der berühmteste Schlagersänger der Welt, und übrigens: Der kommt aus unserem Tal.«

Die musikalische Einlage und die anschließende Aussage kommentierte der französische Bankräuber mit einem trockenen »Merde«, während das Mädchen mit den Zöpfen ein »Shit« hinterherschob. Irene Heigelmoser war kurz davor, ein wenig beleidigt zu sein, denn der Hirlwimmer war wirklich ein Star, da verließen die beiden Bankräuber bereits wortlos das Chefzimmer und knallten die Tür hinter sich zu.

Als die Putzfrau wieder allein war, spielte sie kurz mit dem Gedanken, die frisch gewonnene Redefreiheit zu nutzen und zu schreien. Allerdings war es fraglich, ob sie jemand hörte, ehe die Bankräuber wieder bei ihr wären und ihr noch eines überzogen. Den Rosstag konnte sie sowieso abhaken.

Einen winzigen Vorteil hatte dieser völlig überflüssige Bankraub aber dann doch für sie: Sie musste nicht putzen. Es war nämlich nicht so, dass ihr das Putzen übermäßig Spaß machte. Bezahlen müsste sie der Ochsenknecht, der knickrige Hund, aber trotzdem. Das würde sie verlangen. Schließlich war sie auch als Gefesselte im Dienst. Da würde der Ochsenknecht vor dem Arbeitsgericht keine Chance haben, sollte er versuchen, ihr die Stunden der Geiselnahme vom Lohn abzuziehen. Dessen war sie sich sicher, also jedenfalls ziemlich. Und natürlich würde auch der Sonntagszuschlag fällig werden, obwohl sie ja genau genommen nur faul herumlag.

Gerade, als sich Irene Heigelmoser mühsam auf die Seite gerollt hatte, um ein wenig bequemer liegen zu können, ging die Tür wieder auf. Es war die junge Frau, nun allein. Und – diese gefährliche Tatsache vertrieb alle Gedanken über einen etwaigen Prozess mit dem Filialleiter Ochsenknecht in Windeseile: In der rechten Hand hielt diese Jorina einen riesengroßen, pechschwarzen Revolver. Solche Schusswaffen kannte Irene Heigelmoser nur aus Westernfilmen. Aber dass das hier kein Film war, war auch klar.

Jorina trat zu ihr hin, kniete sich neben ihrem Rücken nieder, sodass die Putzfrau sie nur aus dem Augenwinkel sehen konnte, und hielt ihr die Waffe an die Schläfe.

Dann sagte Jorina mit einer Härte, die Irene Heigelmoser diesem schlaksigen Mädchen vor einer Minute noch nicht zugetraut hätte: »Du schließt uns jetzt den Tresorraum auf, dass das mal klar ist!«

»Ich habe Ihnen doch schon gesagt, dass ich den Schlüssel nicht habe!«, presste die Bedrohte hervor. »Aufsperren kann den nur der Ochsenknecht!«

Hierauf hörte die Putzfrau, dass Jorina irgendetwas mit der Waffe machte, sodass es klickte. Irene Heigelmoser war sich sicher, dass die Pistole jetzt scharf war.

»Du sagst mir jetzt sofort, wie wir in den Tresor kommen! Sonst knall ich dich ab.«

Irene Heigelmoser wusste nicht, wie ihr geschah. Ihr ganzer Körper wurde auf einen Schlag siedend heiß, sie fühlte, wie sich ihre Wangen mit Blut füllten, sogar das Dekolleté musste nun knallrot sein, denn das passierte ihr immer, wenn sie sich aufregte. Sie schwitzte aus allen Poren, Putzfrauenschweiß. Aber was sollte sie tun? Sie konnte den vermaledeiten Tresorraum nicht öffnen!

Sie nahm ihren ganzen Mut zusammen und versuchte so klar wie möglich und in ruhigem – man könnte sagen: mütterlichem – Tonfall zu verdeutlichen: »Jetzt überleg doch mal, Kind. Wie verrückt müsste denn eine Bank sein, wenn die Putzfrau am Sonntag allein in den Tresorraum kommen könnte? Das ist doch ein Mordsschmarren, den ihr euch da ausgedacht habt's. Bitte glaubt's mir! Ich kann euch den nicht aufsperren!«

»Bei drei erschieße ich dich«, sagte Jorina eiskalt und ohne auf die Erklärungen ihres Opfers einzugehen.

Irene Heigelmosers ganzer Körper krampfte sich zusammen.

»Eins.«

Wie der Diavortrag des hiesigen Kaplans über dessen Heimatland Korea zog Irene Heigelmosers ganzes Leben an ihr vorüber, Bild für Bild, aber ziemlich unscharf. Die Putzfrau dachte an ihren Mann und erinnerte sich, wie er ausgesehen hatte, nachdem ihn der Krebs aufgefressen hatte. Sein Gesicht war noch fast so wie immer gewesen, vielleicht ein wenig voller wegen der ganzen Chemie, die sie in ihn hineingepumpt hatten. Aber unter seinem Nachthemd, neben seiner linken Brust, da hatte sich die Haut nach oben gewölbt, als hätte der Kurt darunter einen Tennisball versteckt.

»Zwei.« Unerbittlich zählte Jorina weiter.

Irene und Kurt Heigelmosers Ehe war nicht immer ideal verlaufen. Der Kurt hatte gern getrunken. Aber er war ein guter Vater gewesen. Aus allen drei Kindern war etwas geworden. Der Franz war auf der Meisterschule für Feinmechanik, die Isi hatte Hotelfachfrau gelernt und war verlobt, und der Quirin studierte sogar aufs Grundschullehramt. Die Heigelmoserin konnte sich beim besten Willen nicht beklagen.

»Drei.«

Die wird doch jetzt nicht schießen, die wird doch jetzt nicht ... Der Revolver machte ein klackendes Geräusch. Irene Heigelmoser konnte nicht mehr weiterdenken. Ihr wurde flau im Magen und schwarz vor Augen.

Das ist der Himmel, dachte sie für einen Augenblick, als sie wieder zu sich kam. Aber dann erkannte sie, dass immer noch diese Jorina neben ihr kniete. Und diese nichtsnutzige Göre hatte im Himmel ja wohl beim besten Willen nichts verloren, das war so sicher wie das Amen in der Kirche. Aber was war geschehen? Ein Blackout? Wie viel Zeit war vergangen?

»Ich lebe?«, stellte die Heigelmoserin erstaunt fest.

»Der Revolver war nicht geladen. Ich wollte nur abchecken, ob du die Wahrheit sagst«, erklärte Jorina cool.

»Ich bin katholisch«, beteuerte die Putzfrau, weil sie meinte, dass dies für ihre Ehrlichkeit spreche. Sie fühlte sich ganz schwach und klapperig.

»Eben«, meinte das Revolvermädchen. Mit einem Papiertaschentuch wischte es der Putzfrau beinahe zärtlich den Schweiß von der Stirn.

»Was wollt's ihr denn überhaupts?«, fragte Irene Heigelmoser hilflos.

»Den Schlüssel«, erwiderte Jorina bestimmt. Die Putzfrau stellte fest, dass das Mädchen unter dem T-Shirt keinen BH trug. Vor dreißig Jahren war das ja Mode gewesen. War das jetzt auch wieder in?

»Aber warum überfallt's ihr dann ausgerechnet so eine kleine Bank, in einem kleinen Dorf, an einem kleinen See? Und warum ausgerechnet am Sonntag, wo doch eh niemand da ist?«

»Weil wir political correct sind. Wir wollen so wenige Menschen wie möglich töten. Und am Sonntag ist eine Bank leer.

Außerdem kommt uns dieser Pferdefeiertag entgegen, weil dann die Polizei mit anderem Kram beschäftigt ist.«

»Soso, ›political correct‹ findet ihr das.« Irene Heigelmoser sprach die Worte mit Abscheu aus. »›So wenige Menschen wie möglich töten‹ …«

»Wir kämpfen für 'ne gute Sache.«

»Darf man für eine gute Sache jemandem derart auf den Kopf hauen, dass er ohnmächtig wird? Und ihm hinterher noch mit einem Revolver einen solchen Schrecken einjagen, dass er fast einen Herzinfarkt kriegt? Darf man für eine gute Sache jemanden umbringen? Kann ein Banküberfall überhaupts politisch korrekt sein? Ha?«, fragte Irene Heigelmoser, vor Empörung zitternd.

»Banken sind Schweine«, erwiderte Jorina trotzig.

»Aber ich bin doch keine Bank!«, rief die Putzfrau vorwurfsvoll. »Und schon gar kein Schwein! Ich mach hier bloß meine Arbeit, fertig, aus.«

»Du bist ein Kollateralschaden.«

Die Heigelmoserin machte »pfff«.

»Wirst du immer gut behandelt?«

»Von wem?«

»Von deinem Chef.«

»Nein, nicht immer«, gestand die ältere der jüngeren Frau.

»Na also!«

»Der Herr Ochsenknecht ist schon manchmal nicht so korrekt, also jetzt unabhängig von politisch.«

»Na, siehst du«, erwiderte Jorina mit Genugtuung in der Stimme. »Und deshalb knöpfen wir uns den als Nächstes vor. Ruf ihn an – jetzt!«

Irene Heigelmoser war hin- und hergerissen. Einerseits konnte sie den Ochsenknecht nicht leiden. Er war ein verlogener Hund. Zwar schenkte er ihr immer einen Blumenstrauß zu ihrem Geburtstag und zwang alle Bankmitarbeiter, ihr irgendeinen gut gemeinten Schmarren auf die Glückwunschkarte zu schreiben, aber wenn es ums große Ganze ging, dann war er knickrig wie Dagobert Duck. Ohne mit der Wimper zu zucken, hatte er während der Bankenkrise ihren Lohn noch einmal um einen Euro fünfzig die Stunde gekürzt und einen Urlaubstag sowie das Weihnachtsgeld gestrichen. In derselben Woche hatte sie aber auf seinem Schreibtisch beim Putzen den Brief eines Autohauses gefunden, in dem sie Ochsenknecht zur Bestellung eines Porsches gratulierten. In derselben Woche! So einen konnte man schon einmal anlügen.

Allerdings, das musste man ebenfalls bedenken, waren diese jungen Bankräuber auch nicht ganz koscher. So wie die auftraten, schreckten die vor nichts zurück, wenn es hart auf hart kommen sollte. Sie hatten einen Revolver und waren ganz offensichtlich bereit, ihn einzusetzen. Am Ende schob Irene Heigelmoser aber alle Bedenken zur Seite und rief den Chef auf seinem Handy an.

»Ja? Was?«, meldete sich der unfreundliche Schofel. Manieren hatte er keine, das war Irene Heigelmoser schon früher aufgefallen.

»Hier spricht die Heigelmoser Irene, sind Sie's am Apparat, Herr Ochsenknecht?«

»Ja.« Im Hintergrund waren laute Stimmen und Blasmusik zu hören.

»Sie – Sie müssten einmal in die Bank kommen.«

»Was?«, schrie der Filialleiter ins Mobiltelefon. Irene Heigelmoser mochte Handytelefonate nicht, denn wegen der schlechten Tonqualität und Nebengeräusche, fand sie, spürte man den Gesprächspartner nicht so richtig.

»In – die – Bank – kom-men!«, wiederholte die Putzfrau, der ihre Peiniger für das Telefonat das Gewebeklebeband auch von den Händen gerupft hatten.

»Wer?«, schrie Ochsenknecht jetzt.

Irene Heigelmoser schüttelte verzweifelt den Kopf.

»Sie müssen bleibön dran«, flüsterte ihr der französische Geiselnehmer aufmunternd zu. »Setzen Sie ihn unter Druck!« Auch Jorina winkte auffordernd mit dem Revolver.

»Ja, Sie!«, sagte Irene Heigelmoser laut. Und leise für sich: »So ein Depp.«

Dann holte sie noch einmal tief Luft und schrie nun ihrerseits: »Sie müssen in die Bank kommen, Herr Ochsenknecht. Sofort. Dies ist ein Notfall. Mir haben ... mir haben ... mir haben Wasser im Keller.« Und nach einer Pause wiederholte sie noch einmal überdeutlich: »Was-ser – im – Kel-ler.« Konnte der Depp nicht irgendwohin gehen, wo es weniger laut und ein besserer Empfang war?

Aber jetzt schien er verstanden zu haben, um was es ging, denn genervt fragte er zurück: »Ein Wasserschaden?«

»Ja!«, schrie die Heigelmoserin.

»Ich kann hier nicht weg. Ich habe gerade erst eine Maß bestellt und sitze hier mit dem Landrat und dem Herrn Schamoning, Sie wissen schon, von der Extraplast AG.«

»Ja, soll die Bank dann absaufen?«, fragte die Putzfrau. Die Geschichte mit dem Wasserschaden war eine feine Idee. Da würde der Ochsenknecht auf jeden Fall kommen, weil der Ochsenknecht war allergisch gegen alles, was Geld kostete, aber keines einbrachte. Und ein Wasserschaden verursachte definitiv Kosten.

»Nein, natürlich nicht. Heimatland! Was machen wir jetzt da?« Kurz hörte Irene Heigelmoser nur den fröhlichen Festlärm des Rosstags, der durch den Hörer waberte, dann sagte Ochsenknecht mit an Verzweiflung grenzender Enttäuschung in der Stimme: »Ich komme.«

Eine halbe Stunde später saß auch der Filialleiter der Bank der nördlichen Seegemeinde gefesselt auf dem blauen Teppich unter seinem Schreibtisch. Auf seiner geröteten Stirn stand der Schweiß, er stank nach Stress und auch nach Bier. Hinter ihm hatte sich das ostfriesische Mädchen mit den blonden Zöpfen positioniert und drückte ihm den Revolver in das braune Kopfhaar mit den blonden Strähnchen.

Diese alberne Haartracht hat er sich wahrscheinlich eigens für den Rosstag machen lassen, dachte sich Irene Heigelmoser, sie hatte dieses Styling noch nie bei ihm gesehen.

»Herr Ochsenknecht, machen wir's kurz«, meinte Jorina auf so beiläufige Art und Weise, als erläutere sie die Funktionsweise einer Schwimmweste. »Die Situation ist folgende: Das, was du gerade an deinem Hinterkopf spürst, ist die Mündung einer Smith and Wesson, Kaliber vier Komma fünf, geladen mit zehn Patronen. Ich muss nur abdrücken, dann ist dein Gehirn Matsch. Ich habe aber gar keine Lust auf Matsch. Und du, Herr Ochsenknecht, hast es in der Hand, dies zu verhindern.«

Ochsenknecht wagte nicht, den Kopf auch nur einen Millimeter zu bewegen. So klapprig hatte Irene Heigelmoser den Chef noch nie gesehen. Nicht einmal, als herausgekommen war, dass er mit Kundengeldern Wetten auf irgendwelche Immobilien in Amerika und Spanien abgeschlossen hatte, die – das hatte sich erst später herausgestellt – alle nichts wert waren und außerdem von Menschen bewohnt wurden, die an dem See inmitten von Bergen nicht einmal die Bäume im Park hinter der Büste vom König Max I. Joseph hätten wässern dürfen. Natürlich hatte der Chef nicht wissen können, dass diese Immobilienkäufer allesamt Zivilversager gewesen waren, denn er war ja noch nie in Amerika gewesen und kannte weder die Häuser noch die Menschen. Aber Mitleid hatte Irene Heigelmoser mit ihm trotzdem keines gehabt.

»Willst du das verhindern«, Jorina zögerte, »dass ich dein Hirn zu Matsch schieße?«

»Ja«, hauchte der Bankchef.

»Dann gehen wir jetzt gemeinsam in den Keller, und du schließt uns den Tresorraum auf.«

»Uns ist auch gelegen daran, dass die Spuk bald 'at ein

Endö«, fügte Rififi hinzu, der die Szene schweigend beobachtet hatte.

»Könnten Sie bitte ... die Pistole ... für einen Augenblick von meinem Kopf ... wegnehmen? Ich möchte etwas erklären«, wisperte Robert Ochsenknecht, der sonst ein Großmaul vor dem Herrn war, das fand jedenfalls Irene Heigelmoser.

Jorina zog den Revolver zurück, ging um den am Boden sitzenden Banker herum und stellte sich breitbeinig in etwa einem Meter Entfernung vor ihm auf. Zweifellos eine Demonstration ihrer Macht.

Irene Heigelmoser konnte nicht umhin, die langen schlanken Beine der Bankräuberin zu bewundern, die aus beigefarbenen Shorts ragten und in gelben Joggingschuhen mit blauen Streifen endeten, doch wanderte ihr Blick sofort zum Gesicht Jorinas zurück, als diese den Filialleiter anblaffte: »Also, was? Was willst du erklären? Ich verliere langsam die Geduld!«

Mit zittriger Stimme erläuterte Ochsenknecht, dass er allein nicht in der Lage sei, den Tresor zu öffnen. Hier gelte das Prinzip der vier Augen. Auch er als Chef könne nur gemeinsam mit seiner Stellvertreterin den Raum aufsperren.

»Föck«, entfuhr es Rififi.

Die Putzfrau konnte zwar kein Französisch, aber sie vermutete, dass dieses ausländische Wort das Gleiche bedeutete wie das englische »Fuck«. In jedem Fall war der Franzose wütend, denn er drehte sich nun um und trat so heftig gegen den vor der Wand stehenden Aktenschrank, dass fünf Leitzordner herunterfielen.

»Die Bausparverträge!«, heulte Ochsenknecht noch auf, bevor Jorina zwei rasche Schritte auf ihn zu machte, sodass sein Kopf nun direkt vor ihrem Unterleib war, und ihm von oben die Waffe in den schweißnassen Strähnchenpelz drückte.

»Schnauze!«, fuhr sie ihn an. Dann ließ die Verbrecherin den Revolver langsam nach vorn gleiten, und als der Lauf der Waffe an der Stirn angelangt war, gab sie Ochsenknecht nur einen leichten Stupser, woraufhin der Filialleiter zeitlupenartig nach hinten kippte. Ochsenknecht lag nun tatsächlich auf dem fleckigen Teppichboden, als hätte ihn jemand erschossen.

Nachdem die Bankräuber das Zimmer verlassen hatten, schwiegen die Putzfrau und der Filialleiter erst einmal eine ganze Weile vor sich hin. Draußen hörten sie ein Tuten, vermutlich fuhr gerade ein Zug vom Bahnhof ab.

Das Leben war schon seltsam, dachte sich Irene Heigelmoser: Stimmte es wirklich, dass sie vor wenigen Stunden noch eine freie Person gewesen war, die ihren Morgenkaffee im Bett genossen hatte, während die Sonne zum offenen Fenster hereingestrahlt hatte? Und dass sie jetzt mittendrin steckte in einem Verbrechen, das echt war und garantiert kein Film?

Ochsenknechts schweres Atmen riss sie aus ihren Gedanken. Der Chef pumpte wie ein Dampfschiff. Was war los mit dem Depp?

»Sie werden mir jetzt aber keinen Herzinfarkt kriegen, Herr Filialleiter«, wandte sie sich an ihren Chef. »Ich hab fei keine Lust, dann wieder mit diesen zwei Gewalttätern allein zu sein. Es ist schon besser, wenn Sie überleben.«

Dann geht's nämlich ihm an den Kragen und nicht mir, dachte sich Irene Heigelmoser insgeheim, aber das sagte sie dem Ochsenknecht natürlich nicht.

Der erwiderte ohnehin nichts. Immerhin hörte er auf, so schlimm zu atmen. Kurz überlegte Irene Heigelmoser, ob der Chef nur simuliert haben könnte, aber dann schweiften ihre Gedanken ab, und sie analysierte noch einmal fasziniert ihre Situation: Da lag sie also nun neben ihrem Chef auf dem Teppich, gerade wie ein Ehepaar im Ehebett. Was es nicht für Sachen gab! Das Leben war vielleicht kein Wunschkonzert, aber doch eine Wundertüte voller Überraschungen. Irene Heigelmoser musste – dies bei allem Ernst der Lage – schmunzeln. Und sie träumte: Stünde der Altersunterschied nicht zwischen ihnen – der Chef war mit seinen neunundzwanzig Jahren ja wirklich noch ein Jungspund –, dann könnte man sogar noch ein Paar werden, zumindest theoretisch. Schließlich war sie Witwe, er war Single, beide waren sie allein. Und jeder Mensch braucht ein Gegenüber. Sogar von skrupellosen Bankern durfte man das annehmen. In der Zeitung konnte man immer häufiger von prominenten Liebespaaren lesen, bei denen die Frau wesentlich älter war als der Mann. Erfahrene Lady plus Jungspund, das war ein Konzept, das anscheinend funktionierte. Man müsste natürlich den heutigen Tag, diese vermaledeite Bankraubangelegenheit, überleben. Logisch.

»Ist die Madonna eigentlich noch mit ihrem Jesus beieinander?«, fragte Irene Heigelmoser direkt und ungefiltert aus ihren romantischen Gedanken heraus, woraufhin der Ochsenknecht sofort wieder zu schnaufen begann wie ein Ross, das eine Kutsche den kleinen Hügel beim Ganghofer-Haus hinaufziehen muss.

Weil das Weichei keinerlei Anstalten machte, zu antworten, dachte die Reinigungsfachkraft nicht weiter über die Popdiva und ihr Gspusi nach. Letztlich mochte sie so schmierige Typen wie den Ochsenknecht sowieso nicht. Der Filialleiter war halt leider kein g'standenes Mannsbild. Von denen gab es aber ohnehin nicht mehr viele. Immer weniger Männer wussten mit Jagdgewehren und Bohrmaschinen umzugehen oder konnten einen Siphon austauschen; kaum einer hatte noch genügend Saft in den Armen, um eine Waschmaschine in den vierten Stock zu tragen; jeder zweite Mann klagte zudem über einen Bandscheibenvorfall (oder hatte Angst davor), und das Tiereschlachten überließ man zunehmend Osteuropäern. In den Bierzelten wurde nicht mehr vernünftig geschlägert, vielerorts schenkte man das Bier ja nur mehr in Plastikbechern aus, und damit – das musste sogar ein norddeutscher Mensch begreifen – war es beim besten Willen nicht möglich, eine Meinungsverschiedenheit auf traditionelle bayerische Art auszukarteln.

Früher hatte man sich einfach einen Maßkrug auf den Kopf gehauen, mindestens einer war ohnmächtig geworden oder hatte wenigstens ein bisschen geblutet. Aber welches Drohpotenzial konnte man in einer Diskussion schon mit einem Plastikbecher aufbauen? Dazu schmeckte das Bier aus diesen Plastikbechern auch noch lack, schal und abgestanden! Kein Wunder, dass fast alle Bierzeltbesucher bei klarem Verstand waren. Niemand trank sich mehr einen ordnungsgemäßen Rausch an. Der Konsum an alkoholfreiem Bier, Leitungswasser und Biolimonade hatte längst Ausmaße angenommen, dass bayerische Politiker in geheimen Sitzungen darüber diskutierten, ob es der Rettung der bayerischen Braukultur dienen könnte, ein Gesetz einzuführen, das jeden Bürger dazu verpflichtete, pro Tag zwei Maß Bier zu trinken, Kinder und Frauen natürlich weniger. Gesundheitliche Bedenken gab es deswegen keine, doch war man sich nicht einig, ob diese Bevormundung des Bürgers (im wahrsten Sinne des Wortes) nicht gegen die bayerische Verfassung und die Menschenrechtskonvention verstoße.

Aber das mit dem sinkenden Bierkonsum war ja längst nicht die einzige Gefahr, die Bayerns Zukunft bedrohte: Die Männer rauchten nicht mehr, und zu Hause sah man sie immer häufiger in der Küche an den Töpfen herumpfuschen. Manche buken sogar Kuchen! Am Samstagnachmittag gingen sie zum »Shoppen«, am Samstagabend bügelten sie, und wenn es überhaupt noch jemals zu Intimitäten kam, fragten sie eine Frau zehnmal, ob sie sie küssen dürften, anstatt dass sie es einfach taten. Was dazu führte, dass kaum mehr eine Frau zu ausreichend Zärtlichkeiten kam und deswegen – das war nur logisch! – viel mehr Frauen lesbisch wurden als früher; und die, die dennoch Männer bevorzugten, praktisch keine Kinder bekamen.

Ein Schauer durchlief die Heigelmoserin. Es war wirklich unglaublich: Die Männer von heute ließen sich schminken, die Fußnägel pettingküren oder wie das hieß, und sogar das Fett am Bauch absaugen. Sie duschten jeden Tag, achteten auf ihre Linie, enthaarten sich die Beine und wechselten zweimal täglich die Unterwäsche. Wo sollte das alles hinführen?

Hing diese bedenkliche Entwicklung wirklich damit zusammen, dass Plastikflaschen weibliche Hormone absonderten, wie Irene Heigelmoser es kürzlich aus dem Fernsehen erfahren hatte? War der Ochsenknecht einfach, ohne dass es ihm aufgefallen wäre, per Industrieverpackung hormonbehandelt worden?

Als Mann war der Filialleiter jedenfalls nicht sehr attraktiv. Geldmäßig standen die Dinge natürlich anders. Da war so ein Banker nach wie vor interessant. Trotz Krise stimmte hier das Budget, sonst hätte der sich doch niemals den Porsche bestellen können. Irene Heigelmoser vermutete, dass der Ochsenknecht das Zehn- oder Zwanzigfache ihres Lohns verdiente. Und sonntags hatte er frei.

Andererseits lebte man als Bankchef sicherlich gefährlicher denn als Putzfrau. Der Chef hatte den Schlüssel zum Geld, also wenigstens einen. Sie dagegen hatte nur den zum Putzschrank. Und für den interessierte sich praktisch niemand.

Gerade, als Irene Heigelmoser den Chef fragen wollte, ob er eigentlich eine Freundin habe, flog die Tür auf, und der Rififi kam herein. In der Hand hielt er den Revolver mit dem langen Lauf. Ohne lange zu fackeln, zielte er auf Ochsenknecht und befahl: »Sie anrufen jetzt die andere mit die Schlüssel.«

Als Irene Heigelmoser den jungen Franzosen gerade darauf hinweisen wollte, dass es »die andere mit *dem* Schlüssel« heißen müsse, fragte der Filialleiter wimmernd, wie er das denn machen solle mit den gefesselten Händen.

»Wo ist Ihrö 'andy?», fragte der Bankräuber grob.

»*Ihr* H-Handy«, mischte sich die Putzfrau ein. »Herr Rififi, es muss ›*Ihr* Handy‹ heißen. ›Ihr‹ und ›Handy‹ mit H.«

Aber anstatt auf diese nett gemeinte Verbesserung einzugehen, warf der Ausländer Irene Heigelmoser nur einen Blick zu, den sie als bedrohlich empfand.

Der Filialleiter erklärte, dass sein Telefon in der Gesäßtasche stecke.

Wenig später hielt Jorina ihm besagtes Handy ans Ohr. Vorher hatte sie noch die Nummer von Frau Dr. Klamm gewählt, der stellvertretenden Filialleiterin.

Weil die Putzfrau direkt neben ihrem Chef lag, hörte sie gut, wie es tutete. Irgendwann hörte das Tuten auf, und die Stimme der Mailbox erklang: »Guten Tag, Sie haben die Handynummer von Doktor Henrike Klamm gewählt. Ich befinde mich gerade in einer wichtigen Besprechung. Bitte hinterlassen Sie eine Nachricht, ich rufe Sie so bald wie möglich zurück.«

Irene Heigelmoser war sich sicher, dass die Klamm nicht in einer wichtigen Besprechung war, sondern sich vielmehr einen schönen Lenz machte, wogegen ja auch nichts einzuwenden war, schließlich war heute Sonntag. Aber musste man dann eine derart verlogene Ansage auf dem Anrufbeantworter haben? Wer bitte glaubte denn, dass die Dr. Klamm am Rosstag eine wichtige Besprechung hatte? Das war doch lächerlich!

»Sie geht nicht hin«, sagte Ochsenknecht verzweifelt.

Die Stille, die daraufhin entstand, wurde jäh vom erstaunlich lauten Knurren von Irene Heigelmosers Magen durchbrochen. Und weil die Stimmung ohnehin gerade angespannt war, durchfuhr die Gebäudereinigerin der furchtbare Gedanke, dieser Rififi könnte ihr, da sie die konzentrierte Bankräuberruhe störte, direkt in den Bauch schießen.

Wie man sich in Verbrechern täuschen kann.

Anstatt mit Loch im Bauch saß Irene Heigelmoser zwei Minuten später neben dem noch immer liegenden Chef – der erneut sein Handy am Ohr hatte und versuchte, die Dr. Klamm zu erreichen – und kaute einen Müsliriegel, so genüsslich, als wäre es eine Weißwurst.

Den Müsliriegel hatte ihr der Rififi zugesteckt (der Ochsenknecht hatte keinen bekommen, was die Heigelmoserin freute), und ihre Handfesseln hatte der Franzose auch gelöst.

Die Stimmung aber wurde dadurch getrübt, dass die stellvertretende Filialleiterin nicht ans Telefon ging. Immer wieder tippten Rififi und Jorina auf die Nummer, immer wieder hörten die vier es tuten, und immer wieder kam die verlogene Ansage, die Dr. Klamm sei in einer Besprechung.

Robert Ochsenknecht behauptete steif und fest, dass er keine andere Telefonnummer von Frau Dr. Klamm kenne und dass er sich auch nicht erklären könne, warum seine Kollegin nicht ans Handy gehe. Sie sei eine außerordentlich zuverlässige Mitarbeiterin und für gewöhnlich auch am Wochenende erreichbar.

Irgendwann, man hatte bereits rund dreißig Mal die Nummer gewählt, sagte Rififi: »Föck, Jorina«, wobei er das »J« wie ein »Sch« sprach. »Iesch glaube, das wird nieschts. Und außerdem iesch 'abe 'unger.« Dann verließen die beiden Bankräuber den Raum.

Sofort zischte Ochsenknecht: »Heigelmoser, die haben vergessen, Sie wieder zu fesseln! Befreien Sie mich! Jetzt sofort!«

»Ja, so weit kommt's noch!«, erwiderte die Putzfrau, ohne nachzudenken. »Ich bin doch nicht blöd! Dann kommen die wieder rein mit ihrer Knarre und blasen mir das Hirn weg! Den Teufel werd ich tun!«

Ganz absichtlich sah sie nicht ihren Chef an, sondern blickte in Richtung Fenster. Die Abendsonne hatte einen rötlich-warmen Glanz. So schönes Wetter hatte es am Rosstag seit Jahren nicht gegeben.

»Heigelmoser! Machen Sie mich jetzt sofort los! Ich befehle es Ihnen!«

»Sie befehlen mir einen Scheißdreck«, erwiderte Irene Heigelmoser cool und schwieg wieder.

»Heigelmoser, ich warne Sie! Ich bin immer noch Ihr Chef!«

»Sie, Herr Ochsenknecht«, sagte die Putzfrau verächtlich,

»sind momentan nur eines: gefesselt; weil das ist ein Banküberfall. Und bei einem Banküberfall sind die Bankräuber die Chefs. Sie aber, mein Lieber, sind nicht einmal Herr über Ihre Hände. Also nix Chef. Eher arme Weißwurscht.« Sie überlegte kurz und sah ihm dann direkt ins Gesicht. »Außerdem, wie reden Sie eigentlich mit mir? Für Sie bin ich immer noch ›Frau Heigelmoser‹!«

»Kooperieren Sie etwa mit denen?«, zischte der Bankier.

»Nein«, erwiderte die Putzfrau bestimmt. »Aber ich bin nicht lebensmüde. Wissen'S, Herr Ochsenknecht, wenn ich eines gelernt habe, dann ist es, dass ich ziemlich genau weiß, wer wann wo der Chef ist. Und momentan gibt's hier einen jemand, der wo das garantiert nicht ist. Und das sind Sie!«

»Aber das ist vielleicht unsere letzte Chance!«, winselte der Filialleiter und verrenkte sich den Kopf, um seiner Untergebenen einen flehentlichen Blick zuzuwerfen. »Frau Heigelmoser, befreien Sie mich! Und dann hauen wir durchs Fenster ab!«

»So einen Schmarren habe ich ja schon lange nicht mehr gehört! Sie wissen genau, wie weit oben das ist. Und wenn die Jorina und der Rififi uns dabei erwischen, dann heißt's endgültig reniwaplü.«

»Was?«, wollte der Chef jetzt wissen. »Welche Reni?«

»Nix Reni. Reniwaplü!«, wiederholte die Putzfrau selbstbewusst. »Das ist Französisch und heißt, dass Sense ist, wenn wir dieses Spiel nicht mitspielen.«

»Ach so«, stöhnte der Banker auf. »Rien ne va plus meinen Sie! Rien ne va plus.« Er schüttelte den Kopf, dass die Schweißtropfen von seinem Gesicht auf den schmuddeligen blauen Teppichboden fielen.

Nun bekam Irene Heigelmoser doch Mitleid mit Ochsenknecht und wischte ihm mit einem alten Papiertaschentuch, das sie noch in ihrem Dirndlärmel fand, die Stirn ab. Wenn sie geglaubt hatte, der Chef würde jetzt endlich von seinem Fluchtplan Abstand nehmen, hatte sie sich jedoch getäuscht.

»Aber, Frau Heigelmoser, Sie wollen doch auch lebend hier raus!«

»Ja eben deshalb!«

»Aber was meinen Sie denn, was die mit uns Geiseln machen?«

»Nix, Herr Ochsenknecht. Die wollen doch nur das Geld aus dem Tresor. An uns sind die doch überhaupts nicht interessiert. Nullkommanix!«

»Und wenn sie das Geld nicht bekommen?«

»Die müssen das Geld bekommen. Dafür müssen wir sorgen. Damit wir hier rauskommen. Ende Gelände.«

Ochsenknecht schüttelte, verzweifelt über den Starrsinn seiner Mitarbeiterin, den Kopf.

»Frau Heigelmoser, Sie haben es doch selbst mitbekommen: Die Frau Doktor Klamm geht nicht ans Handy. Und ohne die Frau Doktor Klamm kann ich den Tresor nicht aufsperren. Wir kommen an das Geld nicht ran!«

»Dann warten wir halt.« Irene Heigelmoser zuckte die Schultern. »Ich hab Zeit. Auf mich wartet niemand daheim. Auf Sie doch auch nicht. Oder sind Sie neuerdings in festen Händen?« Wieder blickte sie der untergehenden Sonne entgegen. »Und wenn's einem von uns an den Kragen geht, dann schon eher Ihnen als wie mir.«

»Frau Heigelmoser!«, sagte der Chef jetzt drohend. »Wenn Sie mich nicht augenblicklich befreien, dann ist das ein Kündigungsgrund.«

Aha, jetzt kommt wieder diese Leier, dachte sich die Angesprochene. Auf so einen Schafsscheiß reagiere ich doch gar nicht!

Aber Ochsenknecht gab nicht auf, sondern schob hinterher: »Gut, dann sind Sie hiermit gekündigt.«

»Geht nicht«, erwiderte die Putzfrau gelangweilt, woraufhin Ochsenknecht sie ob ihrer Abgebrühtheit entsetzt anblickte. Die Putzfrau fuhr belehrend fort: »Kündigung geht nur schriftlich. Weiß ich vom Fernsehrichter. So brauchen'S mir nicht ...«

Ehe sie fortfahren konnte, flog erneut die Tür auf, und die beiden Bankräuber waren wieder da. Immerhin schienen die beiden nun unbewaffnet zu sein.

»Wir 'aben 'unger«, erklärte Rififi.

»Ich auch«, gestand Irene Heigelmoser. »Und was für einen! Soll ich uns was Kleines kochen?«

Der Filialleiter verzerrte wegen der kooperativen Art der Putzfrau das blasse Gesicht, schwieg aber.

»Aber wahrscheinlich haben wir in der Küche nichts außer Dosenmilch. Da müsstet's ihr halt was einkaufen«, sagte sie zu den Geiselnehmern, als befände sie sich gerade in der normalsten Situation der Welt.

»Gibt's hier am See nicht irgendeinen Lieferservice?«, erkundigte sich Jorina. »Irgendwas Thailändisches oder so?«

Die Putzfrau verzog das Gesicht. »Thailändisch? Wollt's ihr wirklich was Thailändisches essen? Also, ich hab so einen klein gehäkselten Fraß schon einmal probiert. Das war ein Huhn mit Bambus oder so was. Da habe ich mich schon gefragt: Bambus? Seit wann essen mir Menschen bitte Holz? Mir sind doch keine Biber! Und obendrein neigt der Thai zum Verwürzen. Ich hab fast speien müssen, so scharf war dieses Huhn mit Holz. Also Thailändisch ... ohne mich! Da verhunger ich lieber!«

Eine Dreiviertelstunde später saßen die Bankräuber und die Putzfrau Irene Heigelmoser neben dem nach wie vor am Boden liegenden, gefesselten Filialleiter und verzehrten Pizza aus Kartons.

Weil Irene Heigelmoser hoffte, dass der Chef – gesetzt den Fall, sie würden diese unglaubliche Bankraubgeschichte überleben – sie doch nicht kündigen würde, ließ sie ihn immer wieder mal von einem Pizzastück abbeißen. Einmal wischte sie dem Vorgesetzten sogar mit einer der Papierservietten Tomatensoße vom Kinn. Irene Heigelmoser war ein fürsorglicher Mensch.

Deshalb hatte sich die patente Person auch im Auftrag der

Bankräuber um die Bestellung der Pizza gekümmert und die Lieferung an der Hintertür der Bank vom türkischen Pizzaboten entgegengenommen. Kurz hatte sie zwar mit dem Gedanken gespielt, die Gunst der Stunde zu nutzen, und a) dem Pizzamann zuzuflüstern, dass hier gerade ein Banküberfall stattfand, beziehungsweise b) einfach wegzurennen. Doch Irene Heigelmoser hatte einen Riesenhunger und nur ihre Putzfrauenschlappen an, und beides war für eine Flucht zu Fuß ein echtes Handicap. Außerdem stand hinter ihr, unsichtbar für den Pizzalieferanten, Jorina mit dem geladenen Revolver. Und wer sagte denn, dass der Pizzamann überhaupt ausreichend Deutsch konnte?

Die Pizza schmeckte hervorragend, so gut, wie eine Pizza eben schmecken konnte, die von einem vietnamesischen Ex-Automechaniker unter Zuhilfenahme von Plastikkäse und Discountersalami zubereitet worden war; nein, angesichts des großen Hungers, der die Putzfrau plagte, schmeckte sie sogar noch besser.

Nach dem Essen und nachdem Irene Heigelmoser ihrem Chef noch eine halbe Flasche Bier eingeflößt hatte, schlief die Bayerin satt, jedoch keineswegs zufrieden ein. Denn vorher hatte Jorina ihre Hände erneut mit Gewebeklebeband gefesselt. Irene Heigelmosers letzter Gedanke vor dem Einschlafen war indes positiver Natur: Sie freute sich über die Tatsache, dass der Chef die Pizza hatte bezahlen müssen, der knauserige Hund. Irgendwie gab es anscheinend hier und da doch noch Gerechtigkeit auf der Welt, also zumindest hier, bei diesem Geiseldrama an dem See inmitten von Bergen, in das sie so überraschend hineingeraten war.

Weil der Hopfen, mit dem das gute bayerische Bier gebraut wird, sowohl beruhigend auf die Nerven wirkt als auch die Schlafbereitschaft fördert (dies ist eine unverrückbare medizinische Wahrheit), durchschlummerte Irene Heigelmoser trotz der von

Disharmonie und Gewalt geprägten Situation die Nacht so friedlich wie ein neugeborenes Rehkitz am flauschigen Bauch der Mutter.

Allerdings war an Ausschlafen nicht zu denken, denn auch am Montag schien die Sonne mit voller Kraft und tauchte die Geiselnehmerszenerie auf dem blauen Teppichboden schon früh in grelles Licht.

Was man an so einem prachtvollen Sommertag nicht alles hätte tun können!, dachte sich Irene Heigelmoser, wäre man nicht in diesen Banküberfall hineingeraten. Eine kleine lauschige Bootsfahrt auf dem See, eine Wanderung zum Riedersteinkircherl, ein Tässchen Kaffee an der Uferpromenade ...

Ehe sie jedoch weiter ihren verträumten Gedanken nachhängen konnte, kreuzten die zwei Geiselnehmer auf, die, das sah die Reinigungsfachfrau auf den ersten Blick, gar nicht gut geschlafen hatten.

»Au weh, was habt's ihr denn heut Nacht gemacht? Ihr schaut's ja richtig fertig aus!«, entfuhr es der Putzfrau mit genau der ehrlichen Direktheit, welche Touristen aus der Lüneburger Heide, von der Mecklenburgischen Seenplatte und aus dem Pfälzer Wald an der bayerischen Landbevölkerung so sehr schätzen.

Robert Ochsenknecht, den die Bankräuber sicherheitshalber nicht nur gefesselt, sondern auch mit einem großzügigen Streifen Klebeband geknebelt hatten, verdrehte angesichts ihrer Aussage die Augen derart energisch, dass man für einen Moment hätte befürchten können, sie würden gleich auf den Boden kullern wie zwei rund gewaschene Flusssteine der nahe gelegenen Mangfall.

Auch der Chef wirkte nicht recht frisch, fand Irene Heigelmoser. Die jungen Leute waren heutzutage einfach nicht mehr richtig belastbar. Nachdenklich biss Irene Heigelmoser in ein kaltes Stück Thunfischpizza, das noch von gestern übrig geblieben war. Just als sie dachte, dass man diesen Meeresfisch (im Gegensatz zum heimischen Süßwasser-Saibling) auch nur genießen konnte, weil ordentlich Zwiebeln mit dabei waren, war ein Auto vor der Bank zu hören.

Schnell eilte Jorina zum Fenster und linste hinaus. Auf ihre Aufforderung hin erhob sich auch Irene Heigelmoser von ihrem Platz und hüpfte mit bandagierten Beinen zum Fenster.

»Ah, das ist bloß der Hannes, unser Lehrling«, erklärte sie cool. »Komisch, dass der als Erster kommt. Normal ist doch die Frau Doktor Klamm immer die Erste, oder, Chef?«

Ochsenknecht nickte und machte »mmh, mmh«, mehr ging ja nicht wegen des Klebebands.

»Tja, da werdet's jetzt schnell runtergehen müssen und ihn in Empfang nehmen«, wandte sich Irene Heigelmoser an ihre Peiniger. »Sonst holt der glatt die Polizei.« Aus dem Augenwinkel heraus sah sie, dass Ochsenknecht die Augen schon wieder so ungesund verdrehte. Was hatte der Mann nur?

Im Laufe der nächsten halben Stunde versammelten sich immer mehr Bankmitarbeiter auf dem Fußboden des Filialleiterbüros: Denn nach dem Lehrling Hannes Seliger, sechzehn Jahre, ledig, wurde auch die pünktlich um sieben Uhr dreißig zum Dienst erschienene und verheiratete Bankkauffrau Ernestine Rüdel, dreiunddreißig Jahre, überwältigt und mit Klebeband gesichert.

Die zwei Neuankömmlinge lagen gemeinsam mit dem Chef unter dessen Schreibtisch, während die Putzfrau sitzen durfte. Eine Tatsache, die sie mit einer gewissen Genugtuung erfüllte, obwohl ihr gutes Gefühl dadurch getrübt wurde, dass das Bankräuberpaar zunehmend eine unangenehme Ausstrahlung entwickelte.

Jorina und Rififi wirkten nervös und fahrig, was Irene Heigelmoser mit Sorge beobachtete. Denn in einer Illustrierten beim Zahnarzt hatte sie gelesen, dass alle Menschen ein Yin und ein Yang hatten, auch wenn viele davon überhaupt nichts wussten. Und dass es nicht gut sei, wenn diese durcheinandergerieten.

Deshalb sagte die Reinigungsexpertin zu Jorina: »Du, ich glaube, ihr habt's jetzt gerade zu viel vom Yang.« Ohne auf den verstörten Blick der jungen Frau einzugehen, schlug Irene Heigelmoser – das war rein intuitiv – vor: »Komm, ich mach dir deine Zöpfe neu, die sind ja außer Rand und Band.«

Tatsächlich ließ sich die lange Blonde aus Ostfriesland vor der erfahrenen Putzfrau nieder, und jene flocht ihr mit zupackender Freundlichkeit das Haar. Die neu hinzugekommene Ernestine Rüdel und der Lehrling Hannes Seliger beobachteten Irene Heigelmoser dabei, als wäre sie eine Außerirdische. Der Filialleiter Robert Ochsenknecht wirkte ohnehin, als wäre er in die Untiefen seiner Seele abgetaucht, die – dessen war sich Irene Heigelmoser hundertprozentig sicher – noch dunkler waren als die tiefste Stelle im See, die bei circa siebzig Metern lag.

Kurz nachdem Rififi gesagt hatte: »Iesch geh mal kurz Pipi«, tauchte der Filialleiter aber wieder aus seinen ganz privaten Untiefen auf und machte sehr heftig »mmh, mmh«. Zwar rief ihm Jorina zu, er solle die Klappe halten, aber der Banker gab nicht auf. Er nervte so lange, bis ihm die Bankräuberin das Klebeband vom Gesicht zog, und nun konnten es alle sehen: Die Lippen des Filialleiters waren blutig. Offensichtlich ist dieses Klebeband nicht gut für die Haut, dachte Irene Heigelmoser, behielt diesen Gedanken aber für sich.

»Was ist?«, fragte Jorina den Filialleiter vorwurfsvoll.

»Es ist gleich acht Uhr zehn«, stammelte der Chef. Seine Stimme hörte sich rau an.

»Ja? Und?«, erwiderte die Bankräuberin patzig.

»Wenn Sie nicht wollen, dass es auffällt, dass Sie unsere Bank überfallen haben, dann müssen Sie jetzt die Eingangstür aufsperren. Denn ab Viertel nach acht kommen die ersten Kunden.«

»Fuck«, fluchte Jorina. Dann zog sie den Revolver aus dem Hosenbund, hielt ihn dem Filialleiter an den Kopf und zwang ihn, noch mehrmals bei seiner Kollegin Dr. Klamm anzurufen. Aber jedes Mal meldete sich nur die Mailbox.

Und dann schlug es acht Uhr fünfzehn.

Nervös verließen die Bankräuber den Raum. Zum Glück hatte Irene Heigelmoser gute Ohren und konnte hören, was die beiden vor der Tür des Chefzimmers besprachen.

»Was machen wir, wenn die blöde Kuh mit dem Schlüssel nicht kommt?«, fragte Jorina.

»Wollen wir 'auen ab? Jetzt geht noch«, schlug Rififi vor.

Als Irene Heigelmoser das hörte, war sie fast ein bisschen enttäuscht. Doch dann antwortete Jorina: »Auf keinen Fall. Wir ziehen das jetzt durch. Die haben uns außerdem schon alle gesehen. Wie sollen wir uns ohne die Kohle ... wie sollen wir uns da so absetzen, dass die Bullen uns nicht finden? Jules, wir müssen das jetzt durchziehen. Wir brauchen das Geld!«

Hatte diese Jorina gerade irgendetwas von »Schül« gesagt? Irene Heigelmoser war irritiert. War da etwa noch ein Dritter im Bunde, der sich vor ihnen versteckt hielt? Doch ehe sie diesen Gedanken weiterverfolgen konnte, kamen die Verbrecher – es waren aber nur die zwei, die sie schon kannte – wieder herein.

Als die Putzfrau sah, wie Hannes Seliger und Ernestine Rüdel erschraken, als sie den Revolver erblickten, triumphierte sie ein wenig. Wer hätte vor einigen Tagen gedacht, dass sie, die Heigelmoser Irene, so cool mit einer lebensgefährlichen Situation umgehen konnte?

An den Kopf gehalten bekam die Waffe natürlich erst einmal der Filialleiter, was Irene Heigelmoser völlig in Ordnung fand.

»Iesch glaube, du anlügst uns«, sagte Rififi mit sanfter Stimme. »Iesch glaube, du nicht 'ast verstandön, dass wir meinen ernst, das mit die Geld.«

»... mit *dem* Geld«, klinkte sich Irene Heigelmoser ein. Doch ehe sie auf weitere grammatikalische Feinheiten hinweisen konnte, hatte der Franzose ihr eine saftige Watschen gesetzt. Ja, ging's denn noch? Irene Heigelmosers Wange glühte, sie war erschüttert. Brannten den beiden jetzt doch noch die Sicherungen durch? Aber Rififi richtete die Waffe schon wieder auf den Kopf des Bankchefs.

»Wo ist die Schlüssel?«

Irene Heigelmoser behielt das »*der* Schlüssel« für sich, denn sie wollte sich nicht noch eine weitere Jahrhundertwatschen einfangen.

Robert Ochsenknecht dagegen jammerte, dass er auch nicht wisse, was los sei. Normalerweise müsse die Frau Dr. Klamm schon längst da sein. Auch hätte sie ans Handy gehen oder sich wenigstens auf einen seiner Anrufe hin bei ihm melden müssen. Er könne sich das alles beim besten Willen nicht erklären. Es sei absolut ungewöhnlich, dass er seine Stellvertreterin nicht erreichen könne. Vielleicht war ihr etwas passiert?

Jetzt baute sich Jorina vor dem Filialleiter auf und verabreichte ihm kurz hintereinander drei Ohrfeigen. Rechts, links, rechts. Immerhin, dachte sich Irene Heigelmoser, bekomme nicht nur ich eine Abreibung. Aber der Chef blieb bei seiner Version, und das, obgleich Jorina ihn heftig anschrie und er noch einen weiteren Satz Watschen verabreicht bekam – wenn Irene Heigelmoser sich nicht verzählt hatte, waren es am Ende insgesamt zwölf. Ochsenknechts Wangen glühten nun mindestens so rot wie das neue Feuerwehrauto, das die Gemeinde jüngst für sündhaft viel Geld angeschafft hatte.

Als er nicht einmal mehr wimmerte, ließen Rififi und Jorina von ihm ab. Die Putzfrau hörte, wie der Franzose beim Verlassen des Zimmers zu Jorina sagte: »Iesch glaube, er weiß wirklisch nieschts.«

»Aber was machen wir jetzt?«

»Abwarten und Bier trinken«, sagte Rififi. Es muss »Tee trinken« heißen, dachte sich Irene Heigelmoser. Der Franzose konnte wirklich noch schlechter Deutsch als der Bayernspieler mit der Prostitutionsaffäre.

»Und was machen wir mit den Kunden?« Jorina klang verängstigt.

»Ach, Föck, wir drauf scheißön. Wir einfach niescht machen auf. Scheißegal, what 'appens.« Und nach einer kleinen Pause hörte die Putzfrau, wie er noch anfügte: »I love you, Jorina, du bist my darling.«

Irene Heigelmoser wusste nicht, was sie davon halten sollte. Diese Franzosen waren schon komische Vögel. Dachten sogar beim Bankraub an die Liebe. Kein Wunder, dass die Französinnen viel mehr Kinder bekamen als die Deutschen.

Die Uhr der über dem Ort thronenden St.-Ägidius-Kirche mit dem berühmten Gemälde Hans Georg Asams hatte gerade acht Uhr und fünfundvierzig Minuten geschlagen, da wurde die kleine Bankräubergesellschaft durch ein lautes Pochen aufgeschreckt, das vom Haupteingang der Bank kommen musste.

Sofort eilten Jorina und Rififi wieder ins Chefzimmer. Jorina mit Revolver, Rififi mit einem Regenschirm.

»Da steht wer vor der Tür«, keuchte Jorina.

»Das wird halt eine Kundin sein«, brachte Irene Heigelmoser sich ein. Sie war ganz froh, dass wieder ein wenig Bewegung in den Bankraub kam, denn dann kam sie wenigstens nicht auf düstere Gedanken.

»Es ist eine Mann«, sagte Rififi jetzt. »Was wir sollen tun?«, fragte er in Richtung des Filialleiters.

»Mmh, mmh«, machte jener, denn sie hatten ihm nach den Ohrfeigen den Mund wieder verschlossen. Grob riss die blonde Bankräuberin ihm das Klebeband von den Lippen. Robert Ochsenknecht bot einen erbärmlichen Anblick. Das Blut der aufgerissenen Lippen hatte sein schönes hellblaues Hemd versaut, und Irene Heigelmoser, die nun wirklich viel Erfahrung mit der Entfernung unerwünschter Flecken hatte, war sich nicht sicher, ob man es noch würde retten können. Aber mit großer Willenskraft bekämpfte sie den in ihr aufkeimenden Wunsch, um kaltes Wasser und einen Lumpen zu bitten. Irene Heigelmoser war eine willensstarke Person. Der Kraftakt gelang.

»Ich habe es Ihnen ja gleich gesagt!«, brauste der Filialleiter umgehend auf. »Wenn die Bank nicht geöffnet wird, dann beschweren sich die Kunden. Ihr werdet's schon sehen, wie die Polizei hier gleich auf der Matte steht.«

Ehe er es sich versah, donnerte Jorinas Faust auf sein rechtes Auge. Erschüttert ob dieses unerwarteten Gewaltausbruchs nahm Irene Heigelmoser sich vor, sich nie mehr darüber aufzuregen, dass Chefs besser bezahlt wurden als Putzfrauen, obwohl sie nur den ganzen Tag in die Sessel furzten, die sie mühevoll reinigen musste. Denn so ein Faustschlag, der tat weh, ganz bestimmt. Waren eigentlich alle norddeutschen Frauen derart brutal?

Das Hämmern hörte nicht auf. Ratlos sah Rififi seine Komplizin an: »Was wir machen?«

»Komm du mit, Irene!«, befahl Jorina der Gebäudereinigerin.

»Ich?«, fragte Irene Heigelmoser, plötzlich ängstlich. »Ich kenne die Bankkunden doch gar nicht. Ich bin doch nur die Putzfrau!«

Ohne darauf einzugehen, zerrte Jorina sie auf die Beine, löste die Fessel, und zwang sie mit erhobenem Revolver nach unten in den Schalterraum. Dort schickten die Bankräuber sie vor und hielten selbst so viel Abstand zur Tür, dass der im Vorraum der Bank stehende Fremde sie nicht sehen konnte.

Der Mann, der mit seiner linken Faust wie ein Verrückter gegen die Panzerglasscheibe hämmerte, während an seinem rechten Handgelenk ein Ledertäschchen baumelte, trug eine beigefarbene Reißverschlussjacke, eine in einem ähnlichen Farbton gehaltene Stoffhose und Schuhe, wie sie ältere Leute, die sich noch für jung hielten, neuerdings gerne anhatten. Irene Heigelmoser nannte sie »Trampolinschuhe«, und sie hatte beobachtet, dass Menschen, die in diesem Schuhwerk durch die Landschaft federten, häufig ein entrücktes Lächeln auf den Lippen trugen. Vermutlich schüttelten die zur Mitte des Fußes hin dicker werdenden Sohlen die Gedanken im Hirn der Hopsenden so lustig durcheinander, dass eine schwermütige Idee komplexerer Art keine Chance hatte.

In diesem Moment jedoch verhalfen die Schuhe ihrem Träger ganz offensichtlich nicht zu besserer Laune. Der Alte drehte durch. Denn zusätzlich zu seinem aggressiven Klopfen und Hämmern schrie er jetzt auch noch Sätze wie: »Ich brauche Geld! Her mit den Moneten! Das habt ihr euch schön ausgedacht, ihr mieses Bankerpack.«

»Kennste den?«, zischte Jorina der Putzfrau zu.

Der Mann schrie weiter: »Aber ich geb hier nicht auf. Her mit dem Zaster!«

»Nein«, beantwortete die Putzfrau flüsternd Jorinas Frage.

»Ist der balla balla?«, fragte Jorina.

Und noch während Irene Heigelmoser mit den Schultern zuckte, sank der Alte in die Knie und lag Sekunden später in völlig verdrehter Körperhaltung leblos auf dem Boden.

»Der ist tot«, stellte sie erstaunt fest.

Jorina eilte neben Irene Heigelmoser und starrte in Richtung des Mannes. »Das ist ja wohl triple-fuck!«, sagte sie ungläubig.

»Wir müssen was tun!«, fuhr Irene Heigelmoser die Geiselnehmerin an. »Erste Hilfe!«

»Na, den machen wir nicht mehr lebendig.« Jorina schob den rechten ihrer blonden Zöpfe hinters Ohr.

»Nein, aber wenn da vor der Tür eine Leiche liegt, da merkt doch sofort jemand was und ruft die Polizei. Und wie bitte wollt ihr dann euer Geld kriegen, wenn da draußen die Polente steht?«, fragte die Putzfrau vorwurfsvoll und wunderte sich, dass sie diesen jungen Verbrechern jetzt auch noch erklären musste, wie man einen Bankraub erfolgreich zu Ende führte. Wie naiv waren die jungen Leute von heute eigentlich? »Wir müssen den reinziehen. Los!«, kommandierte sie. Und ohne auf den geladenen Revolver zu achten, den Jorina noch immer auf sie gerichtet hatte, eilte sie nach oben und fischte vor den verdutzt vom Boden aufblickenden Geiseln ihren Putzfrauenschlüsselbund vom

Chefschreibtisch. Dann hetzte sie wieder die Treppe hinunter, schlich zum Haupteingang, linste durch die Tür, stellte fest, dass außer dem Alten im Vorraum keine Menschenseele zu sehen war, sperrte auf und zerrte den schweren Kerl vom Geldautomatenvorraum in den Schalterraum. Unglaublich, in was für Situationen man als bayerische Putzfrau geraten konnte!

Dann schloss Irene Heigelmoser die Panzerglastür eilig wieder zu und wandte sich erneut dem Leblosen zu, neben dem in der Zwischenzeit Jorina und Rififi niedergekniet waren.

Im nächsten Moment aber wäre Irene Heigelmoser beinahe selbst tot umgefallen, denn kaum hatte sie das linke Handgelenk des ein wenig müffelnden alten Mannes gepackt, um zu sehen, ob noch ein Puls da war, richtete dieser sich schwungvoll auf und flötete: »Ja, hallöle, meine Lieben. Hab ich's doch g'wusst, dass ihr mich reinlasst's, wenn ich a bissle Theater mach ...« Fröhlich sah er die beiden Bankräuber und Irene Heigelmoser der Reihe nach an. »Habt's gedacht, ich hätt einen Herzanfall?« Ohne eine Antwort abzuwarten, lachte er freudestrahlend und gluckste glückselig: »Ich hab zwar schon einmal ein Herzinfärktle g'habt, aber heut geht's mir gut. Ich bin pumperlg'sund und munter. Aber ich bräucht bitte zehn Euro vom Sparkonto. Ich brauch nämlich eine neue Krawatte. Meine bessere Hälfte hat bald Namenstag.«

»Warum spriescht diese Mann so komisch?«, erkundigte sich Rififi, wobei er den vor ihm sitzenden Herrn studierte wie einen der immer seltener anzutreffenden Alpenmolche.

»Das ist ein Schwab«, stellte Irene Heigelmoser trocken fest.

»Fascht richtig. Ich bin Stuttgarter, also gebürtig«, ergänzte der Rentner bester Laune. »Wohn aber schon lang hier am See, dreißig Jahre. Ich sag immer: Isch doch des Paradies auf Erden hier.« Jovial wandte er sich Jorina zu. »Dieter Gräber mein Name. Kannscht Didi zu mir sagen.« Die schlanke Geiselnehmerin schüttelte reflexartig die ihr angebotene Hand.

Als Nächstes stellte der Alte eine Frage, die die Umstehenden verwirrte: »Aber woher kennen wir uns eigentlich? Aus'm Finanzamt?« Die ratlosen Blicke, die er hierauf erntete, schienen den weißhaarigen Bankkunden zu verunsichern, denn umgehend fragte er: »Wo sind mir hier überhaupts?« Keine Antwort. Nachdenklich strich er sich durchs Haar. Dann flüsterte er konspirativ: »Und jetzt verraten Sie mir noch eines: Wo ischt eigentlich meine Frau?«

Die Bankräuber beschlossen, die Geisel Dieter Gräber nicht wie die anderen auf dem Teppichboden unter dem Schreibtisch unterzubringen, sondern ihn auf dem Stuhl des Chefs festzubinden. Denn auch wenn Gräber behauptete, gesund zu sein, und vorher nur Theater gespielt zu haben, wollte man das Risiko eines echten Herzinfarkts nicht eingehen.

Als Rififi ihn aufforderte, auf dem kunstledernen Sessel von Robert Ochsenknecht Platz zu nehmen, kommentierte der Stuttgarter dies mit einem »Schöner Sessel«. Seine Fragen »Warum liegen Sie hier alle? Sind Sie müde?« blieben aus den unterschiedlichsten Gründen unbeantwortet: Ochsenknechts Mund mit den blutenden Lippen hatte man wieder verklebt, und Hannes Seliger und seine Kollegin Ernestine Rüdel schwiegen aus taktischen Erwägungen. Nur zu gut kannten sie den Kunden, den pensionierten Finanzbeamten Dieter Gräber. Er kam fast jeden zweiten Tag in die Bank, und wer das Pech hatte, ihn bedienen zu müssen, brauchte Nerven stark wie die Bootstaue der Linienschiffe auf dem See – und dazu jede Menge Zeit.

Und auch Irene Heigelmoser zog es vor, den offensichtlich nicht mehr ganz richtig tickenden Rentner über die Ernsthaftigkeit der Lage, in die er durch seinen schauspielerischen Einsatz an der Eingangstür geraten war, im Dunkeln zu lassen.

Eine Bank, die nicht sicher ist, ist keine Bank.
Martin Kaltwasser (Architekt und Künstler)

ZWEI

Anne Loop war genervt.

Erstens hatte ihre achtjährige Tochter Lisa heute Morgen eine Zickenparade hingelegt, die ihresgleichen suchte. Den kompletten Inhalt des Kleiderschranks hatte das blonde Mädchen auf dem Boden des Kinderzimmers verstreut, um sich dann für den Besuch bei einer Freundin den roten Wollpullover auszusuchen. An einem heißen Tag in einem der heißesten Sommer, die das Bergtal je erlebt hatte.

Dass Lisa genau diesen Wollpullover ausgewählt hatte, war doppelt bitter, denn damals, als Anne ihn besorgt hatte, hatte es die Tochter vorgezogen, in kurzem Rock, mit Seidenstrumpfhose und eigentlich schon zu kleinen Sandalen in die Schule zu gehen. Bei minus elf Grad und zwei Meter hohen Schneebergen an den Straßenkreuzungen.

Zweitens hatte just in dem Moment, in dem sich herausgestellt hatte, dass Anne auch noch vergessen hatte, Lisas verschwundene Taucherbrille zu suchen, die sie heute brauchte, Annes Exfreund Bernhard von Rothbach angerufen, weil er »nur mal fragen wollte, wie's geht«.

»Tolle Idee, tolle Uhrzeit, es ist ein Arbeitstag.« Mehr war Anne dazu nicht eingefallen. Sie hatte aufgelegt. Wer kurz nachdem er sich mit der Begründung, »er brauche mal eine Pause, um eine Verhaltenstherapie gegen seine Depressionen zu machen«, aus ihrem Leben schlich, um wenig später seine Therapeutin zu schwängern, konnte kein offenes Ohr, geschweige denn eine ehrliche Antwort auf eine Frage bezüglich ihrer Befindlichkeit erwarten.

Und nachdem »erstens« und »zweitens« zwar nicht sinnvoll gelöst, aber irgendwie aus dem Weg geschafft waren, hatte, drittens, Annes Mountainbike einen Plattfuß, knapp hinter Gut Kaltenbrunn, also noch ein ganzes Stück von der Polizeidienststelle in der westlichen Seegemeinde entfernt.

Sie hatte dem Impuls widerstanden, das Fahrrad einfach in die Böschung zu werfen, und war stattdessen, das Fahrrad schiebend, zur Polizeiinspektion gejoggt.

Ein entgegenkommender Autofahrer in einem dieser höhergelegten Geländefahrzeuge, die man zurzeit fuhr, wenn man etwas auf sich hielt, hatte eigens sein Tempo gedrosselt, um ihr ›den Vogel‹ zu zeigen, und aus einem mit Schulkindern besetzten Bus hatte ihr ein maximal siebenjähriger Junge den Stinkefinger gezeigt.

Als Anne Loop an der Dienststelle ankam, war ihr T-Shirt wegen des ungeplanten Frühsports und der Sommerhitze so nass, dass man das Spitzenmuster ihres BHs durchscheinen sah. Natürlich registrierte die Polizistin den spöttisch-anzüglichen Blick des Kollegen, der den Türöffner der Inspektion drückte, um sie einzulassen.

Zügig verschwand sie im Untergeschoss, stellte sich kurz unter die Dusche und schlüpfte in die Dienstuniform. Sie wollte gerade wieder nach oben gehen, da hörte sie ein Rumpeln aus einer der beiden Zellen, die unter anderem zum Ausnüchtern Betrunkener dienten. Im vergangenen Jahr hatte auch einmal der Bürgermeister der nördlichen Seegemeinde einige Tage in einer der Zellen verbracht. Aber das ist eine andere Geschichte.

Neugierig ging Anne zur Zelle und schaute durch die Türöffnung.

In dem kleinen Raum führte ein Mann mit blond gefärbter Mähne einen durchaus beeindruckenden Veitstanz auf. Er trug eine etwas exotische Kombination aus bayerischer Lederhose und Cowboystiefeln. Sofort musste Anne an den Schlagersänger Hanni Hirlwimmer denken, eine der bedeutenden Persönlichkeiten, die das Tal neben der Olympiasiegerin im Riesenslalom hervorgebracht hatte.

»Wer ist der Suppenkasper, der da unten in der Zelle herumtobt?«, erkundigte sich Anne eine Minute später bei ihrem Kollegen Sepp Kastner, mit dem sie sich das Dienstzimmer teilte.

»Den haben wir gestern auf dem Rosstag eingesammelt. Er behauptet, er wär' der Hanni Hirlwimmer«, erwiderte Kastner, neununddreißig, ledig, aber nicht mehr ganz so stark auf Frauensuche wie noch zwei Jahre zuvor.

»Und deswegen habt ihr ihn eingesperrt?«, fragte Anne überrascht, während sie sich auf den Stuhl an ihrem Schreibtisch fallen ließ.

»Nein, sondern weil er total dicht war und alle Frauen angemacht hat. Der wollte denen sein Autogramm auf die Brust schreiben – mit einem Edding!« Sepp Kastner schüttelte den Kopf. »Also was zu weit geht, geht zu weit. Mit einem normalen Stift hätte man das ja vielleicht noch durchgehen lassen können ...«

Anne fixierte den Kollegen mit schmalen Augen. »Mit einem normalen Stift ist es also okay, wenn ein Besoffener den Frauen auf die Titten schmiert, oder was?«

»Ja, nein, also ...«, stammelte Kastner.

»Also was?«, fragte Anne herausfordernd. »Ist es okay, wildfremden Frauen die Titten vollzuschmieren?«

»Nein, natürlich nicht.« Kastner fühlte sich in die Ecke gedrängt. »Viel schlimmer war aber, dass der dem echten Hirlwimmer eins aufs Aug' gegeben hat.«

»Und warum war das schlimmer? Ist eine sexuelle Belästigung weniger schlimm als eine Körperverletzung? Sepp, was du redest ... ich könnte kotzen!«

Sepp Kastner beschloss, nicht weiter auf die Details einzugehen. Anscheinend war Anne heute mit dem falschen Fuß aufgestanden. Deshalb verschwieg er auch, dass der falsche Hirlwimmer den Frauen zusätzlich Gutscheine geschenkt hatte, für Rückenmassagen mit original bayerischem Melkfett mit gleichzeitiger Darbietung des aktuellen Hits »Tausendundeine Seenacht« von Hanni Hirlwimmer. Eine romantische und kreative Idee, fand Kastner. Aber ob Anne dafür Verständnis haben würde?

Sepp Kastner mochte Anne Loop, manchmal glaubte er sogar, noch immer ein bisschen verliebt in sie zu sein, aber heute war sie zweifellos mit Vorsicht zu genießen. »Ist ja auch egal«, meinte er deswegen nur.

»Dass ich kotzen könnte?«, brauste Anne auf, und Sepp Kastner dachte einmal mehr, dass sie mit ihren vollen Lippen, dem ebenmäßigen Gesicht und dem dunklen Teint wirklich Angelina Jolies Schwester hätte sein können, nur dass sie halt aus dem Rheinland stammte und nicht aus Hollywood. Ungerührt meinte er: »Jedenfalls haben wir ihn dann festgenommen.«

»Dass – ich – kotzen – könnte?«, wiederholte Anne abgehackt, sie war heute anscheinend wirklich etwas von der Rolle.

»Darf ich kurz stören?« Die Tür war einen Spalt weit aufgegangen, und ein junger Polizist, der noch blasser als Sepp Kastner war, schob sich vorsichtig in das Dienstzimmer.

»Was ist?«, blaffte Anne ihn an.

»Da ist ein komischer Anruf ...« Der Kollege blickte nervös auf das Blatt Papier, das er in der Hand hielt.

»Das ist kein vollständiger Satz«, herrschte Anne Loop den Polizeiazubi an. Und fügte in nachäffendem Tonfall hinzu: »Da ist ein komischer Anruf ...« Mit ihren Händen signalisierte sie voller Ungeduld, dass er fortfahren solle.

»Jetzt, jetzt ... ist's aber gut, Anne!«, schaltete sich Sepp

Kastner ein. Und fragte dann in Richtung des Polizeilehrlings: »Was ... was ist denn?«

Verunsichert schaute der junge Polizist von der hübschen Polizeihauptmeisterin zu Sepp Kastner, um dann wieder auf das Blatt zu blicken. »Wir haben da einen komischen Anruf ...«

»So weit waren wir schon!«, brauste Anne erneut auf.

»Sag mal, hast du deine Tage, oder was?«, platzte jetzt Sepp Kastner der Kragen, woraufhin – die beiden Männer konnten es nicht fassen – Anne Loop plötzlich und wie auf Knopfdruck losweinte.

»Na ja, also ... ähm«, stammelte der Polizeilehrling, »dann, äh ... also der Anruf kam vom Bahnhofskiosk ... also eigentlich steht ... also eigentlich steht alles hier auf dem Zettel.« Er zögerte kurz, legte das Papier hastig auf Sepp Kastners Schreibtisch und sagte – es war fast gehaucht: »Ich bin dann mal weg.«

Sepp Kastner atmete einmal tief durch, stand auf, umrundete die Schreibtische, stellte sich hinter Anne und legte ihr die Hand auf die linke Schulter. »Komm, wir lassen jetzt den falschen Schlagersänger frei.« Dann kramte er aus seiner Hosentasche ein frisches Papiertaschentuch und drückte es zwischen die gepflegten, beinahe zu schönen Finger der heulenden Angelina vom See.

Als die beiden wenig später gemeinsam die Treppe zur Zelle hinunterschritten, erzählte Sepp Kastner, dass der Hirlwimmer – »ja, so ein Scheiß!« – jetzt wahrscheinlich gar nicht nach Japan fliegen konnte. »Wegen dem Aug'.« Er blickte seine Kollegin von der Seite an. Anne schwieg. Ihr Lidstrich war verschmiert. »Das ist eine Katastrophe, hat die alte Hirlwimmer, die wo ja seine Managerin ist, gesagt«, erklärte Kastner. »In Japan soll der Hirlwimmer nämlich bei einer Volksmusiksendung der Stargast sein. Der Stargast aus Bayern. Das muss man sich einmal auf der Zunge zerplatzen lassen ... ein Mann aus Bayern Stargast in Japan. Das ist praktisch wie beim Elton John, bloß dass der nicht aus Bayern kommt, sondern schwul ist und ein Kind hat ...«

»Zergehen, Sepp, zergehen«, schniefte Anne.

Doch Sepp Kastner ging nicht darauf ein: »... aber weil dem Hirlwimmer sein Auge von dem Schlag so blau ist, dass man es schier nicht überschminken kann, wird das jetzt wohl nix mit Japan«, Sepp Kastner zögerte, »... also sagt die Mutter vom Hanni.«

Anne kannte die erstaunliche Entwicklung der einst einfachen Bauernfamilie vom See, die heute auf Du und Du mit Größen des Showbiz wie Costa Cordalis und dem Volks-Rock-'n'-Roller Andreas Gabalier oder dem Bierzeltkünstler DJ Ötzi war. Nicht ihre Welt, aber wer's mag ..., dachte sich Anne. Sogar Britney Spears hatte Hanni Hirlwimmer schon einmal die Hand geschüttelt. Natürlich nur im Backstage-Bereich, aber immerhin. Im Tal fand man das alles äußerst beachtlich.

Der Mordfall, der Anne gezwungen hatte, sich mit dem Schaffen des charismatischen Alpencowboys auseinanderzusetzen, lag noch gar nicht lange zurück. Das Verbrechen hatte bundesweit, ja sogar bis in das arabische Emirat Ada Bhai für Schlagzeilen gesorgt.

»Wie viel Promille hat er gehabt?«, wollte Anne jetzt wissen.

»Drei Komma acht.«

»Oh«, staunte die Polizistin.

»Ja, der hat aber noch relativ gut geradeaus laufen ...« Sepp Kastner konnte seinen Satz nicht vollenden, denn gerade hatten sie die Zellentür erreicht. Und das Geschrei des falschen Hanni Hirlwimmer war jetzt so laut, dass es alles andere übertönte. Kastner sperrte auf, woraufhin zur Überraschung der beiden Beamten sofort Ruhe einkehrte.

»Was schreist' jetzt so herum?«, fragte der Polizist.

»Warum duzen Sie mich? Ich will hier raus!«

»Ja, musst' dich halt anständig benehmen.«

»Tu ich ja!«

»Also, dann setzen Sie sich jetzt bitte und nennen uns Ihre Personalien, das hat ja gestern irgendwie nicht geklappt.« Anne Loop nahm auf der Bank mit der Bundeswehrdecke Platz. »Name?«

»Hirlwimmer«, antwortete der Mann mit der Vokuhila-Matte.

Anne schüttelte verzweifelt den Kopf. »Scheiße, Seppi, was ist das nur für ein Tag heute!«

Sepp Kastner zuckte mit den Schultern. Er hatte beim Aufstehen in der Früh eigentlich gute Laune gehabt, aber Annes Heulanfall eben hatte ihm doch zugesetzt. Nichts rührte ihn mehr als eine Frau, die weinte. Nicht einmal eine geräucherte Forelle aus dem Louisenthal mit frischer Meerrettichcreme konnte da mithalten. Deshalb beschloss Sepp, der ansonsten nicht als besonders handlungsfreudiger Mensch auffiel, dass man etwas tun musste: sich gegen das Unheil stemmen. Und so machte der Polizist mit dem schütteren Haar mehrere schnelle Schritte auf den immer noch stehenden Möchtegern-Schlagersänger zu, packte diesen mit beiden Händen am Kragen seines nicht mehr ganz weißen Trachtenhemds (darauf war Lippenstift in allen Rottönen zu sehen), ging mit seiner Nase ganz nah an das Gesicht des Hochstaplers heran und presste wütend hervor: »Mein lieber Scholli, wenn'st du jetzt weiter hier den Kaschper spielst, dann kommst du hier nicht raus. Mir brauchen deine Personalien. Jetzt! Und zwar die richtigen. Deinen Hirlwimmer-Scheiß kannst du dir sonst wo hinstecken.«

»Warum?«, fragte der Delinquent, was für Sepp Kastner schon ein halbes Schuldeingeständnis darstellte.

»Weil du einem ›Schtar‹ ein blaues Auge geschlagen hast, was für den echten Hanni praktisch bedeutet, dass er jetzt nicht nach Japan kann.«

»Und vergiss nicht das mit den Brüsten und dem Edding, Sepp«, ertönte Annes Stimme von hinten.

»Und das mit dem Edding«, fügte Sepp Kastner hinzu und

vermied die Erwähnung der weiblichen Körperteile, er war in dieser Hinsicht ein wenig verklemmt.

»Was war da?«, fragte der falsche Sänger und klang aufrichtig verdutzt.

»Du hast den Frauen ins Dekolleté geschmiert.«

»Auf die Titten«, ergänzte Anne, »mit einem Edding.« Es klang empört.

Sepp Kastner ließ den Bösewicht los. »Also, jetzt, wie ist dein richtiger Name?«

»Hanni Hirlwimmer.«

In Kastners tiefstem Inneren fiel eine ganze Batterie Maibäume der Reihe nach um. Was gab es nur für seltene Deppen! Da war alles zu spät.

Noch bevor der Polizeiobermeister die Tür zur Zelle wieder zugesperrt hatte, hörte er den Mann in der Krachledernen erneut schreien. Allerdings, blöd war der falsche Hirlwimmer nicht, hatte er doch jetzt seinen Text modifiziert: »Lasst's mich raus, ich bin ein Schtar, weil ich muss weg, zu meinem Flieger ... ich muss nach Japan! Iiiiich muuuusss naaaach Jaapaaaaan!«, schallte es nun so laut durch die Polizeiinspektion, dass es sogar der Dienststellenleiter Kurt Nonnenmacher zwei Etagen weiter oben hören konnte.

Da der Insektenphobiker aber gerade einer dicken Schmeißfliege mit der polizeikellenförmigen Fliegenklatsche nachjagte, schenkte er den Rufen keine größere Beachtung. Eine Lederhose mit Cowboystiefeln macht noch keinen Schlagerstar.

»Wie lange willst du den jetzt dabehalten?«, fragte Anne, als die beiden wieder in ihrem Dienstzimmer saßen.

»Bis er sagt, wer er ist«, erwiderte Sepp Kastner gedankenverloren, denn er studierte gerade die Gesprächsnotiz, die der Polizeiazubi vorher auf seinem Tisch abgelegt hatte.

»Das ist ja komisch«, sagte er leise. »Der Besitzer vom Bahnhofskiosk hat hier angerufen und gesagt, dass er sich wundert, weil die Bank gegenüber immer noch zu hat, obwohl es schon halb zehn ist.«

»Vielleicht haben die Betriebsausflug«, meinte Anne gelangweilt.

»Nein, der vom Kiosk hat außerdem gesagt, dass das Auto vom Geschäftsführer auf dem Parkplatz von der Bank steht. Und das von einer anderen Mitarbeiterin auch. Er meint, er kennt die, sie heißt Frau Rüdel.«

»Auch das muss nichts heißen.« Anne hatte für den heutigen Tag einfach jede Lust am Arbeiten verloren. Sie fühlte sich erschöpft und ausgelaugt.

»Der Typ vom Kiosk hat sogar durch die Scheibe der Bank geschaut und an die Tür geklopft, aber er hat niemanden gesehen und aufgemacht hat auch niemand.«

»Ja, und?«, kommentierte Anne genervt und schob sich ein Kaubonbon in den Mund.

»Anne«, sagte Sepp Kastner eindringlich. »Diese Bank ist in den letzten Jahren zweimal überfallen worden.«

»Ich weiß, Seppi«, erwiderte Anne kauend, »aber der Täter von damals hat fast sechs Jahre bekommen, der sitzt noch immer ein.«

»Vielleicht haben's ihn vorzeitig entlassen. Also ich meine, mir sollten da hinfahren.«

Bei ihrer Ankunft wurde der Bahnhof gegenüber des Bankgebäudes von zwei recht unterschiedlichen Gruppen belagert: Da waren einerseits die Jugendlichen auf Schulausflug, die lasch auf dem Gehsteig herumhingen, und andererseits die pensionierten Wanderprofis, die entschlossenen Blicks ihre Bergschuhe schnürten.

Dazwischen suchte ein verschwitzter, völlig gestresster Paketdienstmitarbeiter, beladen mit einem Paket, in dem mindestens ein Surfbrett oder zwei Paar Ski stecken mussten, nach dem Jagerhaus. Aber natürlich war am Bahnhof weit und breit kein Einheimischer zu sehen, bei dem er sich erkundigen hätte können, weshalb er den Karton wieder in seinen Lieferwagen schob und wegfuhr. Ein Verhalten, das wegen des radikalen Preiskampfes unter den Paketlieferbetrieben völlig alltäglich war. Es gab Menschen, die hielten für den seltenen Fall, dass sie ein Paket nicht selbst in den neuerdings sogenannten Postpoints oder Postagenturen abholen mussten, im Kühlschrank eine Flasche Oktoberfestbier zum Feiern vorrätig.

Doch das stundenlange Anstehen beim Abholen der Sendungen hatte durchaus auch Vorteile: Hier bot sich die Gelegenheit, Menschen zwanglos und ohne Zeitdruck näher kennenzulernen, sie aus der Sicherheit der Anonymität heraus zu studieren. Dabei konnte es durchaus geschehen, dass sich Bayern und Bayerinnen ineinander verliebten. Oder man fand die Liebe seines Lebens unter den von nördlich der Donau her stammenden Ausländern und Ausländerinnen, die gerade ihre Ferien im Alpenland verbrachten und eine Postkarte verschicken wollten. Zwar hatte längst jeder Zweite ein tragbares Telefon, das in der Lage war, für seinen Besitzer Entscheidungen über Online-Freundschaften zu fällen (gefällt mir, gefällt mir nicht, oder eben englisch: like, like not et cetera), aber gedruckte und stimmungsvolle Ansichtskarten von dem sommerlichen See und seiner pittoresken Bergwelt zu verschicken, dazu waren diese Telefone noch nicht in der Lage. Und es hatten zudem noch genügend Menschen jener Spezies überlebt, die sich über Urlaubspostkarten mit Abbildungen von Gemsen, Wolpertingern und anderem Alpengetier freuten.

Fröhlich flatterten die beiden Fahnen mit dem blau-weiß-orangefarbenen Logo der Genossenschaftsbank im vom See herwehenden Morgenwind. Doch das Geldinstitut war tatsächlich noch geschlossen.

Anne und Sepp betraten den Vorraum mit dem bräunlich

marmorierten Fußboden und pochten an die Panzerglastür, sie umrundeten einmal das komplette Gebäude, drückten die Klingel am Hintereingang, den sie über einen überdachten Durchgang erreicht hatten, und der das Bankgebäude mit dem Nachbargebäude verband, doch es regte sich nichts.

»Normalerweise öffnen die um acht Uhr fünfzehn«, stellte Anne nach einem Blick auf die Öffnungszeiten fest. »Sepp, was machen wir?«

Sepp Kastner blieb die Entscheidung vorerst erspart, denn auf den Parkplatz rollte ein Taxi, dem eine dünne Frau entstieg, die Anne auf gut vierzig Jahre schätzte. Die Dame trug ein graues Kostüm zu flachen grauen Schuhen, und sie steuerte, nachdem sie den Fahrer entlohnt hatte, zielstrebig auf die blau gerahmte Eingangstür der Bank zu.

»Guten Tag«, grüßte die Dame die beiden etwas gehetzt. Sie schien nicht allzu überrascht über die Uniformierten. »Darf ich vorbei?«

Anstatt auf die Seite zu treten, sagte Anne: »Da ist zu.«

»Zu?«, entfuhr es der schwarzhaarigen Frau. »Das kann nicht sein.« Anne fand, dass sie eine leicht überhebliche Art an den Tag legte.

»Na, dann versuchen Sie es eben selbst«, meinte sie und tat einen Schritt zur Seite.

Selbstbewusst betrat die Frau den Vorraum der Bank, trat auf die Panzerglastür zu und riss an dem messingfarbenen Griff, ganz so, als wäre sie sich sicher, dass die Tür aufgehen müsse.

»Tatsächlich«, sagte sie fassungslos, und Anne Loop hatte zum ersten Mal das Gefühl, dass die Frau sie wahrnahm. »Na, dann probieren wir es doch mal hinten.«

»Das können Sie sich sparen. Da ist auch zu«, schaltete sich Sepp Kastner in das Geschehen ein.

Die Frau lächelte ihn an und erwiderte in leichtem Singsang: »Aber für hinten habe ich den Schlüssel!«

»Arbeiten Sie hier?«, fragte Anne in ernstem Tonfall.

»Ja?«, erwiderte die Frau fragend und streckte Anne die Hand hin: »Doktor Henrike Klamm, stellvertretende Filialleiterin.«

Anne schüttelte ihr die Hand, ebenso Sepp Kastner. »Ist das normal, dass hier am Montag um halb elf noch zu ist?«, wollte die Polizistin wissen.

»Nein, das ist es nicht«, stellte Dr. Klamm trocken fest. »Aber was ist an diesem Tag schon normal?«

Anne nickte zustimmend. Hatte die Frau auch eine Tochter mit einem Faible für Wollpullover im Sommer?

»Erst der Autounfall – so ein Idiot hat mir die Vorfahrt genommen, jetzt ist mein Auto Schrott –, dann komme ich hierher und niemand arbeitet, dafür sind Sie, die Polizei ...« Sie zögerte, ihr Blick huschte nervös umher. »Na ja, tut mir leid, aber ich habe jetzt leider wirklich keine Zeit mehr zum Ratschen. Ich muss die Bank aufschließen. Auf Wiedersehen!«

Die elegant gekleidete Frau wandte sich von ihnen ab und eilte in Richtung Hintereingang. Doch Anne Loop und Sepp Kastner folgten ihr auf den Schritt. Als die Frau im Kostüm das bemerkte, wandte sie sich um und fragte ungeduldig: »Ist noch was?«

»Ist es denn normal, dass hier niemand ist?«, fragte Anne vorsichtig, »... und dass alles zugesperrt ist?«

»Wie ich bereits sagte«, antwortete die stellvertretende Filialleiterin spitz, »scheint dies heute ein besonderer Tag zu sein. Diejenigen, die heute hier ihren Job nicht machen, können sich durchaus darauf gefasst machen, dass das Folgen haben wird.«

In der Zwischenzeit hatte das Trio die Hintertür der Bank erreicht, Dr. Klamm hatte ihren Schlüsselbund – Sepp Kastner glaubte gesehen zu haben, dass der Anhänger eine kleine schwarze, mit weißem Faden gefesselte Voodoo-Puppe war – aus der Handtasche gekramt und wollte ihn eben ins Schloss schieben, da fiel Anne ihr in den Arm. »Halt, warten Sie!«

Dr. Klamm riss sich energisch los und blaffte die Polizistin an: »Erlauben Sie, was soll das?«

Anne suchte kurz Sepp Kastners Blick, dann sagte sie in ruhigem, um Verständnis bittendem Ton: »Wir sind uns nicht sicher, ob hier alles mit rechten Dingen zugeht. Um es mal vorsichtig zu sagen: ob hier nicht eine gewisse Gefahr besteht. Ich meine, Ihre Bank ist bereits zweimal überfallen worden ...«

»Sie meinen ...?« Die stellvertretende Bankchefin vollendete den Satz nicht. »Und was heißt das jetzt für mich?«

»Könnten Sie nicht jemanden anrufen, der eigentlich jetzt in der Bank arbeiten müsste?«, fragte Anne vorsichtig.

»Kann ich schon, hätte ich ja auch längst«, sagte Dr. Klamm, jetzt wieder leicht patzig, »aber ich scheine zurzeit eine Glückssträhne zu haben. Der Autounfall, das war ja nur der Höhepunkt heute, aber gestern ist mir mein Smartphone ...«, sie atmete tief ein und wieder aus, »... ins Klo gefallen, und deswegen konnte ich heute nach dem Unfall niemanden anrufen und habe versucht, so schnell wie möglich hierherzukommen.«

»Nehmen Sie meins.« Kastner reichte der Bankerin sein Mobiltelefon.

Doch alle Anrufe, die Dr. Klamm in den nächsten Minuten unternahm, während sie wieder vor dem Haupteingang zu stehen gekommen waren, gingen ins Leere: Beim Anschluss der Bank war noch die Ansage vom Wochenende zu hören. Am Mobiltelefon des Filialleiters Robert Ochsenknecht meldete sich nur dessen Mailbox. Dasselbe bei den Handys der Bankmitarbeiter Rüdel und Seliger.

»Da ist was faul«, stellte Kastner trocken fest und sah nachdenklich zu dem schönen alten Bahnhofsgebäude mit den weinrot bemalten Fensterbögen und der zweiflügeligen braunen Holztür hinüber.

»Das sehe ich ganz genauso«, stimmte Dr. Klamm zu. »Und ich denke, es ist das Beste, jetzt mal reinzugehen und zu schauen, wo der Fisch stinkt.«

Doch ehe sie wieder durch den schmalen Gang zum Hintereingang eilen konnte, stellte sich Anne ihr in den Weg.

»Das werden Sie jetzt mal schön bleiben lassen.« Sie wandte sich ihrem Kollegen zu. »Sepp, ruf den Chef an.«

Der Anruf brachte leider nicht die erhoffte Entscheidung, wie in dieser mysteriösen Situation verfahren werden sollte. Denn anstatt einer klaren Dienstanweisung teilte der bärtige Inspektionsleiter Kurt Nonnenmacher lediglich mit, dass er Kopfweh habe, vermutlich sei das letzte Bier, das er gestern auf dem Rosstag getrunken habe, schlecht gewesen.

Was man jetzt tun solle, wollte Kastner wissen.

»Tja, keine Ahnung«, knarzte Nonnenmachers Stimme aus Kastners Handy. »Ihr seid's vor Ort, ihr habt's die Verantwortung. Ich bin hier, ich kann's nicht beurteilen.«

»Aber du bist der Chef!«, ermahnte Sepp Kastner ihn, worauf Nonnenmacher nichts erwiderte. Der Dienststellenleiter trug zwar den gleichen Nachnamen wie ein schlagzeilenträchtiger Banker, doch dessen Wendigkeit besaß er nicht.

»Frag ihn, ob er nicht wenigstens herkommen will«, flüsterte Anne ihrem Kollegen zu. »Damit er sich einen Eindruck verschaffen kann ...«

Doch Nonnenmacher behauptete, gleich eine wichtige Telefonkonferenz mit dem Polizeipräsidenten von Oberbayern zu haben. Anne war sich hundertprozentig sicher, dass das gelogen war. Der faule Sack war einfach nur verkatert. Aber zumindest versprach der Dienststellenleiter, den Polizeimeisteranwärter Alfred Hobelberger zu schicken. Zur Verstärkung. Dann stöhnte er noch theatralisch, dass er ja so Kopfweh habe, und legte auf.

Immerhin nahmen die Polizeilehrlinge ihre Arbeit noch ernst, denn Hobelberger kam auf seinem Moped derartig schnell angeflogen, dass Sepp Kastner für einen Augenblick den Impuls in sich verspürte, den Antrieb des Gefährts einer kritischen Prüfung zu unterziehen. War es vorstellbar, dass der Nachwuchspolizist mit einem frisierten Zweirad herumkurvte?

Doch für derartiges Misstrauen unter Kollegen war nun nicht der richtige Zeitpunkt. Einmal mehr mussten die Beamten in diesem seit wenigen Jahren auffällig häufig von kriminellen Machenschaften erschütterten Tal eng zusammenstehen.

In diesem Fall bedeutete das Zusammenstehen allerdings das genaue Gegenteil: Sepp Kastner verabschiedete sich von den anderen und ging auf die dem Bahnhof zugewandte Frontseite der Bank, um dort den Haupteingang abzusichern. Anne Loop, Hobelberger und Dr. Henrike Klamm dagegen wandten sich der Hintertür zu. Anne nahm ihre Dienstwaffe in Anschlag und die noch verschlossene Tür ins Visier, über der leise ein Ventilator surrte. Der Polizeilehrling Hobelberger, der wegen seiner Jugend und wegen der noch nicht abgeschlossenen Polizeiausbildung keine Schusswaffe tragen durfte, hob den Schlagstock nach oben, als handelte es sich um einen Revolver. Gerne hätte er auch die täuschend echt aussehende Spielzeugpistole geholt, die er in der Satteltasche seines Mopeds immer dabei hatte (man konnte nie wissen, wann man sie einmal brauchen konnte), aber das war ihm vor den Kollegen dann doch zu brenzlig.

Annes Herz klopfte bis zum Hals, als die stellvertretende Filialleiterin den Schlüssel ins Schloss steckte, ihn drehte und vorsichtig gegen die Tür drückte.

Alle drei schwiegen erwartungsvoll. Anne schossen wirre Gedanken und zahllose Fragen durch den Kopf: Was würde sie im Inneren der Bank erwarten? War überhaupt jemand drin? Aber wenn nicht, wo waren dann die Mitarbeiter? Handelte es sich wirklich um einen weiteren Banküberfall?

Jetzt hatte Dr. Klamm die Tür aufgesperrt und einen Spalt weit aufgeschoben. Anne spannte die Muskeln an. Doch dann kam die Aktion ins Stocken.

»Los, machen Sie auf«, zischte die Polizistin ungeduldig.

»Geht nicht«, flüsterte Henrike Klamm, die plötzlich nicht mehr so wagemutig und selbstbewusst wirkte wie gerade eben noch.

»Wie – was – geht nicht?«, fragte Anne, jetzt schon nicht mehr ganz so leise. Vorn auf der Wiesseer Straße dröhnte der Motor eines vorbeifahrenden Sportwagens.

»Die Tür, die geht nicht auf.« Dr. Klamms Stimme flatterte. »Das ist nicht normal. Normal geht die ganz einfach auf.« Sie blickte Anne verängstigt an. »Üblicherweise ist das so: Ich schließe auf und schwups, ist sie auf.«

»Das gibt's doch nicht«, schnaubte Anne nervös. »Lassen Sie mich mal hin.« Sie schob Dr. Klamm zur Seite, richtete mit der rechten Hand die Pistole auf das Türschloss und versuchte mit der Linken, die Tür aufzudrücken. Als dies nicht gelang, nahm sie die Waffe nach unten und stemmte sich seitlich mit dem Oberkörper gegen das Holz. Plötzlich bewegte sich die Tür ein Stück.

Doch im selben Augenblick schraken die beiden Polizisten und die stellvertretende Filialleiterin zusammen. Denn hinter dem Eingang meldete sich eine weibliche Stimme zu Wort: »Halt, Halt, ich sage Halt!«

Anne sah Dr. Klamm fragend an, und als diese nur ratlos mit den Schultern zuckte, rief Anne hinein: »Hier ist die Polizei. Wenn hier wer ›halt‹ sagt, dann wir. Machen Sie sofort auf, wir sind bewaffnet.«

Keine Antwort. Die Polizistin warf sich noch einmal mit Schwung gegen die Tür, die auch kurz ein Stück nachgab. Als Anne dann aber für einen Augenblick den Druck wegnahm, fiel die Tür wieder zurück ins Schloss. Da drückte jemand von innen dagegen. Also sprach Anne mit Anspannung in der Stimme und übertrieben deutlich: »Machen Sie jetzt auf. So-fort. Dies ist ein Befehl. Hier ist die Polizei. Wir müssen wissen, was hier vor sich geht. Was soll das?«

»Sie können hier nicht rein«, kam es zurück. Es klang ein wenig hilflos.

»Die Stimme kenne ich doch«, flüsterte die Bankvizechefin in Richtung Hobelberger, der in diesem Moment vor lauter Aufregung geräuschvoll und leider Gottes nicht geruchsneutral aufstoßen musste. Der Frühstücks-Döner. Dr. Klamm wandte angewidert den Kopf ab. Manieren scheint man heutzutage in der Berufsschule nicht mehr zu lernen, dachte sie sich.

»Zum letzten Mal«, rief Anne, »lassen Sie uns sofort rein, oder ...«, sie suchte einen Augenblick nach einer passenden Drohung, »... oder ich schieße mir den Weg frei!«

»Nein, bitte nicht!«, schrie die Frauenstimme jetzt panisch. »Bitte nicht schießen! Ich bin ...«, sie zögerte.

»Die Putzfrau, das ist die Putzfrau«, entfuhr es Dr. Klamm jetzt hektisch.

»Ich bin ...«, nahm die Stimme erneut den angefangenen Satz auf, »doch bloß ... die Heigelmoser Irene, ich putz doch bloß ... hier.« Und dann schob sie hastig hinterher: »Deswegen können Sie hier nicht rein. Also wegen dem Putzen halt.«

»Was?«, schrie Anne ungläubig, wobei sich ihre Stimme überschlug. War sie denn nur von Bekloppten umgeben? Sie sollten nicht in die Bank hineinkönnen, weil hier gerade geputzt wurde?

»Es geht nicht«, kam es hilflos aus der Bank.

»Frau Heigelmaier ...«

»Heigelmoser«, unterbrach Dr. Klamm den Dialog. »Unsere Putzfrau heißt Heigelmoser.«

Anne schüttelte den Kopf: eine bekloppte Putzfrau, eine klugscheißernde Bankerin – wo war sie hier nur hineingeraten?

»Also, Frau Heigelmoser, ich habe jetzt die Faxen dicke. Wenn Sie jetzt nicht sofort aufmachen, schieße ich mir den Weg frei. Dies ist meine letzte Ansage.«

Dr. Klamm nickte zustimmend. Hobelberger zerkrümelte verstohlen einen Nasenpopel hinter dem Gesäß.

»Nein, bitte, bitte nicht«, flehte die Putzfrau. »Ich muss noch den Eingangsbereich sauber machen. Da können Sie jetzt wirklich nicht hereinkommen.«

Anne schüttelte empört den Kopf. »Das gibt's ja wohl nicht!«

Dann hörten die drei vor der Tür Stehenden eine männliche Stimme etwas sagen, aber so leise, dass sie es nicht verstehen konnten; schließlich meldete sich noch einmal die Putzfrau zu Wort, ihr Ton klang nun wieder bestimmter: »Ich putz jetzt hier einmal fertig. Aber ...« Die Stimme verlor wieder an Selbstsicherheit. »... aber wenn die Frau Dr. Klamm schon einmal den Tresorschlüssel hereinreichen könnte ...? Also ... fragt der Herr Ochsenknecht ... schlägt der Herr Ochsenknecht vor, also das ist unser Chef ... dann könnte der schon einmal alles herrichten und so.« Kurz herrschte Stille, dann kam noch hinterher: »Für den Bankbetrieb ... das Geld und alles ... Sie wissen schon.«

Anne suchte den Blick der stellvertretenden Filialleiterin. Dr. Klamm schüttelte energisch den Kopf und sagte leise: »So weit kommt's noch. Also, wenn da wirklich der Ochsenknecht drin ist und so etwas von mir verlangt, dann ...« Sie hob in einer hilflosen Geste die Arme.

»Was sollen wir tun?«, fragte Anne mit gedämpfter Stimme und war einen Augenblick unaufmerksam – ein paar Sekunden, die denjenigen, die sich im Inneren der Bank zu schaffen machten, genügten, um die Tür mit Schwung zuzuknallen.

»Jetzt ist sie zu«, kommentierte Polizeimeisteranwärter Hobelberger völlig zutreffend.

Aber anstatt zu resignieren, suchte er sogleich nach einer Lösung, um doch noch in das Gebäude zu gelangen. Ja, der Elan der Jugend. Sein von vielen Klettertouren geschulter Blick fiel auf den Lichtschacht und wanderte weiter nach oben, bis er an den Fenstern des ersten Stocks der Genossenschaftsbank hängen blieb.

Und da kam dem Jungpolizisten eine geniale Idee: »Ich hab gesehen, dass vorn ein Fenster auf ist. Ich hol schnell eine Leiter«, sagte er und eilte davon. Nicht ohne Stolz spürte er die staunenden Blicke seiner Mitstreiter im Rücken. Wenn er diese Nummer zum Erfolg führte, würde ihm Kurt Nonnenmacher vielleicht schon bald erlauben, Fahndungsprotokolle selbst zu unterschreiben und im betreffenden Ordner abzuheften. Wie alle Menschen träumte auch Hobelberger von einem Mehr im Leben, weil weniger wurde es meist von selbst.

Es dauerte nur wenige Minuten, dann lehnte an der Straßenseite des Geldinstituts eine lange Leiter, die Hobelberger sich vom Bahnhofskiosk ausgeliehen hatte. Sepp Kastner, der die Idee des jungen Kollegen begeistert aufgenommen hatte, hatte ihm geholfen, sie herzubringen und aufzustellen.

Kurz diskutierten sie, ob Anne Loop oder Sepp Kastner zu dem gekippten Fenster hinaufklettern sollten. Die Wahl fiel auf Kastner, da ihm eher zuzutrauen war, das gekippte Fenster mit Gewalt aufdrücken zu können. Widerwillig hatte Frau Dr. Klamm dieser Zerstörung bankeigener Betriebsmittel zugestimmt. Lieber hätte sie vorher abgeklärt, ob und wenn ja, welche Versicherung diesen Schaden erstatten würde: die Hausratversicherung der Bank, die Privathaftpflicht Sepp Kastners, die Diebstahlversicherung der Genossenschaft, die Gebäude- oder Glasversicherung des Geldinstituts, die Berufshaftpflicht Sepp Kastners? Deutschland war ein reiches Land, gerade auch hinsichtlich seiner Versicherungen. Jeder Bürger war gegen praktisch alles versichert – wenngleich die Konzerne im Schadensfall dann meist nicht zahlten. Vermutlich würde einfach die bayerische Polizei zahlen müssen, in Gestalt des Polizeipräsidenten von Oberbayern, des Innenministers beziehungsweise Ministerpräsidenten (wobei, der Mann hatte mehrere Kinder aus verschiedenen Beziehungen und war mit seinen Unterhaltsverpflichtungen vermutlich schon jetzt ganz gut bedient. Gegen Kinder gab es nämlich keine Versicherung. Noch nicht. Aber die Konzerne entwickelten gerade ein Konzept).

Beim Hinaufklettern versuchte Sepp Kastner, sich in Erinnerung zu rufen, wie Raubkatzen kletterten, denn die konnten das ja gut. Hoch konzentriert nahm er Sprosse für Sprosse. Er war gerade beim doppelten »f« der Leuchtbuchstaben, die dem Namen der Bank nachts Glanz verliehen, angelangt, da geschah etwas, womit niemand gerechnet hätte: Aus dem Inneren des Gebäudes drang zuerst ein Schuss und sofort darauf ein Schrei.

Es war ein Laut, der nichts Menschliches an sich hatte, aber von allen, vor allem von dem umgehend wie gelähmt innehaltenden Kastner, als Äußerung höchsten Schmerzes eingeordnet werden musste.

Jetzt war definitiv klar: In der Bank ging etwas Schlimmes vor sich, mindestens ein Verbrechen.

Nun kam auch der Leiter der Polizeidienststelle vom See, Kurt Nonnenmacher, nicht mehr drum herum, all die wichtigen Telefonate, sei es mit Polizeipräsidenten, Bürgermeistern, Gebirgsschützenkompaniechefs und Schuldirektorinnen, die sein anspruchsvoller Job erforderte, ruhen zu lassen. Kopfweh hin oder her, im Verbrechensfall war Krisenmanagement gefragt, man musste über den Schatten seines Katers springen.

Deshalb steuerte der Inspektionschef sein Polizeifahrzeug auch schnurstracks von der Dienststelle zum Tatort; lediglich an der Metzgerei hielt er kurz an, um sich eine Leberkässemmel und ein Konterbier (so nannten Eingeweihte das Bier, mit dem einem Kater begegnet werden konnte) zu besorgen. Diese Art der Katerbekämpfung hatte er sich zur Gewohnheit gemacht, seit an dem See inmitten von Bergen die Zahl der Verbrechen rapide zugenommen hatte.

Auf Blaulicht verzichtete der bärtige Vollblutpolizist, denn erstens war er kein Wichtigtuer, und zweitens gestaltete es sich ohnehin als schwierig, den Knopf zu aktivieren, da er in der einen Hand die Bierflasche hielt, in der anderen die Leberkässemmel. Lenken konnte er das Einsatzfahrzeug dank der modernen Servolenkung sehr gut mit der Innenseite des linken Knies. Doch um mit dem Knie das Blaulicht zu aktivieren, dazu hätte man ein Zirkusartist sein müssen. Das war Kurt Nonnenmacher, verheiratet und magenkrank, wohnhaft in einem alpenländisch gestalteten Haus mit Freisitz und Blick auf Kurpark und Gulbransson-Museum, definitiv nicht. Ehe er an der Bank aus dem Wagen stieg, stellte er die noch halb volle Bierflasche im Fußraum des Beifahrersitzes ab und wuchtete anschließend seinen schweren Körper aus dem Fahrzeug.

Anne Loop unterrichtete ihren Vorgesetzten detailliert über die Vorfälle und teilte ihm ihre Einschätzung mit: dass man es hier mit einer lebensgefährlichen Situation zu tun habe.

»Also, jetzt einmal langsam«, meinte Nonnenmacher so selbstherrlich wie ein bayerischer Großbauer nach dem Frühschoppen. »Muss ich hier jetzt erst einmal das kleine Abc der Kriminalwissenschaft herunterbeten, oder was? Was ist denn Fakt, ha?«

Er sah Anne Loop prüfend an, die wegen seines Atems (Leberkäse, Bier) einen Schritt zurückwich, sich aber nicht verunsichern ließ. »Fakt ist, Herr Nonnenmacher, dass eben in der Bank geschossen wurde.«

»Und dass jemand laut geschrien hat«, ergänzte Sepp Kastner, der mittlerweile von der Leiter heruntergestiegen war.

»Und zwar ungefähr so: ›Auuuaaaääähiiiiiiiuuu!‹«, versuchte auch der Polizeilehrling Hobelberger seinem Chef den Ernst der Lage zu veranschaulichen.

Nonnenmacher verzog schmerzverzerrt das Gesicht, blickte über den See hinweg zum Wallberg, sog tief die Gebirgsluft ein und sagte dann: »Wir müssen systematisch und planmäßig vorgehen. Respektive lehrbuchmäßig. Was heißt das ganz konkret, Hobelberger?«

Der Lehrling sah seinen Chef verunsichert an, woraufhin dieser leicht genervt die folgenden Worte herunterbetete: »Die Grundregeln des Durchsuchens und Verhaftens: Räumliche Verhältnisse beurteilen ...«. Nonnenmacher wartete mit aufforderndem Blick, doch von Hobelberger kam nichts. Also fuhr er fort: »Ausdehnung beachten – was auch immer das heißt –, untypische Verhältnisse berücksichtigen. Beachten, dass Menschen längere Zeit in untypischen oder unbequemen Haltungen verharren können, natürliche oder künstliche Hohlräume ...« Wieder blickte er den Azubi erwartungsvoll an, aber der starrte schweigend auf seine schwarzen Goretexschuhe. »Ja, sakra, Hobelberger, was haben Sie denn im Kopf?«

»Dass da gerade in der Bank etwas nicht stimmt«, meinte Hobelberger eingeschüchtert. »Und dass wir da handeln müssten, jetzt.«

»Waaas?«, herrschte Nonnenmacher den Polizeiazubi an.

»Ähm, Herr Nonnenmacher«, nutzte Anne die durch Hobelbergers Angst und Nonnenmachers Erstaunen entstandene Redepause. »Ich glaube, Ihnen ist nicht ganz klar ... also ... ähm ... da drinnen wurde geschossen. Es könnte sein, dass da gerade jemand stirbt. Ich weiß nicht, ob wir jetzt hier ... an dieser Stelle ... Zeit haben für Lehrlingsausbild...« Ein Traktor ratterte vorbei, Nonnenmacher grüßte freundlich, indem er kurz zwei Finger an die Dienstmütze hob – »servus, Sepp«, sagte er mehr zu sich selbst. Anne verlor die Geduld und sagte deshalb laut und abgehackt: »Wir. Müssen. Handeln. Jetzt, sofort! Hier muss die Kripo her oder ein SEK, weil da drin passiert gerade etwas Schlimmes, da sind Menschenleben in Gefahr.«

Als hätte er Anne nicht gehört, fuhr Nonnenmacher, an Hobelberger gerichtet, fort: »Vorab wichtig bei polizeilichem Eindringen in Gebäude mit nachfolgender Festnahmeabsicht: gedeckte Annäherung, Sicherung vorhandener Fluchtwege, Bereithaltung Schusswaffe.«

»Herr Nonnenmacher!«, unterbrach Anne ihren Chef mit Nachdruck. Sie war nun richtig böse. Auch die Filialleiterin der Bank, die bislang in schweigendem Staunen dem merkwürdigen Dialog beigewohnt hatte, schüttelte ungläubig den Kopf.

Ehe Anne etwas Undiplomatisches von sich geben konnte, meinte Sepp Kastner vorsichtig: »Du, Kurt, mir müssen da jetzt wirklich was machen. Das ist ja vielleicht ein Banküberfall, und geschossen wurde auch schon.«

Nonnenmacher kam nicht mehr dazu, etwas zu erwidern, denn ohne dass jemand es bemerkt hätte, hatte sich eine Frau, die in ihrer weißen Kleidung aussah wie eine Sprechstundenhilfe, von hinten der Gruppe genähert.

»Wissen Sie, was mit der Bank los ist? Ich wollt Geld abheben, aber da ist zu.« Sie wandte sich an Frau Dr. Klamm. »Sie sind doch die Chefin hier, oder? Sagen'S einmal, was ist denn heut' los bei euch? Arbeitet's heut nicht? Habt's mal wieder Betriebsausflug? Oder ist was …« Sie musterte die Beamten in Uniform. »… passiert?«

»Oh, ja, oh«, stammelte die stellvertretende Filialleiterin verlegen, »das ist-ist, das ist eine gute Frage.«

»Ob Sie die Chefin sind?«, wollte die Kundin ungeduldig wissen.

»Ja, nein.« Dr. Klamm hüstelte. »Doch. Wie kann ich Ihnen denn helfen?«

»Ich soll für meinen Herrn Doktor ein Geld holen.«

»Dann nutzen Sie bitte unseren Bankautomaten.«

»Geht nicht.«

»Wieso?«

»Weil ich viel Geld brauche.«

Nonnenmacher zog die Augenbrauen hoch.

»Aha, und wie viel?«, erkundigte sich Henrike Klamm gestresst, denn sie hatte nun beileibe andere Probleme als des Doktors Geld. Aber eine Genossenschaftsbank war nun einmal keine Luftbank wie die im Internet, hier war die Kundin noch Königin.

Nun wirkte die Sprechstundenhilfe auf einmal verlegen und hauchte deshalb so leise, dass Nonnenmacher den Betrag beinahe nicht verstanden hätte: »Fünftausend.«

Der Ermittler aber hatte genau im richtigen Moment seine großzügig dimensionierten bayerischen Ohrwascheln aus der vom See herwehenden Sommerbrise genommen und daher den auch für ein mit Millionären fast bis zum Rand gefülltes Tal enormen Barbetrag registriert.

»Fünftausend?«, bellte der Dienststellenleiter daher nun empört. »An einem stinknormalen Montag! Fünftausend! Ja, schau dir den Herrn Doktor Schlawiner an. Das verdient ja unsereins nicht in drei Monaten!«

»Bitte, Herr Nonnenmacher«, versuchte Anne den aufbrausenden Inspektionschef zu bremsen.

»Für was braucht der Bazi denn auf einen Schlag so viel Geld? Will er's außer Landes schaffen, oder was? Das sag ich Ihnen fei, Frau ...« Er wartete nicht so lange, dass die Arzthelferin ihren Namen nennen konnte. »Die Grenze zu Tirol haben mir im Griff. Da kommt uns keiner mit Schwarzgeld durch. Und Steuerparadiese wie diese Eiländs, Singapur oder sonst ein Scheißdreck, die sind weit weg. Da brennt sich der feine Herr Doktor fei, wenn er meint, dass er ...!«

Die Sprechstundenhilfe hob peinlich berührt die Schultern. »Nein, also, auf solche Gedanken würde der Herr Doktor niemals kommen, er ist ein grundehrlicher Mensch. Aber seine Jacht ist halt kaputt.«

»Die Jacht ist kaputt!«, brüllte Nonnenmacher und lachte wie verrückt los.

»Also fünftausend kann ich Ihnen jetzt nicht geben«, klinkte sich Dr. Klamm ein, die befürchtete, wegen des irren Polizeichefs einen ihrer wichtigsten Kunden zu verlieren. »Aber ...«, sie zog ihr Portemonnaie aus der Handtasche und reichte, vor den ungläubigen Blicken der anderen, der Arzthelferin einen Eintausend-Euro-Schein. » ... bringen Sie ihm das, und kommen Sie bitte morgen noch einmal wieder. Bis dahin ist hier alles wieder normal. Auf Wiedersehen!«

Die Sprechstundenhilfe nahm das Geld. »Und Unterschrift?«

»Brauchen wir heute nicht, ist ein Sonderfall, und der Herr Doktor ist ja ein ... ein sehr guter Kunde von uns.« Die letzten

Worte stieß sie hastig hervor. Die Dame bedankte sich artig und schlappte in ihren Arzthelferinnenschuhen davon.

Nonnenmacher sah Dr. Klamm kritisch an und fragte: »Und Sie laufen einfach so mit tausend Euro im Geldbeutel in der Weltgeschichte umeinander? Tausend Euro! Das sind tausend Liter Heizöl. Ja, wer lauft denn bitte mit tausend Liter Heizöl in der Tasche herum? Das ist doch der reine Wahnsinn!« Er überlegte kurz. »Tausend Weißwürscht könnte man davon auch kaufen. Das wäre mir persönlich jetzt fast lieber.«

»Würden aber auch nicht in die Hosentasche passen«, meinte Hobelberger.

Dr. Klamm guckte derart beschämt zu Boden, dass der Inspektionsleiter von ihr abließ und stattdessen meinte: »Gut, dann wollen wir sie jetzt einmal stürmen, die Bank, die vermaledeite. Schlüssel her!«

Dr. Klamm reichte sie ihm.

Ohne auf die anderen Anwesenden zu achten, marschierte Nonnenmacher wieder zum Hintereingang. Sein Kopfweh war wie weggeblasen. Bärenstark fühlte er sich. Deswegen war es ihm auch völlig gleichgültig, dass Anne Loop ihn noch umzustimmen versuchte. »Herr Nonnenmacher, der schießt, so glauben Sie uns doch! Denken Sie an Ihre Familie, Ihre Gesundheit ...«

»Schweinsbraten, Kurt! Blutwurscht! Gebackene Kuheuter! Kas und Radi ...«, rief Kastner dem todesmutigen Chef allerlei kulinarische Verlockungen hinterher, die ihn an die Schönheit des Lebens gemahnen sollten.

Doch der Schlüssel steckte bereits. Längst hatte Nonnenmacher die Pistole im Anschlag, drückte die Tür auf und war auch schon in der Bank verschwunden. Für einen Augenblick dachte Anne, dass der Dienststellenleiter vielleicht doch recht gehabt hatte: Hätte man die Bank nicht schon vorhin einfach stürmen müssen? Wäre dann der Spuk womöglich längst vorüber? Doch bereits einen Wimpernschlag später fiel im Inneren der Bank ein ohrenbetäubender Schuss, dann noch einer, es rumpelte hinter der halb geöffneten Tür, und Anne Loop, Sepp Kastner, Dr. Henrike Klamm und der ermittlungstaktische Novize Hobelberger hörten ein furchtbares Stöhnen. Das war zweifellos der Chef der für die fünf Seegemeinden zuständigen Polizeiinspektion. Dann erklang ein scharrendes, ja schleifendes Geräusch, und die Polizisten beobachteten fassungslos, wie Nonnenmacher aus dem Gebäude heraus in Deckung robbte.

»Sind Sie verletzt?«, fragte Anne bestürzt.

»So eine Bagage!« Ein hartes Wort, doch Nonnenmachers Schimpfen klang kraftlos. Wie ein nasser Sack blieb er vor dem Bankgebäude liegen. Blut war keines zu sehen.

»Kurt, bist du verletzt? Haben sie auf dich geschossen?«, wollte Sepp Kastner wissen und nahm das Handgelenk des am Boden liegenden bayerischen Kolosses, um ihm den Puls zu fühlen. So hatte er den Vorgesetzten noch nie gesehen.

»Das hast ja wohl gehört, Depp!«, blaffte Nonnenmacher ihn an.

»Kurt, dein Herz ... das rast ja!«

»Ja, wundert's dich?«, fragte Nonnenmacher, der auf dem Bauch, mit dem Gesicht nach unten lag. »Seit auf den Fisch-Alfred vom Louisenthal geschossen worden ist, war kein Einziger von uns mehr im Kreuzfeuer. Aber heute ist's wieder so weit.«

Obwohl Anne Nonnenmachers Gesicht nicht sehen konnte, wusste sie intuitiv, dass der starke Mann weinte. Entschlossen stellte sie sich an die halb geöffnete Tür und rief in das Gebäude hinein: »Hallo, Sie da drinnen! Sie haben eben auf einen Polizisten geschossen!«

»Auf einen Inspektionschef sogar«, wimmerte Nonnenmacher, woraufhin Sepp Kastner ihn zärtlich an der Schulter tätschelte.

»Das tut hier nichts zur Sache«, zischte Anne, um dann, wieder in Ruflautstärke, fortzufahren: »Sie haben auf einen«, kurzes Zögern, »Polizisten geschossen. Was soll das? Wer sind Sie?«

Nach einem kurzen Moment der Stille ertönte tatsächlich eine Antwort: »Das ist hier 'n Banküberfall.«

»Eine Frau! Hochdeutsch!«, meinte Sepp Kastner trocken – und nach einem Blick auf den Sekundenzeiger seiner Uhr: »Puls hundertneunzig, du Kurt, jetzt mach ma einmal eine stabile Seitenlage, nicht, dass du uns noch einen Herzinfarkt kriegst hier auf dem Boden, wär doch schad um das ganze Bier, das du dann nicht mehr trinken könnt'st.«

Anne ließ sich durch Sepp Kastners blödsinniges Gerede nicht von ihrer Linie abbringen: »Und was wollen Sie? Ich meine, was sind Ihre Forderungen?« Ihre Stimme war jetzt ruhig und klar.

»Den zweiten Tresorschlüssel«, erklang die Stimme hinter der Tür. Anne fand, dass sie irgendwie frech klang.

»Eine ostfriesische Bankräuberin, unglaublich«, kommentierte Sepp Kastner erstaunt. Sogar der von einem Herzinfarkt bedrohte Kurt Nonnenmacher hob den Kopf ein wenig, um zu schauen, ob man etwas von der Gewalttäterin mit dem kecken norddeutschen Akzent sehen konnte.

»Was wollen Sie mit dem zweiten Tresorschlüssel?«, hielt Anne das Gespräch am Laufen. Polizeipsychologie.

»Was ist 'n das für 'ne dödelige Dödelfrage?«

»Dödelige Dödelfrage«, wiederholte Sepp Kastner. Wer sprach denn bitte so? Die Simpsons? Die Muppets? Das musste schon eine besondere Bankräuberin sein.

»Beantworten Sie meine Frage!« Anne ließ nicht locker.

Nonnenmacher rappelte sich auf, Sepp Kastner bot ihm ein gebrauchtes Papiertaschentuch an, aber der Inspektionschef wischte sich mit dem behaarten Arm das Gesicht ab, sein Hemd hatte er wegen der Sommerhitze schon am Morgen hochgekrempelt.

»Weil wir ohne den Schlüssel nicht an die Kohle kommen, Mann!«, blaffte die Bankräuberin zurück.

»Frau Loop ist eine Frau«, sagte leise Sepp Kastner, der durchaus noch Gefühle für die attraktive Kollegin hegte. Und wenn die keine Frau war ...

Die Bankräuberin schickte unverzüglich eine Drohung hinterher: »Und wenn der Schlüssel jetzt nicht gleich da ist, dann passiert was. Wir haben Geiseln und Waffen. Wir knallen die alle ab, wenn jetzt hier nicht bald was vorwärtsgeht!«

Anne wandte sich dem Inspektionschef zu. »Shit, Chef, ich glaube, da haben wir uns ein richtig dickes Problem eingefangen.«

»Den Schlüssel kriegen die nicht, die Banditen«, stöhnte Nonnenmacher, mittlerweile von Sepp Kastner in eine etwas verdrehte stabile Seitenlage gebracht; der letzte Erste-Hilfe-Kurs lag schon eine Weile zurück, und zudem hatte Kastner bei dieser Fortbildung seine ganze Energie darauf verwendet, dafür zu sorgen, dass er gemeinsam mit Anne in die Mund-zu-Mund-Beatmungsgruppe kam. Es war ihm gelungen! Allerdings musste er dann enttäuscht feststellen, dass man die Übungen heute nicht mehr mit echten Menschen, sondern nur noch mit einer Plastikpuppe, die der Ausbildungssanitäter Uschi nannte, machte. Und zu allem Überfluss konnte Uschis Materialbeschaffenheit nicht einmal mit der Erotik eines Surfbretts mithalten. Sie war hart und roch nach Plastik.

»Au, mein Arm!«, stöhnte Nonnenmacher theatralisch auf.

»Du musst so liegen.« Sepp Kastner bestand auf der Seitenlage des Chefs und drückte den nach oben Drängenden zu Boden. Dies aus reiner Hilfsbereitschaft und weil es medizinisch sinnvoll war. Wobei, dachte sich Sepp Kastner, der Kurt war schon manchmal arg dominant. Und so drückte der Polizeiobermeister den Inspektionsleiter für einen Augenblick noch ein wenig fester auf den Beton. Ein Knochen knackte.

»Jetzt lass mich los«, schimpfte Nonnenmacher. »Ich will aufstehen!«

»Nix da, sonst kriegst du uns am Ende noch einen Herzinfarkt!«

»Das werd ich schon selber wissen, wann ich einen Herzinfarkt krieg.«

»Eben nicht«, dozierte Sepp Kastner. »Das ist nämlich genau das Merkmal vom Herzinfarkt: dass man ihn kriegt und's nicht merkt, also heimlich quasi. Und bums!, schon ist man tot.«

»Ich bin nicht tot!«

»Aber unter Schock. Kurt, du hast einen Schock. Schau dir doch einmal dein Gesicht an, du bist ja weiß um die Nase wie ein Tegernseer Bergkas.«

»Einen Scheißdreck bin ich«, wetterte Nonnenmacher und versuchte mit aller Kraft, sich aus dem Griff seines Untergebenen zu befreien. Doch der hatte die stabile Seitenlage geschickt in einen Polizeigriff umgewandelt, und so blieb dem Dienststellenleiter kaum mehr Bewegungsfreiheit. Er musste liegen bleiben.

»Tja, und was machen wir jetzt?«, fragte Dr. Klamm ungerührt von dem polizeiinternen Ringkampf und erinnerte so auf elegante Weise, wie es nur Betriebswirtschaftlerinnen beherrschen, an ihre Anwesenheit. »Soll ich ihr den Tresorschlüssel geben?«

»Auf keinen Fall«, stöhnte Nonnenmacher.

»Auf ihn brauchen wir nicht hören«, meinte Kastner mit einer abschätzigen Kopfbewegung in Richtung des Vorgesetzten, auf dem er nun fast saß, um ihn bändigen zu können. »Der muss erst einmal wieder zu sich kommen. Der ist von seinem Schock noch ganz plemplem.«

»Ich glaube aber auch nicht, dass wir den Tresorschlüssel herausgeben sollten«, schaltete Anne sich in das Gespräch ein. »Doch fürchte ich insgesamt, dass wir einfach über zu wenig Erfahrung mit Banküberfällen verfügen.« Sie sah Kastner ernst an. »Ich denke, wir sollten Sebastian Schönwetter anrufen.«

Der Name des Kripochefs aus der nahe liegenden Kreisstadt, den er mehr hasste als selbst die dickste Schmeißfliege, setzte im Leib des Dienststellenleiters derart viel Kraft frei, dass es ihm mit einem gewaltigen Ruck gelang, Sepp Kastner abzuwerfen und sich aufzurappeln. Noch auf dem Boden kniend keuchte er: »Auf keinen Fall. Dieser studierte Polizeischlumpf ist der Hinterletzte, den wir hier brauchen. Der kommt dann bloß her und sagt ...«, Nonnenmacher verstellte seine Stimme zu einem zickig-altklugen Singsang, »›Tja, liebe Kolleginnen und Kollegen, das scheint mir ein delikater Fall zu sein, da werden wir wohl um einen Einsatz unseres erstklassigen SEK nicht herumkommen.‹«

»Aber damit hätte er doch völlig recht«, gab Anne zu Bedenken.

»Ein SEK?«, fragte Nonnenmacher. Dann gab er Sepp Kastner eine maximal hessische, also lediglich halbfeste Watschen. »Das ist für gerade eben. Nix für ungut, Sepp, aber erstens bist du zu weit gegangen, wie du mich da auf den Boden gedrückt hast, und zweitens bleibt's ja in der Familie.« Kastner spielte kurz mit dem Gedanken, zurückzuwatschen, aber dann erinnerte er sich an den Banküberfall und besann sich eines Besseren.

Dr. Klamms Blick verriet Anne, dass sie nicht fassen konnte, was sie gerade erlebte. Auch Hobelberger staunte nicht schlecht.

»Den Schönwetter rufen wir sicher nicht an«, tönte Nonnenmacher, der nun wieder stand und die feste Absicht hatte, jetzt wieder das Kommando zu übernehmen. »Wir brauchen alles, bloß kein Aufsehen. Wenn aber die Kripo-Hanswurste aus der Stadt daherkommen, wird das wieder so wie letztes Jahr mit dem Scheich und der nackerten Leiche beim Seefest. Da war auch die Hölle los. Und was meint's ihr, wie mir unsere Bürgermeister aufs Dach steigen, wenn das mit der öffentlichen Mordbrennerei in diesem Jahr schon wieder losgeht? Diese Sache lösen mir talintern, diplomatisch, traditionell und geschickt, so wie man es von uns gewöhnt ist, ganz klar. Das nehm ich jetzt einmal voll und ganz auf meine Kappe.«

Eine Dreiviertelstunde später stand Kripochef Sebastian Schönwetter auf dem Parkplatz und erteilte erste Anweisungen. Anne hatte ihn in einem unbeobachteten Moment – während Nonnenmacher sich zur Beruhigung eine weitere Leberkässemmel im nahen Dorfladen besorgt hatte – angerufen.

Als der Inspektionsleiter des Konkurrenten aus der Kreisstadt ansichtig wurde, nahm sein Gesicht für einen Augenblick einen äußerst grantigen Ausdruck an. Das folgende Wortgefecht war kurz, aber heftig. Es fielen Worte wie »Krautscheißer«, »Saubeutel« und »Stadtfrack« (aus Nonnenmachers Mund) sowie »Bauernschädel«, »Grattler« und »Wurznsepp« (so Schönwetter). Solche Ausdrücke waren für den Kripochef, der sonst eher dialektfrei sprach, ungewöhnlich. Aber wer in der bayerischen Provinz verbal überleben wollte, tat gut daran, wenn er einige Schlüsselwörter mit der Treffsicherheit eines Schnellfeuergewehrs abschießen konnte.

Nach dem kurzen Duell zwischen Kripo und Landpolizei ging man zur Tagesordnung über. Schließlich waren hier Profis unter sich, und es ging – so beurteilte es auch der »Stadtfrack« Schönwetter – um die widerrechtliche und bewaffnete Inbesitznahme einer Bank, mithin um ein Verbrechen mindestens der Windstärke acht; es herrschte Lebensgefahr.

Man einigte sich darauf, möglichst wenig Wirbel um den Bankraub zu machen. Im Idealfall konnte man das Ganze abwickeln, ohne dass ein einziger Sommerfrischler im Tischdeckenhemd etwas davon mitbekam.

Zur Verwirklichung dieses Ziels musste als Erstes eine Operationszentrale für die am Einsatz beteiligten Polizisten eingerichtet werden. Doch wie konnte man mitten in einem idyllischen bayerischen Seedorf eine solche Schaltstelle installieren, ohne dadurch Urlauber abzuschrecken und Schaulustige sowie Sensationspresse anzuziehen?

Die Aufstellung eines Polizeibusses kam von vornherein nicht infrage, denn das wäre einfach zu auffällig gewesen. Nonnenmacher schlug zwar vor, man könnte die Meldung lancieren, wonach der Motor des Busses zufällig just in dem Moment seinen Geist aufgegeben habe, als der fürs Steuern des Gefährts eingeteilte Beamte Geld habe abheben wollen. Und weil der bayerische Ministerpräsident das Sparziel ausgegeben habe, dass das ehemalige Königreich bis ins Jahr 2030 schuldenfrei sein müsse, würden nun alle Mittel zusammengezogen, auch hier im Landkreis. Für die Reparatur eines Polizeibusses habe der Staatshaushalt derzeit aber keine Mittel übrig.

Keiner der Anwesenden glaubte jedoch, dass diese Täuschung funktionieren könne, wohingegen man nicht daran zweifelte, dass die bayerische Staatsregierung den anvisierten Kraftakt der Sparsamkeit schaffen würde. Denn was ein bayerischer Ministerpräsident vorhersagt, tritt praktisch immer ein.

Sepp Kastner hatte danach die Idee ins Spiel gebracht, ein Polizeizelt aufzubauen und so zu tun, als finde demnächst auf dem Bankparkplatz eine Verkehrserziehung mit Fahrradprüfung für Grundschüler statt. Doch richtigerweise fragte der Polizeiazubi Hobelberger in die Runde, was man tun würde, falls tatsächlich Grundschullehrerinnen anmarschiert kämen, um ihre Klassen für die Verkehrserziehung anzumelden. Die Ermittler waren sich einig, dass mit engagierten Grundschullehrerinnen noch weniger zu spaßen sei als mit Ministerpräsidenten und daher eine andere Lösung gefunden werden müsse.

Auch Annes Vorschlag, einen Stand aufzustellen, an dem Räucherfisch verkauft wurde, man aber hinter einer doppelten Wand ein kleines Büro für die Polizei einrichten könne, verwarf man.

»Also, ich ess ja wirklich gerne unsere geräucherten Renken und Forellen«, meinte Sepp Kastner, »aber in dem Rauchgestank die ganze Zeit arbeiten?« Diese Einschätzung teilte auch Sebastian Schönwetter, der ansonsten Fisch sehr schätzte, weil er als Sportler von Eiweiß abhängig war wie ein Süßwasseraal vom Wasser.

»Außerdem haben wir dann gleich die von der Herzoglichen Fischzucht am Hals. Es darf auf keinen Fall etwas sein, von dem jemand im Tal denkt, es könnte eine Konkurrenz für sein Geschäft sein, sonst haben wir da keine Ruhe. Wenn die Leute denken, man nimmt ihnen was weg, dann werden's grantig – und grantige Bürger sind für behördliche Handlungen von Nachteil«, stellte Nonnenmacher fachmännisch fest. »Das hat man bei dem Bahnhof in Stuttgart gesehen und bei den Krawallen in Griechenland genauso. Der grantige Bürger ist ein gefährlicher Bürger.«

»Jetzt hab ich eine Idee«, durchbrach plötzlich Sepp Kastner das ratlose Schweigen, das mittlerweile eingetreten war. »Wir bauen einfach ein Gartenhäusel vom Baumarkt auf dem Parkplatz auf. Das fügt sich gut in die bayerische Landschaft, speziell hier auch in das gesamte Bild vom Parkplatz und unserem alten Bahnhof ein. Und wenn jemand fragt, für was das gut ist, dann sagen wir einfach, dass das für ein karitatives Projekt ist, welches aber erst im Winter losgeht und noch geheim ist.«

»Und was für ein karitatives Projekt soll das dann bitte sein, das im Winter losgeht?«, hakte Nonnenmacher nach.

Das hatte Sepp Kastner sich noch nicht so genau überlegt, aber weil er kreativ war, fiel ihm sofort ein zeitgemäßes Vorhaben ein: »Wir sagen, dass wir in dem Gartenhäusel im kommenden Winter eine arme griechische Gastfamilie einquartieren, die kostenlos einen Skikurs machen darf.«

»So ein Schmarren. Einem Griechen ist es im Winter viel zu kalt bei uns. Da geht der ja noch lieber ins Dschungelcamp. Außerdem bin ich mir nicht sicher, ob das nicht versicherungstechnisch problematisch ist, wenn ein Grieche Skifahren lernen soll. Skifahren ist gefährlich«, führte Nonnenmacher aus.

»Ja, dann halt einen Langlaufkurs. Das ist nicht so gefährlich und kann sogar von einem ungeschickten Griechen, der wo friert, innerhalb von ein paar Tagen gelernt werden«, meinte Kastner, der jetzt fast ein wenig beleidigt klang.

»Vielleicht wär' anstatt einem Skikurs ein Sparkurs eher angebracht«, schlug Hobelberger vor, doch darauf ging keiner ein.

»Ich finde die Idee mit dem Gartenhäuschen gut«, schaltete sich Anne jetzt wieder in das Gespräch ein. »Wir müssen ja gar nicht so genau erklären, warum das jetzt da steht. Es reicht doch, wenn man erklärt, dass da im Winter ein karitatives Projekt startet.« Sie fand die ganze Diskussion etwas übertrieben, und die Zeit drängte.

»Aber Griechenland lassen mir besser aus dem Spiel. Erstens wegen der Unfallgefahr mit den Skiern und zweitens, weil die Stimmung im Land kippt. Wenn Deutschland mit bayerischem Geld Griechenland rettet – außer uns und den Württembergern hat ja sowieso kein Bundesland ein Pulver –, dann werden mir in Bayern auch den Gürtel enger schnallen müssen.« Nonnenmacher griff sich zur Veranschaulichung an den eigenen Gürtel, der seinen kräftigen Bauch umspannte. »Und dann gnade uns Gott vor den grantigen Bürgern.«

»Wutbürger«, erhob nun Schönwetter die Stimme. »Die sachlich korrekte Bezeichnung ist ›Wutbürger‹, Herr Kollege.« Obwohl er einen bitterbösen Blick des Dienststellenleiters vom See erntete, fuhr er fort: »Aber gut, wenn Sie alle meinen, dass sich ein Gartenhaus mit der Umgebung und den hier im Tal herrschenden Sitten und Gebräuchen vereinbaren lässt, dann beauftragen Sie das bitte, Herr Nonnenmacher.«

»Ja, aber eigentlich müssten wir das ja erst oben beantragen, und das geht dann nicht so schnell«, platzte es aus Sepp Kastner hervor.

»Nein, da machen wir einen auf ›Gefahr im Verzug‹, oder, Schönwetter?«, fragte Nonnenmacher den Kripokollegen.

Doch die Antwort blieb aus, denn etwas viel Wichtigeres fesselte nun die Aufmerksamkeit der Gruppe. Polizeianwärter Hobelberger deutete auf das Fenster über dem Eingang der Bank im zweiten Stock. Dort hatte die Bankräuberin unbemerkt einen Zettel befestigt, auf dem stand: »BRAUCHEN 1 IPHONE. SOFORT!«

Ob man der Entführerin diesen Wunsch erfüllen sollte oder nicht, darüber diskutierten die Ermittler nicht lange. Zwar fand Nonnenmacher, dass man keinen Zentimeter nachgeben dürfe, doch Schönwetter meinte, dass es unmöglich sei, die Geiseln zu retten, ohne mit der Bankräuberin zu kommunizieren.

»Aber ein iPhone ist sauteuer!«, stellte der Dienststellenleiter fest. »Das geht doch alles aufs Staatssäckel. Gibt es nicht ein billigeres Ersatzgerät?«

»Ich kann der Polizei einen Kredit geben«, warf die stellvertretende Bankchefin Dr. Klamm ein, die die ganze Zeit über atemlos den Ermittlern gelauscht hatte. Man nahm ja nicht jeden Tag an Ermittlungen zur Bekämpfung eines Verbrechens teil.

Allerdings witterte die clevere Bankerin sofort ein gutes Geschäft für ihr Institut: Trotz aller Krisen und trotz der Affäre um die österreichische Großbank, in der sich alle möglichen Politiker und Bankvorstände als größenwahnsinnig herausgestellt hatten, war der bayerische Staat für eine kleine Genossenschaftsbank noch immer ein Schuldner von der Attraktivität einer platinblonden Fußballprofiehefrau, also unwiderstehlich.

»Nein, nein«, baute Schönwetter einer etwaigen Verschuldung des Freistaats vor, » ein iPhone ist schon noch im Budget.«

Obwohl es Nonnenmacher überhaupt nicht in den Kram passte – nicht nur aus finanzieller Sicht, sondern auch, weil er Smartphones für Schnickschnack hielt, die so überflüssig waren wie ein Kropf –, legte man eine halbe Stunde später ein iPhone vor den Hintereingang, das von der Putzfrau Irene Heigelmoser mit den nackten Zehen ihres linken Fußes ins Bankgebäude bugsiert wurde.

Währenddessen begannen alle aus der Polizeiinspektion abkömmlichen Kollegen, ein schnell aus dem Baumarkt besorgtes

Fertiggartenhaus aufzubauen. Da sie allesamt handwerklich sehr geschickt waren, ging das Ganze zügig voran. Bald schon stand die getarnte Einsatzzentrale, die aus einem kleinen Vorraum mit Besprechungstisch sowie einer kleinen Kammer bestand, in der zwei Pritschen für die Nacht aufgebaut wurden. Und kurz darauf funktionierte auch die Leitung zur ostfriesischen Bankräuberin.

Weil man der Auffassung war, dass eine Frau einer anderen Frau eher den unsinnigen Plan aus dem Kopf reden konnte als ein Mann, und weil Anne Loop »als Rheinländerin ja quasi auch eine halbe Ostfriesin war«, wie Kurt Nonnenmacher es formulierte, hatte jene bald die Verbrecherin persönlich am Telefon.

»Moin«, meldete sich die Bankräuberin.

»Guten Tag, hier spricht Anne Loop. Ich bin Polizeihauptmeisterin und stehe Ihnen ab jetzt als Ihre persönliche Ansprechpartnerin zur Verfügung«, erwiderte Anne.

»Hörst dich ja an wie'ne Stewardess«, stellte die Geiselnehmerin belustigt fest. »Was ist jetzt mit dem Schlüssel? Wenn der nicht bald hier ist, dann knallen wir die erste Geisel ab. Haste den RAF-Film gesehen? So machen wir das jetzt auch.«

»Jetzt mal ganz ruhig«, sagte Anne, die selbst alles andere als gelassen war, aber trotz ihrer Nervosität registriert hatte, dass die Bankräuberin von »wir« gesprochen hatte. Dann war die junge Frau mit dem ostfriesischen Akzent offensichtlich nicht allein, sondern hatte Komplizen. Das hatten sie zwar schon angenommen, doch es war zweifellos nicht gut. »Sind Sie von der RAF?«

»Geht's noch?« Die Geiselnehmerin lachte mädchenhaft. Anne beobachtete eine Krähe bei der Landung auf dem Bankparkplatz. Der schwarze Vogel krächzte. »RAF, ha! Mit diesem Achtundsechziger-Schwachsinn haben wir nichts zu tun.«

»Aber Sie sagten doch eben, dass Sie das jetzt auch wie die RAF machen wollen.«

»Das war nur so'n Beispiel. Ist ja auch 'ne Geiselnahme hier.

Und einen Bankchef haben wir hier auch. Der stirbt als Erstes. Ist ja klar. Letztlich haben uns doch diese Bank-Ärsche die ganze Scheiße eingebrockt.«

»Welche Scheiße?«, wollte Anne wissen.

»Schluss jetzt mit dem Gelaber!«, herrschte die Bankräuberin sie an.

»Ich möchte Sie aber bitten, sich zu überlegen, ob Sie nicht ...«, Anne zögerte, »... aufgeben wollen.« Keine Reaktion am anderen Ende der Leitung. »Schauen Sie sich doch einmal Ihre Situation an: Sie sitzen in der Bank fest. Die Bank ist von Polizisten umstellt. Wie wollen Sie, selbst wenn Sie an das Geld im Tresor kommen sollten, jemals von hier wegkommen?« Anne hielt kurz inne, um dann in beschwörendem Ton fortzufahren: »Andererseits: Wenn Sie jetzt aussteigen, dann kommen Sie noch mit einer relativ glimpflichen Strafe davon. Es ist ja noch niemand zu Schaden gekommen, oder?«

»Jetzt passen Sie mal auf, Sie ... Frau – wie heißen Sie noch mal?«

»Anne Loop.«

»Also, Frau Loop, wir sind zu allem entschlossen. Wir haben hier die Geiseln sitzen ... warten Sie, ich habe hier einen Zettel, da stehen die Namen alle drauf, alles unschuldige Leute: Irene Heigelmoser, das ist die Putzfrau der Bank, liegt hier, gefesselt und geknebelt. Dann haben wir hier den Obermacker, der heißt Robert Ochsenknecht und ist meiner Ansicht nach ein Arschloch; dann haben wir noch die Frau Rüdel und den Herrn Seliger, die arbeiten auch beide hier, sind aber eher so harmlose Mitläufer, und wir haben den Herrn Gräber, das ist ein Bankkunde. Fünf Leute, die wir erschießen, wenn ihr uns verarscht.« Sie schwieg kurz und hielt dann erneut fest: »Der Reihe nach werden wir die alle erschießen.«

Anne gelang es gerade noch, »bitte tun Sie das nicht« zu flehen, dann war die Leitung unterbrochen.

»Und?«

»Was hat sie gesagt?«

»Was will die überhaupt?«

»Ist sie bewaffnet?«

»Leben noch alle?«

Kaum hatte Anne das Handy vom Ohr genommen, prasselten die Fragen von Sepp Kastner, Kurt Nonnenmacher, Sebastian Schönwetter und Dr. Klamm nur so auf sie ein.

Anne hob ratlos die Schultern. »Sie ist jedenfalls nicht allein. Sie hat von ›wir‹ gesprochen. Und sie hat gesagt, dass sie demnächst die erste Geisel erschießen, wenn wir nicht bald den Tresorschlüssel liefern. Den Bankchef wollen sie als Erstes töten ...«

»Oh nein, oh Gott«, schrillte es aus Dr. Henrike Klamms Mund. »Warum nur wird immer auf uns Bankmitarbeitern herumgehackt, warum nur immer auf uns?«

»Weil ihr alle bloß ans Geldscheffeln denkt«, blaffte Nonnenmacher die stellvertretende Filialleiterin an. »Ihr kriegt's den Hals nicht voll! Das ist das Problem. Der Ackermann zum Beispiel kriegt als Überbrückungsgeld fünfhunderttausend Euro.«

»Im Jahr?«, fragte Sepp Kastner ungläubig.

»Nein, im Monat.« Nonnenmacher wischte sich den Schweiß von der Stirn. »So viel verdien ich mein ganzes Leben nicht!« Er zögerte. »So eine Gier! Da braucht's euch also nicht wundern.«

»Ja, aber der Herr Ackermann auf der einen Seite – und der Herr Ochsenknecht oder meinetwegen auch ich auf der anderen, das sind doch völlig unterschiedliche Größenordnungen«, wandte Dr. Henrike Klamm verzweifelt ein.

»Ja, schon, aber gierig seid's ihr doch genauso. Verkauft's arglosen Kunden lauter Schmarren, den wo keiner braucht – Lebensversicherungen, Bausparverträge, Schiffsbeteiligungen, Schrottimmobilien ... bloß weil's eine satte Provision bringt.«

»Und außerdem seid's ihr es, die uns das alles eingebrockt habt's, mit der ganzen Finanzkrise«, ergänzte Sepp Kastner und sah die Bankerin böse an. Dr. Klamm war nun den Tränen nahe.

Just in dem Moment, in dem Anne zu bedenken gab, dass es wohl für die Befreiung der Geiseln nicht hilfreich sei, wenn man sich gegenseitig zerfleische, kam ein Auto der beliebten, direkt an dem See inmitten von Bergen gelegenen Brauwirtschaft angerauscht und stoppte mit quietschenden Reifen auf dem Bankparkplatz. Sofort umstellten die Ermittler das Fahrzeug. Der Fahrer, ein junger Mann in bayerischer Lederhose und weißem Trachtenhemd, ließ sich aber nicht beirren. Vielmehr riss er geschwind die Fahrertür auf, eilte zum Kofferraum seines Autos, öffnete denselben und hob – nun mit geradezu liebevoller Vorsicht – eine Styroporkiste heraus. Dann, als nähme er die Polizisten erst jetzt wahr, fragte er: »Gibt's ein Problem?«

»Das kommt drauf an, Hannes«, meinte Nonnenmacher, der den Fahrer natürlich kannte. Das Tal war klein, das Bräustüberl berühmt. »Was machst du hier?«

»Essen ausliefern«, erwiderte der Hannes bockig und wollte an Nonnenmacher vorbei in Richtung Bankgebäude marschieren.

»Die hat heute zu«, klärte Anne Loop den Neuankömmling auf.

»Das glaub ich nicht«, antwortete der Hannes und ging weiter. Der Bayer ist von Geburt an stur.

Kurt Nonnenmacher machte einige schnelle Schritte hinter dem Hannes her und packte ihn am Arm. »Jetzt wart einmal, Burschi.«

»Was verbergen Sie in dieser Styroporkiste?«, schaltete sich nun Kripochef Schönwetter ein.

»Verbergen?«, fragte der Bräustüberllieferant und sah den Fremden irritiert an. »Wenn unsere Gäste einen warmen Schweinsbraten bestellen, dann haben mir uns angewöhnt, den in einer Wärmebox zu ...«, er machte eine kurze Pause, um dann beinahe genüsslich das letzte Wort auszusprechen: »›verbergen‹.« Dann schaute er Nonnenmacher frech an und meinte: »Habt's heut nix Besseres zum tun wie Leut' von der Arbeit abzumhalten, Kurt? Nix zum Blitzen? Keine Wasserleiche? Gar nix los?« Anne spürte, dass Nonnenmacher kurz davor war, diesem Hannes eine saftige Watschen zu verpassen; es wäre bereits die zweite des Tages gewesen, weshalb sie sich zwischen die beiden Kontrahenten schob.

»Schöne Frau, so nah«, sagte der Lieferant und blickte tief in Annes große Augen, die so blau waren wie der See an diesem wolkenfreien Tag.

»Was haben Sie in der Kiste? Los, aufmachen!«

»Ich glaub, ihr spinnt's!«, entfuhr es dem Bräustüberlmitarbeiter. Aber dann stellte er angesichts der geballten Polizeimacht die Kiste doch auf den Boden und öffnete sie. Sofort entströmte dem Styropor ein phantastischer Geruch.

»Es ist tatsächlich nur ein Schweinebraten«, konstatierte Anne überrascht. »Und sieben Flaschen Bier.«

»Schweinsbraten«, korrigierte Nonnenmacher oberlehrerhaft.

»Sage ich doch.« Annes Antwort klang fast ein wenig zickig.

»Nein«, insistierte der Dienststellenleiter. »Sie haben gesagt ›Schweinebraten‹.«

»Der Kurt meint halt«, klinkte sich Sepp Kastner ein, »dass der Braten vom Schwein bei uns in Bayern ohne ›e‹ ist. Man sagt nicht ›Schwein-e-braten‹, sondern ›Schweinsbraten‹.«

»Ich glaub, ihr habt's sie nicht mehr alle«, kommentierte der Hannes den Wortwechsel und schüttelte den Kopf.

Auch Sebastian Schönwetter von der Kreisstadtkripo meinte entnervt: »Das ist ja unglaublich, mit was für einem Mist wir hier unsere Zeit vergeuden! Ja, Frau Loop, es heißt in Bayern ›Schweinsbraten‹ und nicht ›Schweinebraten‹. Aber das tut jetzt nichts zur Sache. Wem wollen Sie den Schweinsbraten denn jetzt bringen?«, wandte er sich an den Lieferanten.

»Dem Ochsenknecht, dem Bankchef. Der hat bei uns angerufen und zwei«, er zögerte kurz und sah Anne an, »Schweinsbraten bestellt.«

»Weißt du, Anne, man kann es ganz einfach erklären«, wandte sich Sepp Kastner an seine überforderte Kollegin: »Der Schweinsbraten wird ja nur aus *einem* Schwein gemacht und nicht aus mehreren.«

»Deswegen ›Schweinsbraten‹«, pflichtete Nonnenmacher bei. Anne nickte und sah von einem zum anderen. Dr. Klamm tupfte sich eine Träne aus dem Auge, während Nonnenmacher fortfuhr: »Und das ›s‹ in ›Schweinsbraten‹ kommt von der Besitzstandsform. Weil es aussagt, von wem der Braten ist.«

»Vom Schwein nämlich«, ergänzte Sepp Kastner.

»Sind Sie eigentlich alle verrückt geworden?«, platzte es jetzt aus Sebastian Schönwetter heraus. »Da drinnen sind Terroristen, vielleicht von der RAF, die bringen bald ein paar Leute um, und Sie diskutieren über Besitzstandsformen!«

»Also mir haben das nicht als ›Besitzstandsform‹ gelernt, sondern als ›Wesfall‹«, meinte Kastner.

»Genitiv«, steuerte nun auch noch der Bräustüberlmitarbeiter bei, der bis zur Elften in das Gymnasium gegangen war, das in demselben Kloster untergebracht war wie die Brauerei, für die er nun arbeitete.

»Der Genitiv ist dem Dativ sein Tod«, wusste Nonnenmacher.

Dr. Klamm weinte jetzt so heftig, dass es nicht mehr zu überhören war.

»Andersherum«, sagte Anne leise, mehr zu sich selbst. Dann riss sie sich zusammen und befahl dem Lieferanten: »Na los, dann liefern Sie Ihren Schweinebraten aus. Mal sehen, was passiert.«

»Schweinsbraten«, verbesserte Nonnenmacher noch einmal, was jetzt allerdings nichts mehr zur Sache tat.

Stattdessen fragte der Hannes verunsichert: »Aber der Ochsenknecht ist doch kein Terrorist, oder? Was geht hier eigentlich ab?«

Kurt Nonnenmacher sah ihn ernst an: »Hannes, das muss jetzt aber unter uns bleiben. Das darfst du niemandem erzählen.« Er deutete auf das zierliche, im bayerischen Landhausstil erbaute Bankgebäude. »Da drin sind Bankräuber. Der Ochsenknecht befindet sich in ihrer Gewalt.« Nonnenmacher sprach nun ganz leise. »Andere auch. Und du bringst ihm jetzt den Schweinsbraten.« Nonnenmacher haute dem Lieferanten mit seiner Pranke auf die Schulter.

Der sah den Inspektionschef entsetzt an. »Ein Banküberfall? Für was braucht der Ochsenknecht dann einen Schweinsbraten?«

Nonnenmacher zuckte mit den Schultern. »Das weiß ich auch nicht. Jedenfalls wollen wir die nicht provozieren. Wir brauchen jetzt erst einmal eine Verhandlungsbasis. Und dafür ist ein Schweinsbraten gerade recht.«

»Aber ich bringe den jetzt da nicht hinein.« Der eben noch so großspurige Hannes in der Krachledernen war plötzlich ganz kleinlaut. Ein Phänomen, das man bei den aus Oberbayern stammenden Menschen nur in extremen Ausnahmefällen beobachten konnte. Denn der Oberbayer zelebrierte für gewöhnlich auch in der Unsicherheit den aufgeplusterten Auftritt. Zu groß war die Gefahr, dass, wenn einmal die Luft draußen war, er durch die großzügig geschnittenen Beine seiner Lederhose hindurchrutschen würde. Nackt aber wollte der Alpenmensch nicht einmal vor dem Herrgott dastehen.

»Sie müssen uns helfen, Herr ... Hannes«, bekniete auch Anne den Mann vor sich, der nun ihren Körpergeruch deutlich wahrnehmen konnte. Die Polizistin duftete so betörend, dass ihm ganz schwindlig wurde, und weil er vor ihr nicht wie ein Schwachbeutel dastehen wollte, legte er den Deckel auf die Styroporkiste und setzte sich entschlossenen Schritts in Richtung des Angestellteneingangs der Bank in Bewegung.

Gespannt beobachteten die Ermittler aus der Ferne, wie der Hannes vom Bräustüberl die Kiste vor dem Eingang abstellte, die Türklingel betätigte, ein kurzes Gespräch über die Gegensprechanlage führte und wieder zu ihnen zurückkam. Er stellte sich neben Anne, holte noch einmal tief Luft und beobachtete gemeinsam mit den anderen, wie bald darauf die Tür aufging, zwei Hände die Styroporkiste umgriffen und sie hineinzogen.

»Irene Heigelmoser«, kommentierte Sepp Kastner.

»Ich brauch jetzt erst einmal eine Zigarette«, meinte der Hannes und bot Anne auch eine an, die aber ablehnte.

»Aber ich mag eine«, preschte Sepp Kastner vor, der Annes Wirkung auf diesen Bräustüberl-Hannes registriert hatte.

»Seppi? Du? Rauchst?«, fragte Anne erstaunt. Dann kiekste sie, was in den vergangenen drei Jahren, seit sie an den See gezogen war, in der Dienststelle noch selten jemand gehört hatte.

Doch auch Kastners verborgenes Laster blieb an diesem Tag, dem Qualm einer Zigarette gleich, über dem Luftraum des Parkplatzes stehen, ohne ausdiskutiert zu werden, denn just in diesem Moment sicherte sich der glänzende Wagen eines weltweit bekannten Münchner Feinkosthändlers elegant eine der wenigen noch freien Parkbuchten auf dem Bankparkplatz.

»Der Dollhuber!«, entfuhr es Kurt Nonnenmacher. »Ja, was will denn der jetzt hier?«

Ehe der Feinkostlieferant mit zwei großen geflochtenen Körben an den Beamten vorbei zum Haupteingang der Bank entschwinden konnte, hatten sich Anne, Sepp Kastner und Sebastian Schönwetter ihm bereits in den Weg gestellt.

»Was machen Sie hier?«, fragte Anne. Es klang für ihre Verhältnisse reichlich aggressiv. Ihre Uniformjacke trug sie längst nicht mehr, und unter ihren Armen konnte man unfeine Schweißflecken ausmachen.

»Meine Arbeit.« Der Lieferant blieb stehen und musterte die drei ihm Gegenüberstehenden, von denen der Kripomann Schönwetter nicht eindeutig als Polizist erkennbar war, weil er keine Uniform trug.

»Gehe ich recht in der Annahme«, begann Anne reichlich gestelzt, »dass Sie diese beiden Essenskörbe hier in die Bank bringen wollen?«

»Ja, das ist mein Job«, meinte der Dollhuber-Mitarbeiter mit der freundlichen Arroganz eines Mannes, der ausschließlich mit exquisiten Delikatessen und oft auch mit feinen Leuten zu tun hatte. Zwar waren manche Kunden, insbesondere Computermillionäre, Fernsehschwätzer, Autohändler und Fußballspieler gelegentlich auch proletarisch veranlagt, aber insgesamt bestand die Dollhuber-Kundschaft doch aus Menschen mit Geschmack und Benimm.

Mittlerweile war auch Kurt Nonnenmacher zu der Truppe gestoßen, er hatte sich noch eben eine Brotzeitdose voller Reis genehmigt, die seine Gattin Helga ihm jeden Tag zubereitete, denn das Diätrezept, das sie vor Jahren in den Untiefen einer bekannten Frauenzeitschrift entdeckt hatte, war noch immer das probateste Mittel, um den Geräuschen beizukommen, die sein nervöser Magen in den unmöglichsten Situationen absonderte.

»So, was haben wir denn jetzt da?«, wollte der Inspektionsleiter wissen.

Eingeschüchtert blickte der Feinkostlieferant den großen und bärtigen Polizisten an.

Mit dem erfahrenen Blick des Gourmets tastete Nonnenmacher das erlesene Warensortiment in den Körben ab, aus dem vier Baguettes herausschauten wie Angelruten aus einem Fischerboot. Dann jedoch griff er sich mit abschätzigem Blick eine Packung heraus: »Räucherlachs aus Irland.« Der Dienststellenleiter schüttelte den Kopf. »Für was fährst du denn Räucherlachs aus Irland hierher an unsern See? Mir haben hier doch selbst ganz wunderbare geräucherte Fische!«

Der Feinkostlieferant schwieg betreten.

»Hergestellt mit feinstem Salz aus Israel«, las Nonnenmacher vor. »Ja, bist du damisch! Warum nehmt's ihr Deppen denn kein bayerisches Salz? Ha? In Bad Reichenhall macht man seit einem halben Jahrhundert Salz. So lang gibt's Israel wahrscheins noch gar nicht.« Dann griff sich der Polizeichef vom See das nächste Produkt. Auf der Dose stand in stilisierter Schrift das Wort »Wildterrine«. »Ja, sakra, der Fisch aus Irland und die Wildterrine aus Frankreich!«

»Herr Nonnenmacher, ich denke, jetzt ist nicht der richtige Zeitpunkt, über die Vorzüge regionaler Lebensmittelprodukte zu diskutieren«, versuchte Anne den Chef von seiner kulinarischen Inspektion abzubringen.

»Mir haben ein wunderbares Wild hier in unseren Wäldern. In den Bergen rund um den See wimmelt es bloß so vor Viechern. Der Kofler Vitus und die anderen Waldbesitzer wären froh, wenn der Jäger mehr abschießen tät', weil die Viecher alles zusammenfressen. Und was macht's ihr Feinkostdeppen? Ihr fahrt die ›Terrine vom Wild‹«, Nonnenmacher sprach die Worte aus, als handle es sich um Hundescheiße, »durch halb Europa ... Aber was ist das? ›Fo-i-e Gras‹!« Nonnenmacher durchbohrte den Lieferanten mit dem geschulten Blick des Mordermittlers. »Jetzt haben wir dich, mein lieber Burschi!«

»Wieso?«, stammelte der Lieferant eingeschüchtert.

»Drogen!«, herrschte der Polizeichef den Fahrer an.

»Das sind doch keine Drogen!«, wehrte sich jener, aber jeder spürte, dass er ob der gewaltigen Erscheinung des Polizeichefs vom See eingeschüchtert war.

»Ja, meinst du, mir von der Polizei sind total verblödet, du Stadtfrack, ha? Meinst du, wir wissen nicht, dass in eurer Geheimsprache ›Gras‹ für Marihuana steht?«

Jetzt musste der Mann aus München trotz seiner Angst herzlich lachen. Doch dieser Zustand währte nur kurz, denn Nonnenmacher packte den schmächtigen Edelkurier am Kragen seines weißen Hemds und zog ihn so nah zu sich heran, dass sich die spitze Nase des feinen Fahrers und seine eigene kräftige Nase beinahe berührten.

»Lustig machst du dich nicht über mich, mein Freund! Nicht über mich! Mir haben hier einen Banküberfall im Dorf, dass du's bloß weißt. Da liegen die Nerven blank. Also, sofort aufmachen, die Dose mit dem Gras.«

»Das ist kein Gras.«

»Und warum steht da dann ›Fo-i-e Gras‹?«

»Herr Nonnenmacher, ich glaube, da sind Sie jetzt auf dem Holzweg«, wandte sich Anne an den Inspektionschef. »Das spricht man ›foa gra‹ aus, und das ist Gänseleber.«

Nonnenmacher stierte Anne böse an.

»Kurt, da hat die Anne fei, glaub' ich, recht«, sprang Sepp Kastner seiner Kollegin bei. »Das hat nix mit Gras zum tun.«

»Ja, das glaub ich, dass du das verharmlost!«, fuhr Nonnenmacher den jüngeren Dienststellenkollegen an. »Wenn ich mich richtig erinnere, warst du es, der, wie der Scheich im Tal war, mit den Madeln aus Sachsen und dem Hirlwimmer Wasserpfeife geraucht hat, dass alles zu spät war! Und du willst mir jetzt erklären, dass Gras kein Gras ist!«

»Herr Nonnenmacher«, sagte nun der Kripochef Sebastian Schönwetter, sichtlich um einen sachlichen Tonfall bemüht, »›Foie Gras‹ ist tatsächlich Gänsestopfleber. Es wäre doch auch absurd, wenn die Geiselnehmer sich jetzt auf einmal Gras, also ich meine Marihuana, in die Bank bestellen würden.«

»Aber ist diese Gänsewurscht denn in Deutschland nicht verboten?«, warf Sepp Kastner ein. »Die Gänse muss man doch stopfen, mit Gewalt. Und das ist Tierquälerei!«

Auf dieses Stichwort hin fand der Lieferant, den der Inspektionschef wieder aus seinem eisernen Griff entlassen hatte und der dem Gespräch der Polizisten mit entsetztem Gesicht gefolgt war, seine Sprache wieder. Und so sagte er: »Die Herstellung ist in Deutschland verboten. Aber nicht der Handel. Wir von Dollhuber vertreiben dieses Erzeugnis lediglich.«

»Sauteuer ist diese französische Streichwurscht«, warf jetzt Sepp Kastner ein, um dem Verhör eine andere Richtung zu geben. »So eine furzkleine Dose kostet schon einmal hundert Euro oder so, stimmt doch, oder?«

»Stimmt das?« Den Dollhuber-Fahrer traf der inquisitorische Blick des Dienststellenleiters.

Der zuckte hilflos die Schultern. »Das muss man aber auch verstehen: Schließlich ist die Herstellung sehr aufwendig. Den Gänsen muss mit einem Rohr viermal am Tag ein hochwertiger Futterbrei aus Mais und Schweineschmalz in den Hals gepumpt werden. Das heißt, man muss jede Gans viermal am Tag einzeln in die Hand nehmen, ihr das Rohr einführen und den Magen vollpumpen. Das kostet Zeit.« Er zögerte. »Und Zeit ist Geld. Übrigens auch für mich, ich würde jetzt gern meinen Auftrag ...«

»Ja, pfui Teufel!« Schreiend unterbrach der Dienststellenleiter den Feinkostlieferanten aus der Bayernmetropole. »Ja, was seid's denn ihr für Unmenschen!« Er überlegte kurz. »Und wer zahlt diesen Korb eigentlich? Wer hat den ganzen Schmonz da bestellt?« Wütend deutete er auf das mit viel Sinn für Ästhetik dekorierte Sortiment aus französischen Pasteten und Camemberts, Roquefort-Packungen und Schinken, auf die Flaschen mit Champagner, Burgunder und französischem Mineralwasser.

»Also auf dem Lieferschein ist ein Herr Ochsenknecht vermerkt. ›Robert Ochsenknecht, Filialleitung‹, steht hier.« Der Delikatessexperte wedelte mit dem Zettel vor Nonnenmachers Gesicht herum.

»Da sieht man's wieder«, kommentierte Nonnenmacher. »Die Banken lassen sich vom Steuergeld des kleinen Mannes retten und nehmen es dann dafür her, sich Delikatessen aus dem Ausland zu genehmigen.«

»Ich glaube nicht, dass mein Kollege diese Fresskörbe hier aus freien Stücken bestellt hat«, wandte Dr. Klamm ein, die die ganze Szene aus zweiter Reihe mitverfolgt hatte. »Wir haben seit der Finanzkrise nicht einmal mehr Sekt zum Geburtstag eines Mitarbeiters oder einer Mitarbeiterin auf Kosten des Hauses getrunken.«

»Ach, so eng habt's den Gürtel jetzt also mittlerweile schon geschnallt ... mir kommen die Tränen«, meinte Nonnenmacher sarkastisch, aber da klingelte Annes Handy, mit dem die Verbindung zu den Geiselnehmern gehalten werden sollte, und alle Anwesenden schwiegen gespannt. Doch das Gespräch dauerte nur kurz. Nachdem Anne es beendet hatte, erklärte sie den anderen, dass dieses Mal ein Mann am Apparat gewesen sei.

»Und, was wollte der?«, fragte Sepp Kastner ungeduldig.

»Dass endlich das Essen geliefert wird. Er habe Hunger.«

»Ja, ich auch«, grunzte Nonnenmacher.

»Aber das ist nicht das Interessante«, fuhr Anne nachdenklich fort. »Das Interessante ist, dass der Mann mit französischem Akzent gesprochen hat.«

»Eine internationale Verschwörung«, stellte Nonnenmacher mit wichtiger Miene fest.

»Das erklärt auch, warum die so einen französischen Mist bestellen«, fügte Sepp Kastner an. »Die haben wahrscheinlich einfach Heimweh.«

»Das könnte uns in die Karten spielen«, ergänzte Sebastian Schönwetter listig. Doch in diesem Moment klingelte sein Telefon. Er verließ die Gruppe und führte ein Gespräch, in dessen Verlauf er heftig gestikulierte. Kurz darauf kehrte er ernsten Blicks zurück und erklärte, dass in der südlichen Seegemeinde eine Leiche gefunden worden sei, eine alte Frau in der Badewanne. Ihr Kopf weise ungewöhnliche Verletzungen auf. Es sei unklar, ob es sich nicht um eine Tötung handle. Er müsse weg. Schönwetter dachte kurz nach. Dann sagte er: »Äh, Frau Loop, könnten Sie bitte solange die Ermittlungen vor Ort leiten? Weil Sie, Herr Nonnenmacher«, er wandte sich Annes eigentlich zuständigem Vorgesetzten zu, »haben vermutlich noch anderes Wichtiges auf dem Tisch liegen. Aktenberge und so.« Er zögerte kurz und sagte dann: »Alle einverstanden?« Ehe Nonnenmacher sich gegen die fadenscheinige Degradierung zur Wehr setzen konnte, war der Kripomann mit seinem Einsatzfahrzeug weggefahren.

»Depp«, meinte Nonnenmacher gerade, als erneut Annes Handy klingelte.

»Anne Loop? ... Ja, ja, die Körbe mit dem Essen kommen, ja! ... Ja, wir sind auch daran interessiert, dass keinem etwas passiert ... Nein, wir erfüllen Ihre Forderungen. Aber es wäre gut, wenn ...« Weiter kam Anne nicht, denn der Geiselnehmer hatte das Telefonat bereits wieder beendet.

»Jetzt aber los! Stellen Sie Ihre Körbe am Hintereingang ab. Schnell!«, forderte sie den Mitarbeiter von Dollhuber auf.

»Ich mache gar nichts«, erwiderte dieser jedoch trotzig.« Auf seiner Stirn stand der Schweiß. »Ich bin doch nicht lebensmüde! Am Ende nehmen die mich auch noch als Geisel! Ich habe meinen Job gemacht. Hier ist das Essen.« Er deutete auf die Körbe. »Jetzt sind Sie dran.«

»Gut, dann stelle eben ich die Körbe vor die Tür, verdammt!«, fluchte Anne und griff nach einem der beiden Körbe.

»Nein, warte, ich helf dir«, sprang Sepp Kastner ihr zur Seite. Er war kein mutiger Mensch, aber er war noch immer in Anne verliebt, obwohl sie bislang alle seine Versuche, ihr näherzukommen, ins Leere hatte laufen lassen.

Nachdem die beiden Uniformierten die Körbe vor der Tür abgestellt hatten, nahmen sie dem Feinkosthändler sowie dem Bräustüberl-Hannes das Versprechen ab, niemandem ein Sterbenswort von der Sache hier zu sagen, und schickten die beiden und auch Dr. Henrike Klamm nach Hause, Hobelberger fuhr mit Nonnenmacher in die Dienststelle zurück. Dann warteten sie ab, was weiter geschehen würde.

Doch die Stunden vergingen und nichts passierte. Kein weiterer Anruf der Bankräuber. Äußerst ungewöhnlich, wie Anne und ihr Kollege fanden.

Als es bereits früher Abend war, kam eine aufgeregte grauhaarige Frau auf die Polizeihauptmeisterin zugestürmt: Erleichtert sei sie, hier die Polizei anzutreffen, es sei nämlich etwas Schreckliches passiert.

Anne erfuhr, dass die Dame als Pflegerin im hiesigen Altenheim arbeitete. Und aus dem sei einer der Insassen verschwunden. Anne gab sich alle Mühe, die Frau in den Gesundheitsschuhen zu beruhigen, doch diese ließ nicht locker.

»Unser Herr Gräber ist nämlich dement. Der weiß oft nicht, was er tut. Einmal hat unser Herr Gräber sogar eine junge Russin geheiratet«, keuchte die Pflegemitarbeiterin. Anne wollte schon sagen, dass es weitaus Schlimmeres gäbe, was demente Menschen anrichten konnten, aber dann stutzte sie.

»Wie heißt der Mann?«

»Gräber. Dieter Gräber. Er ist achtundsiebzig Jahre alt und hat nicht mehr so ganz ... also, wie soll ich sagen ... ähm ...« Sie räusperte sich. »Also, unser Herr Gräber ist von seinem Zustand her schon sehr dement.«

»Gut«, sagte Anne ernst. »Ich weiß, wo Herr Gräber ist.«

»Ach, dem Herrgott sei Dank!«, seufzte die Pflegerin.

»Da bin ich mir jetzt nicht sicher, ob Sie dem Herrgott dankbar sein sollten.«

Die Altenpflegerin fixierte Anne mit dem Blick eines verschreckten Rehs. »Aber warum? Bei der bayerischen Polizei ist er doch in besten Händen!«

»Er ist nicht in unseren Händen«, erwiderte Anne bestimmt. »Er ist da drin.« Sie zeigte auf das Bankgebäude.

»Beim Leibhaftigen!«, stieß die Pflegerin hervor. »Drehen die ihm wieder irgendeine Ausbildungsversicherung für Enkelkinder an, die er gar nicht hat? Oder einen Bausparvertrag, obwohl er doch schon bald achtzig wird?«

»Es ist noch schlimmer«, brachte sich Sepp Kastner mit Ernst in den Dialog ein. »Ihr Herr Gräber ist unfreiwillig da drin. Als Geisel nämlich.«

»Nein!«

»Doch.«

»Aber der Herr Gräber braucht seine Medikamente, sonst tickt der völlig aus.«

»Wie meinen Sie das?«, fragte Anne vorsichtig.

»Er verliert jedes Gefühl für sich und seine Umwelt, weiß nicht mehr, wer er ist und was er tut. Einmal ist er ins Zimmer unserer Ärztin eingedrungen, hat sich ausgezogen«, das Gesicht der Pflegerin verzerrte sich vor Entsetzen, »... und ihre Unterwäsche angezogen. Rote Unterwäsche, stellen Sie sich das mal vor! Als Ärztin! In diesem Aufzug ist unser Herr Gräber dann zum See gelaufen, hat ein Motorboot gestohlen und ist damit an den Dampfersteg, da beim Gulbransson-Museum, gefahren und hat Urlauber zu einer Spritztour eingeladen.«

»Und? Ist da jemand mitgefahren?«, erkundigte sich Sepp Kastner interessiert.

»Ja, eine Gruppe betrunkener junger Männer aus Thüringen.«

»Gut, und wie ist die Sache ausgegangen?« Anne wollte die Pflegerin schnellstmöglich loswerden.

»Der Mann von unserer Ärztin ist auch Arzt. Der hat eine Jacht. Der hat ihn und die jungen Männer eingefangen. Das war eine Katastrophe!«

»Aber warum, ist doch alles gut ausgegangen«, meinte Anne genervt.

»Nein, im Gegenteil, die Folge war: Scheidung!«

»Ich dachte, Herr Gräber sei alleinstehend?«

»Der schon, aber nicht der Herr Doktor. Wie der Herr Doktor erfahren hat, dass die rote Wäsche von der Frau Doktor ist, hat er sich scheiden lassen. Weil, hat er gesagt, ›diese rote Wäsche habe ich noch nie zu Gesicht bekommen‹.«

»Na sauber«, meinte Sepp Kastner. »Und jetzt ist der Herr Gräber eine Geisel. Das kann ja was werden.«

Damit war auch der letzte Rest Geduld bei Anne an diesem

verrückten Montag aufgebraucht. »Also, ich muss jetzt wirklich heim, Seppi. Vielleicht erledigst du mit Frau ... dieser Frau hier den Rest.« Zu der aufgelösten Pflegerin sagte sie: »Wissen Sie, ich habe eine Tochter, und die ist gerade allein zu Hause. Ich muss jetzt wirklich ...«

»Ja, um Himmels willen! Das arme Kind! Das geht doch nicht! In diesen Zeiten ...« Den Rest hörte Anne nicht mehr, sie war schon davongeeilt.

Auf dem Nachhauseweg rief sie noch Kurt Nonnenmacher an und bat ihn, ein Dutzend Polizisten herbeizuordern, die im Schichtbetrieb vor dem Bankgebäude Wache schieben sollten. Als Nonnenmacher einwandte, dass das aber für reichlich Aufruhr sorgen würde, wenn die nach Landidylle lechzenden Urlauber am Bahnhof auf einmal auf »ein Polizeiaufgebot wie bei einem Spiel des TSV 1860 München« stoßen würden, empfahl Anne Loop dem Dienststellenleiter, die Kollegen in Tarnkleidung herzubestellen.

»Aber Tarnuniformen sind ja auch nicht unauffälliger«, gab Nonnenmacher zu bedenken.

»Doch keine Tarnuniformen!« Anne war genervt. »Hören Sie, ich telefoniere gerade auf dem Fahrrad, ich habe jetzt keine Zeit für lange Diskussionen. Meine Tochter wartet. Ich meine, die Kollegen sollen sich irgendwelche unauffälligen Klamotten anziehen. Was eben passt. Jetzt seien Sie halt bitte auch einmal ein bisschen kreativ!«

Das ließ sich Kurt Nonnenmacher nicht zweimal sagen. Und so staunte der Besitzer des Bahnhofskiosks nicht schlecht, als er einige Stunden später beim Absperren seines Geschäfts – die Sonne war längst hinter den Bergen verschwunden – allerorten junge Männer mit ordentlich geschnittenen Haaren und gewandet in Wander-, Segel- und Schwimmbekleidung um den Bahnhof herumlungern sah. Manche lasen Zeitung, einige tippten auf ihren Smartphones herum, und wieder andere schnitzten Holzmännchen. Als er einen der komischen Vögel darauf hinwies, dass heute kein Zug mehr fahren würde, erhielt der gutmütige Kioskmann von dem in knielangen Badehosen und T-Shirt gekleideten jungen Mann eine, so empfand es jedenfalls der Einheimische, pampige Antwort. Da er jedoch schon sehr lange im Tal lebte und allerlei Merkwürdigkeiten und Eskapaden von seinem Kiosk aus beobachtet hatte, nahm er es nicht allzu schwer. Allerdings war heute schon ein äußerst seltsamer Tag gewesen, dachte er bei sich. Aber wer unter erholungsgestressten Touristen und glamourösen Millionären lebte, durfte sich nicht zu viel wundern.

Nach dem Telefonat mit Nonnenmacher rief Anne noch kurz bei der Freundin ihrer Tochter an und sagte deren Mutter, dass sie Lisa nach Hause schicken könne, sie, Anne, sei jetzt gleich da.

Erst als die Polizistin ihr kleines, direkt am See und in der Nähe des einstigen Anwesens des Schriftstellers Ludwig Ganghofer liegendes Haus betreten und, noch in Uniform, drei große Schlucke eines eilig gemixten Hugo zu sich genommen hatte, fiel alle Anspannung von ihr ab.

Als ihre Tochter bald darauf das Haus betrat, schloss sie sie glücklich in die Arme.

»Wo warst du so lange?«

»Bei der Bank.«

»Haben wir wieder kein Geld?«, fragte das Kind. Denn natürlich hatte auch Lisa mitbekommen, dass sich die finanzielle Situation ihrer Kleinstfamilie nicht verbessert hatte, seit Annes Exfreund Bernhard von Rothbach sich aus ihrem Leben verabschiedet hatte. Zwar hatte er als Doktorand nicht viel Geld zum gemeinsamen Haushalt beigesteuert, aber dadurch, dass er nicht mehr bei Anne und Lisa wohnte, brauchte Anne viel mehr Geld für Lisas Nachmittagsbetreuung.

»Nicht wegen uns war ich bei der Bank«, seufzte Anne.

»Sondern?«

»Sondern nichts.« Anne hatte keine Lust, über ihre Arbeit zu sprechen.

»Sondern schon was!«, insistierte Lisa.

Anne gab auf: »Kannst du ein Geheimnis für dich behalten?« Lisa nickte und blickte ihre Mutter ernst an. Sie hatte Annes blaue Augen geerbt, aber ihre Haare waren im Gegensatz zu denen ihrer Mutter blond. »Ehrenwort?«

»Ehrenwort.« Mutter und Tochter reichten sich die Hand. »Gut. Also: Die Bank ist überfallen worden.«

»Boah, ein echter Banküberfall?«, fragte Lisa. »Das ist ja cool!«

»Nein, das ist nicht cool. Die Täter sind bewaffnet und haben Geiseln genommen.«

»Was wollen die denn mit den Geißen? Die kacken doch nur alles voll.«

»Nicht Geißen, Geiseln. Menschen, die sie bedrohen und die sie dazu verwenden können, um uns dazu zu bringen, irgendwelche Forderungen zu erfüllen.«

»Die wollen natürlich Geld«, stellte die Achtjährige fachmännisch fest.

»Vielleicht«, meinte Anne. »Aber irgendwie kommt mir ihr Verhalten seltsam vor.« Anne dachte nach. »Der eine von ihnen spricht Deutsch mit französischen Akzent. Und dann ist da noch diese Frau. Sie hört sich jung an, und sie spricht wie eine Ostfriesin.«

»Wie sprechen Ostfriesen?«

»Lustig.«

»Wie ›lustig‹?«

»›Wor de Nordseewellen trecken an den Strand, wor de geele Ginster bleit in Dünensand, wor de Möwen schrieen gell in Stormgebrus, dor ist miene Heimat, dor bin ick to Hus.‹ So – lustig«, sagte Anne.

»Woher kannst du das?«

»Ich war mal im Urlaub dort. Da habe ich das gelernt, das ist das Friesenlied.«

»Außer was mit Möwen habe ich nichts verstanden. Aber die passen auch zu unserem Bergsee.«

»Stimmt. Aber jetzt musst du ins Bett. Es ist schon spät. Geh jetzt bitte Zähne putzen.«

»Aber du musst mir doch die Zähne putzen.«

»Ich finde, mit acht bist du groß genug, dir die Zähne selbst zu putzen.«

»Aber die Zahnärztin hat gesagt, dass du mir die Zähne putzen sollst. Zweimal am Tag. Und Zahnseide machen. Und einmal pro Woche dieses Gel auf die Zähne, und das muss dann drei Minuten einwirken und ...«

»Ja!«, sagte Anne laut. »Du hast ja recht.« Es stimmte tatsächlich, dass die Zahnärztin dieses ausufernde Zahnpflegeprogramm angeordnet hatte. Aber Anne war müde. Der Tag war anstrengend gewesen. Und Anne hatte keine Lust auf Zähneputzen. Hatte sie sich als Kind die Zähne nicht auch stets selbst geputzt? Wieso ging das heute nicht mehr? Warum wurde Eltern immer mehr abverlangt, obwohl es immer weniger Kinder gab?

Während sie lustlos Zahnpasta auf Lisas Bürste strich und zu putzen begann, dachte sie noch einmal an die Geiseln in der Bank und ihre Entführer. Sie hatte mit Sepp Kastner vereinbart, dass er die Nacht über dortbleiben sollte. Für ihn war das leichter, weil er keine Familie hatte, außer seiner Mutter. Ihr Handy, das nun als Kontakthandy zu den Bankräubern diente, hatte Anne ihm dagelassen. Er würde sie sofort anrufen, wenn sich etwas ereignen sollte.

Nachdem Anne Lisa ins Bett gebracht, ihr eine Geschichte vorgelesen und ihr noch einmal über die Haare gestrichen hatte, rief sie bei Sepp Kastner an. Er teilte ihr mit, dass alles ruhig geblieben sei. In den oberen Fenstern der Bank brenne noch Licht. Aber die Geiselnehmer hätten sich nicht mehr zu Wort gemeldet.

Nachdem sie das Gespräch beendet hatten, ging Anne in die Küche, um sich einen weiteren Hugo zu mischen. Mit dem nach Minze duftenden Getränk setzte sie sich an den Computer und fuhr ihn hoch. Was war im Internet über das Phänomen Bankraub zu finden?

Zunächst stieß die Polizeihauptmeisterin auf einen ziemlich aktuellen Artikel, in dem eine wissenschaftliche Studie über die Ökonomie des Bankraubs zitiert wurde. Danach hatten zwei englische Finanzexperten errechnet, dass das Delikt Bankraub seine Täter im seltensten Fall reich machte. Ein durchschnittlicher Überfall erbrachte in England nur etwa fünfundzwanzigtausend Euro. In Amerika sogar nur knapp viertausend Euro. Und die Wissenschaftler schrieben auch, dass die meisten Bankräuber völlig stümperhaft vorgingen, die Banken nicht klug auswählten, deren Sicherungssysteme vorab nicht kritisch überprüften und auch die Nähe zur nächsten Polizeidienststelle oft gar nicht berücksichtigten. Zudem wurden die meisten Täter bereits nach ihrem vierten Überfall gefasst.

Das hilft uns nun auch nichts, dachte sich Anne und surfte weiter. Auf einer anderen Website fand sie eine Abhandlung über die Geschichte des Bankraubs. Danach waren Bankräuber vor allem in der Zeit der ersten Automobile erfolgreich gewesen, weil die meisten Polizeidienststellen zunächst noch nicht über Autos oder Motorräder verfügten und die Bankräuber mit ihren Gefährten damit im Vorteil waren.

Doch den Bankräubern, die in der nördlichen Seegemeinde festsaßen, war der Fluchtweg ohnehin versperrt. Selbst wenn sie irgendwann ein Fluchtauto forderten, weit würden sie nicht kommen. Anne war sich sicher, dass man die Verbrecher festnehmen würde. Die Frage war nur, ob dies gelingen konnte, ohne die Geiseln zu verletzen.

Dann stieß Anne auf eine Seite in einem sozialen Netzwerk, deren Inhalte sie elektrisierten. Was hier gepostet wurde, war nicht zu fassen. Die Seite »Anonymous Bankräuber« zeigte Bilder, auf denen der Bahnhof der nördlichen Seegemeinde zu sehen war. Von der Perspektive her konnten die Fotos nur von dem Bankgebäude aus geschossen worden sein. Anne spürte, wie ihr vor Aufregung ganz heiß wurde. Hastig nahm sie einen Schluck aus dem Glas mit dem Hugo.

Auf der Seite konnte man auch ein Videoblog anklicken. Der kurze Film, der hierauf startete, zeigte einen jungen Mann und eine junge Frau, die erklärten, sie seien Angehörige des Kollektivs »Anonymous Bankräuber« und hätten heute eine Bank in Bayern überfallen. Ihre Absicht sei es, Geld für ihre Ziele zu sammeln. Leider habe der Überfall nicht ganz so geklappt wie geplant. Sie seien zwar erfolgreich in die Bank eingedrungen und hätten einige Geiseln unter ihre Kontrolle gebracht, doch seien sie nicht an das Geld herangekommen, weil der Tresorschlüssel nicht in der Bank gewesen sei. Nun säßen sie in der Bank fest. »Unterstützt unseren Bankräuberfrühling!«, sagte die junge Frau, die eindeutig mit ostfriesischem Akzent sprach, am Ende des Videos. »Wir werden euch in den nächsten Tagen per Videoblog über unsere Aktivitäten auf dem Laufenden halten. Auch unsere konkreten politischen Forderungen werden wir dann bekannt geben.« »Wir sind die neunundneunzig Prozent!«, fügte der junge Mann hinzu. Und wegen seines französischen Akzents war Anne sofort klar, dass er es war, mit dem sie vor einigen Stunden gesprochen hatte. Das waren die Geiselnehmer.

Anne startete das Videoblog noch einmal und betrachtete es mit höchster Konzentration: Die beiden wirkten alles andere als gefährlich. Anne schätzte sie auf Anfang zwanzig. Er war schlank und hatte ein schmales, blasses Gesicht, sein Haar war schwarz und halblang. Auf seinem weißen T-Shirt war der Schriftzug OCCUPY zu sehen. Die junge Frau hatte blonde Zöpfe und trug Shorts sowie ein schwarzes Shirt. Konnte es sein, dass diese beiden jungen Leute Verbrecher waren? Sie wirkten so harmlos! Aber das Mädchen hielt zweifellos einen Revolver in der Hand. Und sie hatte damit auch bereits geschossen. Man musste die beiden ernst nehmen. Vielleicht waren sie verrückt. Aber das machte die Sache noch gefährlicher. Und die Anonymous Bankräuber standen ganz offensichtlich nicht allein da. Denn obwohl die Seite in dem Netzwerk erst seit einigen Stunden existierte, hatten bereits dreihundertachtunddreißig User den Gefällt-mir-Button gedrückt.

Sofort rief Anne Sepp Kastner an, der sich mit müder Stimme meldete.

»Sepp, die sind online! Die haben im Internet ein Blog eingerichtet. Die machen voll einen auf Öffentlichkeit!«

»Was?«, fragte Kastner verständnislos.

»Die sind total durchtrieben, die haben schon einen Film in der Bank gedreht und den ins Netz gestellt. Und die sammeln Unterstützer. Die sind von der Anonymous-Bewegung!«

»Echt? Dann müssen wir den Kurt anrufen.« Er gähnte. »Mein Gott, Anne, ich bin saumüde. So eine Scheiße!«

Die beiden schwiegen kurz. Dann meinte die Polizistin: »Den Nonnenmacher ... Meinst du nicht, dass der ausflippt, wenn ich mich so spät noch melde?«

»Es ist doch erst zwölf Uhr durch«, erwiderte Kastner.

»Aber der geht doch immer schon um zehn ins Bett.«

»Soll ich ihn anrufen?«, bot Kastner an.

»Nein, ich mach das schon. Schau du dir mal die Seite an. Das ist krass. Die werden uns noch richtig Probleme machen.« Anne streckte sich gähnend. »Also dann, tschau!«

»Pfiati, Anne!«

Es klingelte mindestens zehnmal, bis Kurt Nonnenmachers Frau Helga sich meldete: »Nonnenmacher?«

»Guten Abend, Frau Nonnenmacher, hier spricht Anne Loop von der Dienststelle. Entschuldigen Sie die späte Störung, aber könnte ich bitte mal Ihren Mann sprechen?«

»Der schläft schon. Geht's um die Bankräuber?«

»Ja.«

»Dann, warten'S, ich bring ihm das Telefon ans Bett.«

Anne hörte, wie Helga Nonnenmacher durch das Haus lief und kurze Zeit später offensichtlich an der Schlafstatt des Inspektionschefs angelangt war, denn sie sagte: »Kurt, wach auf, die Frau Loop ist am Apparat.«

»Was?«

»Es geht um die Bankräuber.«

»Was denn für ... Ach so, ja dann.« Es knisterte, und Nonnenmacher meldete sich nun direkt, aber mit sehr schlaftrunkener Stimme, wie Anne fand: »Frau Loop, was gibt's?«

»Die Bankräuber!«

»Ja?«

»Die sind im Internet!«

»Ja, und?«

»In einem sozialen Netzwerk. Die haben einen Film ins Netz gestellt.«

»Ach, Frau Loop, mit so was kenn ich mich doch überhaupts nicht aus. Da kümmern bitte Sie sich drum!«

»Ja, aber das geht doch nicht! Die ganze Welt wird bald auf unser Tal schauen. Wir brauchen eine Strategie!«

»Die ganze Welt? Jetzt gehn'S! Das ist doch bloß das Internet.« Er gähnte. »Tun'S mir einen Gefallen: Erzählen'S mir das alles doch bittschön morgen.«

»Nein, Herr Nonnenmacher! Die gehören zu dieser Anonymous-Gruppe.«

»Anonymous? Nie gehört.«

»Das gibt's doch nicht!« Anne konnte es nicht fassen. »Darüber steht doch jeden Tag etwas in der Zeitung.«

»Ja, aber so einen Internetzscheiß les ich nicht. Das Internetz, das ist mir wurscht, das ist eine Modeerscheinung, mehr nicht.«

»Das ist keine Modeerscheinung, das ist Anonymous! Das ist echt, das ist das Leben, die sind eine Macht!«

»Ach wo.«

»Das gibt's doch nicht! Kennen Sie nicht diese Occupy-Masken, die die Protestierenden jetzt überall tragen? Diese Guy-Fawkes-Masken, weißes Gesicht mit schwarzem Bart und schwarzen Augenbrauen?«

»Ja, kann schon sein ...« Der Inspektionschef machte eine Pause. »Diese Kaschperl-Larven halt.« Er schwieg einen Augenblick. »Aber was haben mir mit diesen Kaschperln zu tun? Die machen ihre Demonstrationen doch vor allem in großen Städten, in London, New York und Frankfurt und so. Haben's die nicht vor allem auf Banken abgesehen?«

»Tja, na klar, aber womit haben wir es denn bei uns zu tun?«

»Na ja, jedenfalls nicht mit einer großen Stadt.« Er gähnte. »Mir sind doch bloß ein Dorf an einem See.«

»Aber was haben die in unserem Dorf denn überfallen?« Anne sprach jetzt in einem für ihre Verhältnisse ziemlich strengen Tonfall.

»Eine Bank«, antwortete Nonnenmacher gelangweilt. Doch dann hatte auch er verstanden, denn er sagte mit plötzlich wacher Stimme: »Ach so, ja, eine Bank ist das ja bei uns auch.« Er wurde mit einem Mal nachdenklich. »Soso. Eine Bank ...«

»Genau«, meinte Anne. »Und bald wird hier, das prophezeie ich Ihnen, der Bär tanzen. Denn wenn es denen wirklich gelingt, die Anonymous-Leute zu aktivieren, dann ist hier die Hölle los.«

»Ja, meinen Sie?«, fragte Nonnenmacher gedehnt. »Aber Sie, Frau Loop, ich bin ja so müd'. Ich mag mir das eigentlich lieber erst morgen anschauen. Vielleicht können Sie sich ja bis dahin etwas überlegen, was mir da machen können mit diesen Anonymen. Vielleicht fällt Ihnen ja was Gutes ein.« Er zögerte und schob dann noch hinterher: »Es sind ja auch Sie, der der Schönwetter die Leitung der Ermittlungen übertragen hat. Letztlich ist dieser ganze Anonymous-Schmarren also genau genommen Ihr Bier und nicht meins.«

Wir nützen unsere Brüste,
um die Demokratie zu testen.
Inna Schewtschenko (Femen-Aktivistin)

DREI

Am nächsten Morgen wurde Anne ausnahmsweise einmal nicht von ihrer Tochter Lisa geweckt. Denn schon um fünf Uhr lag sie wach, und ehe sie klar denken konnte, war wieder alles präsent: der Überfall, Anonymous, das Videoblog.

Anne sprang auf, startete den Computer und ging auf die markierte Seite in dem sozialen Netzwerk. Zunächst glaubte die Polizistin, dass sich nichts verändert habe, seit sie zu Bett gegangen war. Aber dann sah sie, dass sich auf der Seite über Nacht zweitausendeinhundertachtundzwanzig Freunde angesammelt hatten. Das war beängstigend.

Draußen zwitscherten Amseln und Spatzen, auch Entenquaken war aus Annes idyllischem Seegarten zu hören, doch die Polizistin starrte wie gelähmt auf den Bildschirm. Erst als ein Lastwagen auf der Schwaighofstraße entlangdonnerte, an der das Ferienhaus von Annes Exfreund Bernhard stand, in dem sie wohnten, wurde die gebürtige Rheinländerin aus ihrem Trancezustand gerissen. Sie stand auf und ging in ihrer Sommerschlafkleidung, knappes T-Shirt und Slip, in die Küche, um sich einen Kaffee zu machen.

Im Waschbecken und auf der Arbeitsfläche stand noch das seit Sonntag benutzte und ungespülte Geschirr. Anne war mit

Lisa auf dem Rosstag gewesen, am Abend waren sie Pizza essen gegangen, und am Montag war sowieso keine Zeit gewesen, um aufzuräumen. Während sich die kleine Espressomaschine aufheizte, begann Anne lustlos, die schmutzigen Teller, Gläser und Tassen in die Spülmaschine einzuräumen. Natürlich brauchte man zu zweit weniger Geschirr als zu dritt. Aber solange Bernhard da gewesen war, hatte er sich hauptsächlich um die Küche gekümmert. Bernhard kochte gut und gerne. Anne arbeitete lieber im Garten oder schraubte Regale an die Wand. Aber Bernhard war jetzt Vater. Leider war das Kind nicht von Anne. Sondern von seiner Therapeutin. Das mit Bernhard konnte sie endgültig knicken, das war klar. Anne spürte ein schmerzhaftes Ziehen im Bauch.

Als sie das sprudelnde Geräusch hörte, das die Espressomaschine machte, wenn der Kaffee fertig war, fiel ihr der Anwalt ein, den sie bei ihrem letzten großen Fall kennengelernt hatte.

Sie und Sepp Kastner hatten den Täter überführt, nachdem der Typ sie im Halbdunkel eines Münchner Dachbodens fast erwürgt hätte. Der Anwalt hatte den Angeklagten verteidigt, gut und sachlich, wie Anne fand. Und am Ende des Prozesses hatten sie sich zu einem »unverbindlichen Kaffee« verabredet. Anne erinnerte sich noch genau an diese komische Formulierung. Typisch Jurist.

Doch aus der Verabredung war nichts geworden. Johann Bibertal hatte abgesagt. Er sei »arbeitsüberlastet«. Auch so ein Juristenwort. Anne vermutete, dass das mit der Arbeitsüberlastung nur vorgeschoben war. Wahrscheinlich war sie Johann Bibertal nicht attraktiv genug gewesen. Natürlich sagten ihr alle, sie sehe blendend aus, gerade so wie die berühmte Angelina Jolie. Nun war Anne nicht unglücklich über ihr Aussehen. Aber ihr Selbstbewusstsein war dennoch nicht sehr groß. Und die Vergleiche mit Angelina Jolie gingen ihr sowieso auf die Nerven. Diese Übermutter mit dem Superkörper und der Traumehe war doch eine totale Kunstfigur. Und ob die wirklich immer so glücklich war mit ihren vielen Kindern? Klar hatte man als Hollywoodstar das Geld, um sich Kindermädchen, Putzfrauen und noch allerhand anderes zu leisten. Aber wenn ein Kind Kummer hatte, wenn es krank wurde oder nachts nicht schlief, wenn es Probleme in der Schule gab oder wenn es einfach nur mit seiner Mutter spielen wollte, dann war auch Angelina Jolie nur eine ganz normale Mutter, die sich um all dies kümmern musste. Und das war anstrengend.

Nachdem Anne Lisa wieder zu ihrer Freundin gebracht hatte – zum Glück klappte diese private Art der Ferienbetreuung problemlos –, fuhr sie gar nicht erst zur Dienststelle, sondern direkt zur Bank. Dort wurde sie von einem ziemlich verwüstet aussehenden Sepp Kastner empfangen. Er hatte die Nacht auf einer Pritsche im Gartenhäuschen verbracht.

»Und? War was?«

»Nein, nix. Die haben zwar die ganze Nacht das Licht brennen lassen, aber sonst war nix.«

»Wir brauchen hier unbedingt Computeranschluss und Telefon«, meinte Anne, als sie sich im Vorraum der Hütte umsah.

»Kommt alles heute Vormittag.« Sepp Kastner gähnte. »Ich bin so saumüd'. Also auf so einer harten Liege schlafen, das geht gar nicht.«

»Dann geh jetzt mal nach Hause.« Anne schaute zum Bahnhof hinüber, an dessen Außenwand drei ziemlich verstrubbelt aussehende Bergsteiger lehnten und, mit etwas Abstand, ein Mann im grünen Jägeroutfit, der allerdings normale Turnschuhe trug, sowie zwei auffällig unauffällig dreinschauende Männer in weißen Seglerklamotten. Ein weiterer Segler lag auf einer Holzbank und schlief.

Anne musste schmunzeln: »Du, und wann werden die Kollegen, die sich so schnuckelig verkleidet haben, abgelöst?«

»Die nächste Schicht müsste eigentlich längst da sein.«

»Na, dann bin ich ja mal gespannt, was denen noch als Maskerade einfällt. Vielleicht kommt auch mal einer im Dirndl oder sogar im Hirschkostüm?«

Als Sepp Kastner sie verlassen hatte, führte Anne ein kurzes Telefonat mit dem Kripochef Schönwetter. Sie unterrichtete ihn über die neuesten Entwicklungen, insbesondere über die Tatsache, dass es den Bankräubern gelungen war, von der Bank aus ein Videoblog ins Netz zu stellen.

»Na ja, das werden die halt mit unserem iPhone gemacht haben«, kommentierte Schönwetter. »Solange die keine Geiseln umbringen, können die wegen mir so viele Blogs ins Netz stellen, wie sie wollen. Unser Job ist es, die Geiseln zu befreien, Frau Loop. Lebendig.«

»Schon klar, aber was sind unsere nächsten Schritte?«, wollte Anne wissen.

»Wir warten jetzt erst einmal ab. Erfahrungsgemäß kommt irgendwann eine konkrete Forderung. Nachdem wir die Forderung nach dem zweiten Tresorschlüssel nicht erfüllt haben, wird es halt irgendeine andere sein. Insgesamt sollten wir aber zusehen, dass der Zustand nicht zu lange anhält. Je länger Geiselnehmer unter Druck stehen, umso unberechenbarer werden ihre Handlungen.«

Anne wechselte das Thema: »War der Todesfall, zu dem Sie gestern mussten, eigentlich ein Mord?«

»Es sieht danach aus. Die Auffindesituation der alten Frau in der Badewanne wirkt auf mich zu konstruiert, als dass ich an einen natürlichen Tod glauben kann.«

Schönwetter unterrichtete Anne noch darüber, dass er das Polizeipräsidium über die Geiselnahme informiert hatte und dass man damit rechnen musste, dass demnächst auch der Innenminister aufkreuzte. »Schauen wir mal, ob er mit einem Bagger angefahren kommt!«, lachte Schönwetter. Der bayerische Politiker hatte erst kürzlich beim Spatenstich für eine Umgehungsstraße im Allgäu einen Bagger im wahrsten Sinne des

Wortes »in den Sand gesetzt« und sich dabei schwer verletzt. Im Internet kursierte ein Film über den Vorfall.

Direkt nachdem Anne aufgelegt hatte, erreichte sie ein Anruf von Kurt Nonnenmacher. Der Dienststellenleiter war ganz aufgeregt. Er erklärte, dass ein Kollege ihm an dem einzigen Computer der Inspektion, der das polizeiliche Intranet verlassen konnte, »diese Internetzhomepage« gezeigt habe, und – »das ist ja unerhört!«.

»Warum?«, fragte Anne erstaunt.

»Ja, die haben ja Forderungen, die spinnen ja wohl! Ich glaub' bald, das sind Kommunisten.«

Anne verstand gar nichts. »Wieso?«

»Hier steht:«, Nonnenmacher las offensichtlich vor, was er am Computer vor sich sah, »›Wir fordern ein Ende der Schuldenwirtschaft, weil sie die Zukunft der Menschheit, vor allem der jungen Menschen, bedroht und Krieg bringt. Ein Ende der Ausbeutung der Massen und eine Beteiligung von Mitarbeitern an Unternehmensgewinnen. Eine gerechte Bezahlung, vor allem auch für Praktikanten. Ein Ende der umweltzerstörenden Politik und Wirtschaft. Weniger Wohlstand, aber genügend für alle.‹ Die spinnen ja wohl! Und für so einen Schmarren gefährden die Menschenleben!« Der Dienststellenleiter war außer sich. »Wie soll man denn einem Praktikanten etwas bezahlen, der kann doch noch nix!«

»So meinen die das ja vielleicht gar nicht«, entgegnete Anne beschwichtigend.

Doch Nonnenmacher ließ sich nicht beruhigen: »Wenn ich jetzt, nur mal als Beispiel, unserem Lehrling, dem Hobelberger, ein Gehalt bezahle, wie ich eines bekomme, dann können mir die Polizei ja gleich zusperren. Der Hobelberger kann ja nix! Und die Polizei pfeift geldmäßig eh schon aus dem letzten Loch. Also, so weit kommt's noch!«

»Aber so ist das doch gar nicht ...«, wollte Anne einwenden, doch Nonnenmacher schnitt ihr das Wort ab: »Dann, nächste Forderung: ›Ende der Schuldenwirtschaft‹! Wie soll sich der kleine Mann dann bitte ein Eigenheim kaufen, wenn er keine Schulden machen darf? Ha? Wie soll das gehen?«

»Es geht hier bei den Schulden eher um Banken und Unternehmen und Staaten, denke ich.«

Doch Nonnenmacher überging Annes Einwand: »Und warum bringen Schulden Krieg? Also, selten habe ich so einen Unsinn gehört.« Annes Vorgesetzter atmete schwer. »Umweltschutz, ja gut, aber darum kümmert sich doch die Regierung. Mülltrennung, Katalysator, Papiersammlung, mir machen doch alle Umweltschutz. Sogar aus der Atomkraft steigt Bayern aus.«

»Deutschland«, meinte Anne.

»Aber Bayern allen voran, wie immer«, belehrte Nonnenmacher seine Mitarbeiterin. Er war stolz auf seinen Freistaat. Dann machte er eine Pause, vermutlich las er den Text, der ihn derart provozierte, noch einmal, denn dann platzte er erneut hervor: »›... die Zukunft der Menschheit, vor allem der jungen Menschen ...‹, die jungen Menschen sollen erst einmal etwas leisten! Arbeiten. Fleißig sein. Und nicht Banken überfallen und unschuldige Menschen in Gefahr bringen!«

»Viele junge Menschen bekommen aber gar nicht mehr die Chance, etwas zu leisten«, wandte Anne vorsichtig ein. »Weil sie keine Arbeit finden. In Spanien liegt die Arbeitslosigkeit bei über zwanzig Prozent.«

»Ja, in Spanien!«, tönte der Dienststellenleiter. »Der Spanier ist ja auch ein fauler Hund! Und außerdem: Was juckt mich Spanien?« Jetzt brüllte Nonnenmacher ins Telefon: »Mia san Bayern! Mia san mia!«

»Ich weiß nicht recht ...«, sagte Anne leise.

»Frau Loop«, fragte er jetzt provozierend. »Sympathisieren Sie gar mit diesen Verbrechern? Sie, da kriegen Sie fei Probleme!«

»Ich finde die Forderungen, die Sie da vorgelesen haben, jetzt aber nicht so abwegig«, meinte Anne.

»Das Einzige, was ich vernünftig finden tät', ist, dass Mitarbeiter an Unternehmensgewinnen beteiligt werden! Da täte meine Helga, jetzt nur als Beispiel – die hilft ja manchmal in der Küche vom Dingshotel –, auch mehr Geld kriegen fürs Arbeiten und nicht bloß der Rosenbauer, der Hoteldirektor, der feine Herr. Selber fährt er mit einem Rennauto umeinander, aber die Helga, ohne die der Gast in seinem Urlaub einen Saufraß essen müsst, die kriegt fast nix und fährt Opel, die wo im Übrigen auch bald pleite sind. Da fragt man sich schon ...«

»Na, sehen Sie«, meinte Anne begütigend.

»Ja, nix seh ich da! Man nimmt keine Geiseln, sondern man redet!«

»Und wenn keiner zuhört?«

»Dann muss man halt lauter reden.«

Bevor Anne erneut etwas einwenden konnte, fuhr der Lieferwagen eines Paketdienstes vor.

»Herr Nonnenmacher, ich muss jetzt aufhören, da kommt eine Lieferung.«

»Was für eine Lieferung?«, wollte der Inspektionschef vom See wissen, doch Anne hatte bereits die rote Auflegetaste ihres Mobiltelefons gedrückt. Schnell ging sie zu dem Lieferservicemitarbeiter, der bereits ausgestiegen war und die seitliche Tür seines weißen Fahrzeugs aufgeschoben hatte.

»Guten Tag«, sagte Anne freundlich.

Der Mann war völlig nass geschwitzt und roch nach Zigaretten und Kaffee. »Was?«, fragte er und sah Anne unwirsch an.

»Haben Sie eine Lieferung?«

»Ja, Lieferung«, erwiderte er mit einem osteuropäischen Akzent, bei dem das »r« besonders gut zu hören war, und zog eine Kiste an den Rand der Ladefläche.

»Ist das für die Bank?«

»Da. Lieferung, Bank.« Er zögerte kurz und sagte dann: »Alles in Ordnung, Chef.«

»Ja, gut, ja«, meinte Anne, fast ein wenig verlegen. »Aber ich müsste da kurz mal hineinschauen. Weil ... wir bewachen die Bank und ...« Der Mann mit der pickeligen Gesichtshaut sah sie verständnislos an. »Und ich muss wissen, was in dem Paket drin ist.«

»Paket, Lieferung, Bank«, sagte der Mann und nickte. Dann zog er das Paket heraus und wollte damit zur Bank gehen. Doch Anne stellte sich ihm in den Weg.

»Halt! Wir müssen das erst einmal aufmachen!«

»Nix aufmachen. Aufmachen dort, Leut' dort, Chef dort.« Der Mann deutete mit der Hand in Richtung der Bank, packte dann wieder die Kiste und wollte sich an Anne vorbeischieben, die dabei einen Schwall üblen Nikotingeruchs abbekam, weshalb sie das Gesicht zu einer Grimasse des Ekels verzog.

»Doch, wir müssen das jetzt schon aufmachen. Ich bin die Polizei. Ich muss das kontrollieren, verstehen Sie?«

»Verstehen«, erwiderte der Mann genervt. »Aber nix Zeit. Viele Paket Lieferung.« Er machte eine Kopfbewegung in Richtung des Laderaums seines Wagens. »Paket, Lieferung, Bank. Nix Polizei.«

»Doch, schon Polizei«, beharrte Anne auf ihrem Anliegen. »Ich muss das unbedingt kontrollieren. Vielleicht sind da Waffen drin oder eine Bombe oder was weiß ich.«

»Nix Bombe«, sagte der Mann. »Paket.«

»Ja, ja, das ist ein Paket, klar. Aber ...« Anne sog verärgert die Luft ein. Weshalb bezahlten die Unternehmen die Paketzusteller nur so schlecht, dass oft Personen eingestellt wurden, die fast kein Deutsch konnten? Wer Pakete zustellte, hatte doch Verantwortung für zum Teil wertvolle Waren, und außerdem hatte man dauernd mit anderen Menschen zu tun, mit denen man sich verständigen musste. Warum finanzierte man dem Mann keinen Sprachkurs? »Also, jetzt noch einmal ganz langsam«, sagte sie überdeutlich. Der Mann sah sie erwartungsvoll an. »Ich möchte gerne in dieses Paket hineinschauen. Ich darf es auch öffnen, weil ich von der Polizei bin. Es könnte etwas Gefährliches in diesem Paket drin sein.« Anne deutete mit ihrem Zeigefinger auf den Karton. »Sie müssen meiner Anordnung jetzt schon Folge leisten. Sonst muss ich Ihre Personalien kontrollieren und Sie mit auf die Wache nehmen.«

Gleich im nächsten Augenblick bereute Anne ihre Drohung. Denn der Mann ließ das Paket fallen, warf sich vor ihr auf die Knie und flehte sie an: »Bitte, Frau Polizei, nix Wache. Alles gut. Deutsch bin. Warte, Ausweis, Aufenthaltsgenemehrung, alles gut.« Hektisch und in panischer Angst fummelte er einen nigelnagelneuen Scheckkartenpersonalausweis aus der Tasche. »Kontroll', hier, Kontroll', Frau Polizei. Alles gut. Ausweis deutsch.«

»Ja, ja, ja«, sagte Anne ungeduldig, versuchte dabei aber, möglichst freundlich zu klingen. »Ich glaube Ihnen ja, dass Sie Deutscher sind. Ich will doch auch überhaupt nicht Sie kontrollieren, sondern dieses verfluchte Paket hier, Mensch! Jetzt lassen Sie mich da endlich reinschauen!«

Sie fischte ein Taschenmesser aus ihrer Hosentasche, bückte sich und wollte das Paket aufschlitzen. Doch der Mann warf sich über das Paket und schrie: »Nein, Frau Polizei. Bitte nix Paket anfassen. Chef sagen: Nix öffnen, niemand. Kündigung. Kontroll Ausweis jetzt, alles gut später.«

»Sie haben Angst, dass man Sie kündigt, wenn ich dieses Paket öffne?«, fragte Anne ungläubig.

Der Mann nickte. »Ausweiskontroll' gut, Paketkontroll' nix gut«, sagte er mit leiser Panik in der Stimme.

»Gut, was machen wir dann jetzt?« Anne dachte nach. »Kann ich Ihren Chef anrufen?«

Der Mann schüttelte energisch den Kopf. »Nix Chef anrufen.«

»Warum nicht?«

»Chef ...« Er suchte verzweifelt nach Worten. »Chef, Chef, Chef ... » Dann flüsterte er: »Chef Idiot.«

Anne musste schmunzeln. Das glaubte sie ihm sofort.

»Okay, verstehe. Dann machen wir das jetzt so.« Sie zog

ihren Geldbeutel aus der Hosentasche, holte einen Fünf-Euro-Schein heraus und hielt ihn dem Lieferanten hin. »Sie nehmen jetzt das Geld und holen sich und mir drüben im Dorfladen etwas zu essen. Und ich passe währenddessen auf das Paket auf. Gut? Ich bin von der Polizei. Ich kann da gut drauf aufpassen. Und während Sie weg sind, schaue ich heimlich in das Paket. Okay? Und Sie merken nichts davon. Und wenn Sie zurückkommen, dann ist das Paket schon wieder zugeklebt.«

Der Mann nahm mit fragendem Blick das Geld. »Frau Polizei Leberkässemmel?«

»Meinetwegen. Hauptsache, Sie machen sich jetzt endlich vom Acker.«

»Acker?«, fragte der Mann.

Überdeutlich antwortete Anne: »Gehen Sie jetzt! Essen sollen Sie holen, da drüben, im Dorfladen. Verstehen Sie? Essen?«

»Klar, Essen. Essen gut.«

»Ja, Essen ist gut.«

Obwohl der Tag erst angebrochen war, fühlte Anne sich bereits völlig erschöpft. Aber tatsächlich setzte sich der Mann in Bewegung. Während er mit dem Geldschein in der Hand über die Straße eilte, schlitzte Anne schnell das Paket auf. Und dessen Inhalt überraschte sie gehörig. Da hatte jemand bei einem wirklich coolen Bekleidungsversand Klamotten bestellt! Anne entdeckte zwei sehr schöne Bikinis, ein kurzes Sommerkleid und zwei Paar hochhackige Schuhe. Die Sachen waren so geschmackvoll, dass sie auch Anne angezogen hätte. Und die Ermittlerin war der Ansicht, dass sie beileibe keinen Durchschnittsgeschmack hatte. Was waren das für Bankräuber, die sich so coole Klamotten bestellten? Oder hatte das Paket jemand anders geordert? Vielleicht Frau Dr. Klamm, ehe die ganze Geschichte hier ihren Lauf genommen hatte? Anne blickte auf das Bankgebäude, das jetzt vollständig in der Sonne lag. Dann klappte sie den Deckel des Pakets wieder zu und las die Anschrift. Die Lieferung war adressiert an die Bankfiliale, »c/o Geschäftsführung Robert Ochsenknecht«. Die Polizistin öffnete erneut das Paket und zog die Rechnung hervor. Hier stand als Bestelldatum der Vortag. Zweifellos war diese Bestellung von den Bankräubern aufgegeben worden, denn dass sich Robert Ochsenknecht als Geisel etwas bestellt hatte, das hielt Anne doch für abwegig. Aber wieso machten die Bankräuber das? Und wie passte das mit den sozialen Forderungen zusammen, die sie im Internet gepostet hatten?

Als Anne sah, dass ihr neuer Freund, der Lieferwagenfahrer, mit einer Tüte in der Hand zurückkam, verschloss sie schnell die Kiste und klebte sie notdürftig wieder zu. Der Lieferant überreichte ihr die von ihm besorgte Brotzeit und griff sich die Kiste.

»Halt, halt«, versuchte Anne, ihn zu bremsen. »Sie sollen das hier doch essen!«

»Arbeit eins«, erwiderte der Mann selbstgewiss, »Paus' zwei. Deutsch System. Ich deutsch. Hier Pass ...« Schon wieder machte er Anstalten, seinen Ausweis hervorzuholen.

»Ist ja gut.« Sie reichte ihm den Karton. »Stellen Sie ihn am Hintereingang ab«, rief Anne ihm noch hinterher, als er davoneilte. »Vorne macht niemand auf.«

Er läutete Sturm, doch keiner öffnete. Anne bedeutete ihm, das Paket einfach vor der Tür abzustellen, was er dann nach einigem Zögern auch tat. Daraufhin kam er zu Anne zurück und hielt ihr das Unterschriften-Pad hin: »Sie unterschreiben. Unterschrift muss, System deutsch«, sagte der Mann. »Frau Polizei auch Chef, Unterschrift gut.«

Anne unterschrieb und drückte ihm eine der Leberkässemmeln, die er geholt hatte, in die Hand. Er reichte ihr das Wechselgeld und sprang in die Fahrerkabine. »Nix Zeit. Weiter, weiter, weiter. Sonst Kündigung, peng.« Er hielt sich die rechte Hand, die Finger geformt wie eine Pistole, an den Kopf, knallte die Fahrertür zu und fuhr schwungvoll vom Parkplatz. Anne blickte ihm nachdenklich hinterher.

Im weiteren Verlauf des Vormittags kamen noch weitere Lieferanten, die ihre Pakete ebenfalls vor der Hintertür der Bank an dem See inmitten von Bergen deponierten. Darin waren, wie Anne nach der Prüfung der Sendungen herausfand, Schminkutensilien, fünf Paar modische Turnschuhe – drei für Herren, zwei für Damen –, zwei Herrenanzüge, Designerunterwäsche für Damen und Herren, Bodylotions und Rasierzeug, eine hochwertige Videokamera mit Stativ, ein Akkordeon, ein Laptop und etliche Waren mehr. Anne hatte den Eindruck, dass hier jemand mit Verstand und Sinn für Qualität bestellte. Zum Teil waren die Gegenstände luxuriös, doch teilweise handelte es sich auch um Erzeugnisse, die sich neben ihrem außergewöhnlichen Stil dadurch auszeichneten, dass sie laut Siegel unter ökologisch sinnvollen und menschenfreundlichen Bedingungen produziert worden waren. Merkwürdig fand Anne die Bestellung von vier Bandschlingen, eines Karabinersatzes und des Akkordeons. Da das sonstige Verhalten der Anonymous Bankräuber ihr aber auch seltsam vorkam, zerbrach sie sich darüber nicht weiter den Kopf.

Zudem ließen sich die Bankräuber auch wieder Essen bringen. In dieser Hinsicht hatte man es als Bankräuber des einundzwanzigsten Jahrhunderts bequemer als früher. Denn letztlich konnten die Geiselnehmer sich dank des von der Polizei bereitgestellten Smartphones mühelos selbst versorgen. Im Internet bekam man heutzutage ja praktisch alles. Beim Hereinholen der gelieferten Gegenstände blieben die Geiselnehmer ihrer Strategie treu, die Putzfrau Irene Heigelmoser als menschliches Schutzschild zu verwenden.

Dann rührte sich in der Bank den gesamten Vormittag über nichts mehr. »Das wundert mich nicht«, meinte Kurt Nonnenmacher wütend, als Anne ihn bei seiner Ankunft an der Bank über die plötzliche Funkstille unterrichtete. »Das ist ja wie Weihnachten, Namenstag und Geburtstag zusammen, was da an Geschenken angeliefert wird. Die werden halt den ganzen Vormittag Sachen auspacken. Eine Sauerei ist das, sich derart zu bereichern, eine unbandige Sauerei!« Er wischte sich mit der Hand den Schweiß von der Stirn. »Man kann bloß hoffen, dass das ganze Gelump, was da zusammenbestellt wird, auch von der Bank bezahlt werden muss und nicht vom Steuerzahler! Ich habe keine Lust, dass sich Verbrecher mit meinem Geld aufbrezeln, als wären's der Schah von Persien. Aber ich habe es ja auch schon immer gesagt, dass es ein Fehler war, die europäischen Grenzen zu öffnen. Jetzt haben wir den Salat. Und das ganze Gesindel im Land. Und die Frage ist jetzt folgende: Wie bringen wir es wieder hinaus?« Er machte eine rhetorische Pause, bevor er fortfuhr. »Gar nicht.« Dann nickte er bedeutungsschwanger.

»Aber dieses Mädchen ist doch aus Ostfriesland«, wagte Anne einzuwenden.

»Ja, sag ich ja!«, blaffte Nonnenmacher sie an. »Ausland!«

Anne schüttelte missbilligend den Kopf. »Da reden Sie jetzt ja mal so richtigen Blödsinn.«

»Sie, Frau Loop!«, warnte der Dienststellenleiter mit erhobenem Zeigefinger und hochgezogenen Augenbrauen.

»Egal«, unterband Anne Loop weitere europakritische Ausführungen und meinte stattdessen: »Haben Sie eigentlich schon eine Fahndung herausgegeben?«

»Inwiefern?«, fragte Nonnenmacher verständnislos.

»Na ja, es wäre doch interessant zu wissen, wer diese beiden Geiselnehmer sind, oder? Da wäre es doch sinnvoll, aus dem Videoblog zwei Fahndungsbilder zu generieren und als Blue Notice in die Interpol-Fahndung zu geben, meinen Sie nicht?«

»Blue Notice?«, fragte Nonnenmacher gereizt. »Sprechen Sie deutsch! Mir sind hier in Bayern.«

»Sie wissen nicht, was Blue Notice ist?« Anne war nun wirklich überrascht. Ihre Stimme nahm einen beinahe mütterlichen Tonfall an, als sie erklärte: »Im Interpol-Fahndungssystem gibt es doch sieben Kategorien ...«

»Ach so, ja, ja, das meinen Sie ...«, erwiderte Nonnenmacher eilfertig, obwohl es auf Anne so wirkte, als hätte er nicht den blassesten Schimmer, wovon sie sprach.

»Und eine Blue Notice ist eine Interpol-Mitteilung der …«

»… zweithöchsten Priorität«, beendete Sepp Kastner, der unbemerkt von hinten an die beiden herangetreten war, ihren Satz und ergänzte: »Definition: ›Sammlung von zusätzlichen Informationen über die Identität oder Aktivitäten einer Person in Bezug auf ein Verbrechen.‹«

»Ja, klar, ja, sowieso«, stammelte Nonnenmacher. »Das weiß ich auch.« Natürlich wusste er es nicht, war es an dem idyllischen See inmitten von Bergen doch selten nötig, jemanden per Interpol zu suchen. Wurde ein Mensch vermisst, genügte es in den meisten Fällen, wenn man die wichtigsten Wirte der fünf Seegemeinden, im Sommer die Schwimmbäder und Golfplätze und im Winter die Skilifte abtelefonierte. »Also, gehen wir an Interpol damit?«

»Das wäre meiner Meinung nach schon sinnvoll«, meinte Kastner. »Damit wir wissen, mit wem wir es da überhaupts zu tun haben. Ein Täterprofil tät' da nichts schaden.«

»Ja, aber dann gibt es ja einen Riesenaufruhr!«, brachte Nonnenmacher hervor. »Und das ist ganz sicher nicht im Sinne unseres Bürgermeisters und schon gar nicht von der Tourismusbehörde.«

Doch dann erledigte sich erst einmal jedes weitere Nachdenken darüber, ob man eine Interpol-Fahndung herausgeben sollte oder nicht, denn die Polizisten entdeckten, dass die Geiselnehmer ein neues Video ins Netz gestellt hatten. Aus den etwas über zweitausend Freunden des Blogs am Morgen waren mittlerweile zweitausendachthundert geworden.

Gemeinsam betrachteten die Kollegen den Clip in der Hütte, in der jetzt Computer und Online-Anbindung zur Verfügung standen. Nun war auch klar, für was die beiden Bankbesetzer Kleider, Videokamera und Laptop geordert hatten. Sepp Kastner fielen beinahe die Augen heraus, als er die Bankräuberin sah: Das dünne große Mädchen mit den blonden Zöpfen trug nur einen superknappen, orangefarbenen Bikini, dessen größere Stoffteile von dünnen Schnürchen zusammengehalten wurden. »Boah!«, entfuhr es dem Polizisten.

»Und *er* ist auch ziemlich schnuckelig«, meinte Anne anerkennend über den jungen Mann, der in diesem zweiten Video einen weißen Sommeranzug trug. Sie bereute das Gesagte aber sofort, denn ganz gleich, welche Ziele diese Leute verfolgten, sie waren bewaffnet, hatten Geiseln genommen und schreckten auch vor dem Einsatz von Gewalt nicht zurück.

Kurt Nonnenmacher verzog das Gesicht. »So eine Sauerei!«

Zu Beginn des kurzen Films standen die beiden Bankräuber nur da und lächelten in die Kamera. Weil sie von unten gefilmt wurden, wirkten sie größer, als sie ohnehin zu sein schienen. Nach einigen Sekunden erhob der junge Mann im Anzug das Wort.

»Gutön Tag bei Anonymous Bankräubör«, sagte er mit hörbar französischem Akzent. »Wir 'aben okkupiert diese banque und 'aben genommen Geiseln. Zwar wir sind bewaffnet mit Knarre«, er hob den großen Revolver lässig hoch und lächelte schüchtern, »abör Geiseln es geht gut.«

Er verließ das Bild, um hinter die Kamera zu treten, die nun zu den anderen Personen im Raum schwenkte. Man sah Irene Heigelmoser, wie sie, immer noch im Dirndl, auf dem Fußboden sitzend, am Schreibtisch ihres Chefs lehnte und ein Glas Wasser in der Hand hielt. Die Putzfrau hob das Glas in Richtung des Zusehers und rief mit schriller Stimme: »Prost«. Anschließend sah man Dieter Gräber, den Rentner, der etwas debil in die Kamera winkte, gerade so wie ein Fan beim Fußballspiel, der bemerkt hat, dass er gefilmt wird. »Hello, hello, support your local Bankräuberfrühling«, rief der Senior fröhlich und mit württembergischem Akzent. Nonnenmacher schüttelte den Kopf. Dann wurde die Kamera nach unten gerichtet, und man sah, dass am

Boden noch drei weitere Menschen lagen, allerdings gefesselt. Vermutlich handelte es sich um den Bankier Ochsenknecht, seine Mitarbeiterin Rüdel und den Lehrling Seliger. Schnell schwenkte die Kamera zurück auf die Geiselnehmerin im Bikini.

Widerwillig musste Nonnenmacher feststellen, dass er ihre Brustwarzen, die sich unter dem orangefarbenen Stoff abzeichneten, registriert hatte. Diese Banditen kämpften ganz offensichtlich mit allen Mitteln.

Dann trat wieder der junge Mann im Anzug vor die Kamera und stellte sich neben seine Komplizin. Er hatte den Revolver fortgelegt und sich ein Akkordeon umgeschnallt.

»Wir sind zwar escht böse«, sagte der Mann mit grimmigem Gesichtsausdruck. »Abör auch lieb.« Unvermittelt lächelte er in die Kamera. »Und desalb 'aben wir geschrieben eine Chanson, welsches ist böse und lieb. Die Chanson 'eißt ...«

Er blickte zu seiner Partnerin, die ergänzte: »... ›Wir sind die neunundneunzig Prozent‹.«

Und dann sangen sie zu einer einfachen Akkordeonmelodie folgenden Text:

»Es war ein Mann, der kaufte ein Haus,
doch das ging nur auf Pump.
Das Geld gab ihm der Banker,
man könnte auch sagen: ein Lump.

Der Kredit war groß, der Mann nur klein.
Und er verlor seinen Job.
Zahlen musst er trotzdem,
wegen dem gierigen Schwein.

Tango, Occupy Tango.
Deine Wahrheit ist gegossen in Melodie:
Wir sind die neunundneunzig,
und ohne uns geht nichts und nie.

Wir fordern eine Zukunft für Jung und Alt,
und unsere Gegner, die machen wir kalt.
Wir haben Waffen, und wir sind alle,
wir holen alles, was unseres ist, in jedem Falle.«

Dann kam noch einmal der Textteil, der offensichtlich als Refrain gelten sollte:

»Tango, Occupy Tango.
Deine Wahrheit ist gegossen in Melodie:
Wir sind die neunundneunzig,
und ohne uns geht nichts und nie.«

Nachdem die beiden Geiselnehmer das Lied fertig gesungen hatten, sah man, wie die junge Frau im Bikini das Bild verließ, und anschließend war der Film zu Ende.

Kurt Nonnenmacher, Sepp Kastner und Anne schauten sich ratlos an.

»Was wollen die nur?«, fragte Anne. Die Ungeduld in ihrer Stimme war nicht zu überhören.

»Das haben's uns doch wirklich deutlich vorgesungen!«, meinte Nonnenmacher wütend. »... ›unsere Gegner, die machen wir kalt‹.«

»Aber die wirken auf mich ... also die wirken auf mich wirklich überhaupt nicht gefährlich«, wandte Kastner ein. »Die lächeln doch die ganze Zeit. Die kommen mir eher vor wie Spaßvögel.«

Anne nickte: »Spaßguerilla.«

»Die – haben – auf – mich – geschossen!«, sagte Nonnenmacher, wobei er jedes Wort einzeln betonte. »Die wollten mich umbringen. Das sind Mörder!«

»So schauen die aber gar nicht ...«, erwiderte Kastner, wurde dann aber vom Klingeln von Nonnenmachers Handy unterbrochen.

»Nonnenmacher?«, blaffte der Dienststellenleiter ins Telefon. Dann ging jedoch ein Ruck durch seinen Körper, und seine Stimme war plötzlich von derart öliger Geschmeidigkeit, dass man meinen hätte können, er habe mit Süßwasseraal gegurgelt.

»Jajajaja.« Anne wusste gar nicht, dass Nonnenmacher so zart und leise hauchen konnte. »Jawohl, ja, natürlich, ja.« Er schwieg kurz, nickte, und Anne glaubte sogar die Andeutung einer Verbeugung zu erkennen. Dann blickte der Inspektionschef der fünf Seegemeinden mit weit aufgerissenen Augen in Annes Richtung, ohne sie jedoch wirklich anzusehen. »Gutgutgutgut«, machte er dann, was Anne an ein Huhn denken ließ. Wieder nickte er. »Ja, sehr gerne, ja, wir ... ja ... auf Wiederhören.«

»Ja, sag einmal, Kurt«, fragte Sepp Kastner jetzt in einem Tonfall, der zwischen Neugier und Häme lag. »Mit wem hast du denn jetzt so ...«, Kastner suchte nach dem richtigen Wort, »... so schleimig geredet?«

Der strafende Blick des Inspektionschefs, der den blonden Polizisten nun traf, verfügte über die mentale Durchschlagskraft eines Schusses aus einer halb automatischen P2000 Heckler & Koch, Kaliber neun mal neunzehn mit Rückstoßlader und gepuffertem Browning-Verschluss, der klassischen Polizeipistole also. Nonnenmacher sagte: »Mit dem Innenminister.«

»Was?«, platzte Kastner hervor. »Das glaub ich nicht!«

»Ist aber so«, erwiderte Nonnenmacher, und Anne versuchte, von seinem Gesicht abzulesen, ob er nun stolz war oder unter Schock stand, denn sein gestrüppartiger Bart, der große Teile seines Gesichts verdeckte, erschwerte eine Deutung seiner Gefühle.

»Und, und, was wollte er? – Also von dir?«, fragte Kastner aufgeregt.

»Der Herr Innenminister wollte mir sagen, dass er kommt.«

»Das glaub ich nicht!«, rief Kastner, nein, er sang es fast: »Das glaub ich nicht, das glaub ich nicht.«

»Jetzt fehlt nur noch, dass du hier über den Parkplatz hopst«, meinte Anne trocken. Zu Nonnenmacher gewandt fragte sie lässig: »Und wann?«

»Morgen früh.«

»Okay, dann wäre es sinnvoll, bis dahin wenigstens die Identität der Geiselnehmer zu kennen.« Anne sah ihren Vorgesetzten ernst an.

Er wich ihrem Blick aus, sagte aber nach einer kurzen Pause, in der er sehnsuchtsvoll zum Wallberg hinüberblickte: »Sepp, dann haust du jetzt einmal die Interpol-Fahndung raus. Ich ruf den Bürgermeister und den Dings vom Tourismusbüro an. Dass die wissen, was da für eine Lawine auf sie zurollt.«

Ihre restliche Dienstzeit verbrachte Anne an diesem Tag damit, gemeinsam mit Sepp Kastner die Warenpakete zu kontrollieren, die noch geliefert wurden.

Sie war froh, um vier Uhr nach Hause gehen zu können, war sie doch am Morgen schon so früh wach gewesen.

Als Anne die Tür aufsperrte, freute sie sich darauf, gleich nachher in den See zu springen. Denn auch dieser spätsommerliche Dienstagnachmittag war knallheiß gewesen.

Allerdings wurde aus dem erfrischenden Bad erst einmal nichts. Bereits im Flur hörte Anne lautes Schluchzen aus einem der oberen Zimmer. Ihre Tochter Lisa war also bereits daheim. Aber was war mit ihr? Anne eilte die Treppe hinauf.

Lisa lag in ihrem Bett und hatte den Kopf tief ins Kissen vergraben. Sie war barfuß, ihre Beine hingen über den Bettrand hinaus.

»Was ist denn los mit dir, Fee?«, fragte Anne zärtlich.

»Nix«, heulte Lisa ins Kissen. Anne setzte sich neben sie und versuchte, sie hochzuziehen. Doch Lisa versteifte ihren Körper und drückte sich noch fester ins Kissen. Plötzlich befiel Anne eine furchtbare Angst. Sie selbst war als Mädchen missbraucht worden, seither war die schreckliche Erinnerung ihr ständiger

Begleiter. Was war mit Lisa? Vorsichtig strich sie ihrer Tochter über das blonde, zu Zöpfen gebundene Haar. Doch Lisa schüttelte bockig den Kopf.

»Jetzt sieh mich doch mal an!«, sagte Anne nun streng. Wenn Lisa etwas zugestoßen war, dann musste sie unverzüglich handeln. Sie musterte die Beine der Achtjährigen. An den Oberschenkeln waren Kratzer zu sehen. Anne geriet in Panik. »Was ist passiert? Rede mit mir! Hat dir jemand was getan?«

Schneller, als Anne reagieren konnte, drehte sich Lisa um, sprang auf und warf sich vor der Mutter in Pose. Mit Tränen in den Augen, verrotzter Nase und trotzigem Gesicht schrie sie, auf den Saum ihres türkisfarbenen Sommerkleidchens deutend: »Das ist passiert! Schau!«

Anne starrte auf das Kleid. Es war zerrissen und bestand an der vorderen Seite nur noch aus zwei Fetzen.

»Alles ist kaputt.«

»Was?«, fragte Anne hilflos.

»Mein Kleid. Mein Sommerkleid ist kaputt«, jetzt ging Lisas Trotz in Heulen über. »Mein Sommerkleid!«

»Ist das alles?«, fragte Anne, sie musste vor Erleichterung beinahe lachen. »Nur das Kleid ist kaputt?«

»Nur?«, schrie Lisa. »Das ist mein Lieblingskleid!«

Ich liebe meine Tochter, dachte Anne nur. Ich liebe sie. »Wir schauen, ob wir ein neues Kleid für dich finden. Am Wochenende, okay?«

»Ich will kein neues, ich will das hier!«

»Jetzt zieh es erst mal aus. Vielleicht kann ich es sogar flicken.«

»Kannst du nicht!«

»Oh, ich glaube, jetzt hat es an der Tür geklingelt«, sagte Anne. Sie war heilfroh, aus der festgefahrenen Situation herauszukommen. Mit gespielter Leichtigkeit flötete sie, als sie das Zimmer verließ: »Wer da jetzt wohl noch kommt?«

Als die Polizistin die Tür öffnete und sah, wer vor ihr stand, entgleisten ihr vor Überraschung aber doch kurz die Gesichtszüge. »Hallo«, sagte sie, jedoch, wie sie sofort fand, viel zu leise. Warum hauchte sie so dämlich? Aber was sollte sie tun: Sie hatte plötzlich leichte Atemnot.

»Hallo«, erwiderte der Mann, er lächelte. »Ich war gerade in der Nähe, und da dachte ich, ich könnte mal ... also, wir hatten doch ausgemacht, dass wir uns mal auf einen ... also ... bei dem Prozess ... einen Kaffee ...«

Er ist auch aufgeregt! Annes Herz klopfte schnell und heftig wie der Antrieb eines Raddampfers.

»Oh ja.« Sie hatte ihre Stimme wiedergefunden. »Kommen Sie doch rein.« Sie trat einen Schritt zurück. »Wir hatten gerade ein kleines Drama.«

Der Mann sah sie verunsichert an. »Wir?«

»Meine Tochter und ich«, antwortete Anne schnell. Natürlich konnte Johann Bibertal – der Anwalt aus dem Prozess mit der Seefest-Leiche – nicht wissen, dass sie eine Tochter hatte. »Meine Tochter hat sich das Kleid zerrissen. Ihr Lieblingskleid.« Mein Gott, was rede ich da nur? Ich muss doch jetzt toll sein, interessant, attraktiv, aufregend, coole Geschichten erzählen, aufreizend wirken, mich zeigen. »Wollen Sie einen Kaffee?«

»Ich dachte eigentlich, wir könnten ... ich stehe draußen etwas verboten mit meinem ...«

»Cabrio?«, fragte Anne und fand sich im selben Moment total doof.

»Auto«, antwortete Johann Bibertal. »Ich dachte, wir könnten was trinken gehen. Es ist ein so schöner Sommerabend. Irgendwo am Wasser, dachte ich ...«

»Jetzt?«, Anne sah auf die Uhr und sagte dann, ohne groß zu überlegen: »Puh, das geht jetzt nicht. Ich komme gerade erst nach Hause. Ich muss noch mit Lisa lernen ... ähm ... sprechen. Und ... ähm ... ihr eine Geschichte vorlesen ...« Das war nicht schlau gewesen, was sie da gesagt hatte, verdammt, das war gar nicht schlau gewesen. Wenn der was wollte, dann war es sie, und nicht den Alltag mit ihrer Tochter. Verflucht. »Wollen Sie nicht auf einen Kaffee …?«

»Oh, nein, es tut mir leid, dass ich so unangemeldet hier aufkreuze. Das geht natürlich nicht. Das kann ich nicht erwarten … Ich war nur eben hier, und dann dachte ich mir, weil Sie und ich … also, wir …«

Anne lächelte ihn an, strahlte ihn aus ihren großen blauen Augen an. Für einen Moment hatte sie das Gefühl, ihn doch verzaubert zu haben, trotz des Mists, den sie geredet hatte; doch dann fasste er sich und sagte mit trockener Stimme, die so viel Emotion enthielt, wie sie es wohl bei der Verlesung eines Antrags vor Gericht hatte: »Wir machen das ein andermal. Aber wir machen das. Also, sorry für den Überfall. Tschau!« Und weg war er. Anne stand noch eine gefühlte Ewigkeit im Türrahmen und starrte das längst zugefallene Gartentor an.

Als Minister eines so bedeutenden Staates wie Bayern sieht und erlebt man viel. Mal wird man in Ganzkörperplastiktüten gekleidet und durch raumschiffartige Produktionsräume geschoben, in denen unter hoch sterilen Bedingungen etwas hergestellt wird, dessen Zweck man nicht versteht, von dem aber ein mit allen PR-Wassern gewaschener Gelkopf behauptet, es werde in Kürze den Weltmarkt erobern. Man bestaunt dreijährige Kinder mit Sprachfehlern, die einem in nach Mottenkugeln duftenden Kleidern unverständliche Gedichte vortragen. Dann muss man direkt hintereinander erst heimische Marmelade und dann rohes Hackfleisch aus der Region verkosten, um schließlich zunächst Schulkindern, später Rindern übers Haar zu streichen, ohne dabei den Anschein zu erwecken, ein Pädophiler oder Vegetarier zu sein. Als Minister fliegt man zum Nordpol oder zum Südpol, man interessiert sich für Eisbären und Christkinder; man lässt Eingeborenentänze über sich ergehen und eröffnet Leichenhallen. Gerne wird man als Minister auch auf Radtouren durch verregnete Waldgebiete geschickt oder gemeinsam mit Hunderten schwitzenden Bürgern auf Berggipfel gejagt. Man wird wahlweise mit Eiern, Spritzen, Tomaten, Farbbeuteln, Schuhen und anderen nicht zum Werfen bestimmten Gegenständen attackiert, mit Messern bedroht, mit Geld bestochen und von Frauen angesprungen. Die Seele eines Ministers ist dazu da, Schreckliches und Erstaunliches zu erdulden.

Insofern zählte der Anblick der zwei weiblichen Brüste, die sich an die Fensterscheibe im ersten Stock der Bank drückten, in der gerade eine Geiselnahme stattfand, zu den eher angenehmen ministeriellen Erfahrungen.

»Ja, was sehe ich denn da?«, rief der Innenminister überrascht aus, als er des wohlgeformten Busens ansichtig wurde, direkt neben einem Plakat, auf dem »Frühlingsbankräuber« stand und »Wir sind die 99«.

»Das ist eine nackte Frau«, erklärte Kurt Nonnenmacher fachmännisch. »Respektive die Geiselnehmerin.«

»Ja, das dachte ich mir schon«, antwortete der Innenminister, denn ein Minister ist niemals um eine intelligente Antwort verlegen. Das ist sein Job. »Femen«, murmelte er dann noch.

»Nein, wir wissen noch nicht, wie sie heißt. Die Interpol-Fahndung hat keinen Treffer ergeben.«

»Ich meine nicht, dass die Dame Femen heißt«, dozierte der Innenminister mit fränkischem Akzent. »Femen bezeichnet eine Gruppierung, die sich dem politischen Protest verschrieben hat, Agitprop, verstehen Sie, Herr Nonnenmacher?«

»Pop?«, fragte Nonnenmacher irritiert. »Also Musik?«

»Nein, ich sagte nicht Pop, sondern Agitprop.«

»Ach so«, antwortete Nonnenmacher und beschloss, nicht näher darauf einzugehen, um sich keine Blöße zu geben. Der Innenminister war ein gebildeter Mann mit einem Haufen Ahnung in fast allen Lebensbereichen.

Auch war er ein Mensch, der gelernt hatte, anderen in die

Seele zu blicken, und so merkte er instinktiv, dass der Leiter der Polizeiinspektion vom See noch nicht mit Agitprop-Aktivitäten in Berührung gekommen war. Irgendwie war das aber auch nur zu verständlich: Weder die an den steilen Berghängen beheimateten Gämsen noch die Segler auf dem See oder gar die Millionäre, die sich und ihre Goldreserven hinter hohen Hecken versteckten, hatten mit Agitprop etwas am Hut. Mit einem gönnerhaften Lächeln führte der weltgewandte Franke daher, noch immer konzentriert die beiden nackten Brüste an der Fensterscheibe studierend, aus: »Agitprop kommt von Agitation und Propaganda. Und eigentlich ist es kommunistisch.« Nonnenmacher hob die Augenbrauen. »Aber die Femen-Frauen, das sind Feministinnen.«

»Also kommunistische Feministinnen«, traute sich Nonnenmacher jetzt doch wieder aus der Deckung und beobachtete entsetzt, wie die Geiselnehmerin am Fenster rote Farbe auf ihren Oberkörper schmierte und diese dann mit ihren Brüsten über die Glasscheibe verteilte.

»Nicht ganz, nicht ganz«, verbesserte der kluge Minister seinen Untergebenen. »Obwohl diese Protestform aus der ehemaligen Sowjetunion stammt und sich gegen Sextourismus, Wahlfälschung und Putin richtet.« Fränkisch ausgesprochen klang der Name des russischen Quasidiktators wie ein tödliches Gift oder mindestens wie ein verbotenes Düngemittel. Nonnenmacher war verstört. Sextourismus, das Phänomen war auch in seinem Tal bekannt. Nicht wenige Männer zog es in regelmäßigen Abständen von der bayerischen Seeidylle aus in Richtung Kreisstadt oder Landeshauptstadt, wo, so wusste er von den Kollegen von der Sitte, dieses und jenes geboten war. Auch von Wahlfälschung konnte man immer wieder in der Zeitung lesen. Es wurde sogar gemunkelt, dass der Bürgermeister bei der letzten Wahl ... aber das passte jetzt nicht hierher.

Der Innenminister fuhr fort: »Putin hat es mit seiner Politik zu weit getrieben. Und jetzt hat er den Salat: An Russlands wichtigsten Plätzen entblößen die Femen-Frauen ihre Oberkörper und stellen unerfüllbare Forderungen.«

»Ach so, das meinen Sie!« Nonnenmacher war jetzt wieder bestens im Bilde: »Aber wissen'S, Herr Minister, diese Taktik, dass die Weiber in nackertem Zustand unerfüllbare Forderungen stellen, ist ja nicht speziell russisch. Das machen die bayerischen Frauen doch ganz genauso. Allerdings eher im Schlafzimmer.«

Der Innenminister ging auf diesen aus seiner Sicht unsachlichen und tendenziell niveaulosen Einwurf nicht ein, sondern sagte: »Die Femen-Frauen wollen uns mit ihren Brüsten Furcht einflößen.«

»Ja, so weit kommt's noch!«, meinte Nonnenmacher verächtlich. »Sobald mir die haben, packen mir die ein, die Brüste. Dann ist's vorbei mit Halligalli.« Er sah wieder nach oben. »Das schaut ja ekelhaft aus mit der roten Farbe! Wie Blut!«

»Es hat aber auch etwas animalisch Künstlerisches, etwas Wildes, etwas von der Ursprünglichkeit eines autoerotischen Schöpfungsmythos«, kommentierte der ganz in den Anblick der Brüste vertiefte Minister, der von seinen Beratern und Staatssekretären natürlich ständig auf Kunstvernissagen geschleppt wurde, sogar fast einmal Kultusminister geworden wäre und deshalb wusste, dass man über Kunst, die man nicht verstand, am besten etwas sagte, das auch niemand verstehen konnte. Dann riss er sich von der außergewöhnlichen Darbietung los und meinte: »Also, Nonnenmacher, wer sind die beiden Verbrecher?«

In diesem Moment schoss das Blut derart druckvoll in den Kopf des Inspektionschefs, dass der nun fast dieselbe Farbe annahm, die die Geiselnehmerin mit ihren Brüsten auf die Scheibe schmierte. »Ja, dasdasdas ...«, knatterte er, »... wissen wir noch nicht.«

»So, ja, und wie gedenken Sie, das herauszufinden?«

»Interpol haben mir schon gemacht, das hat nix gebracht«,

rechtfertigte sich Nonnenmacher. »Die Geiselnehmer haben scheint's noch nix auf dem Kerbholz.«

»Was ist mit den sozialen Netzwerken?«, fragte der Minister hierauf. »Man muss die jungen Leute mit ihren eigenen Mitteln bekämpfen und schlagen!«

Nonnenmacher schaute den Dienstvorgesetzten an und dachte nach. »Ich war auch schon einmal drin im Internetz.«

»Internet«, verbesserte ihn Sepp Kastner, der eben zu den beiden getreten war.

»Ja, sag ich ja«, antwortete Nonnenmacher patzig. Diese verreckte Moderne ging ihm doch gehörig auf die Nerven. Für was brauchte es ein Internetz, wenn man Familie, Bier und Arbeit hatte?

Der Innenminister wandte sich an Kastner: »Sie scheinen sich mit moderner Medienkommunikation auszukennen, junger Mann?«

»Ja, also, es geht so«, meinte Kastner. »Wobei, so was wie die hier veranstalten, habe ich jetzt also auch noch nicht erlebt. Aber wir haben eine Kollegin, die kennt sich aus. Unsere Frau Loop. Da kommt sie gerade.«

In diesem Moment hatte Nonnenmacher einen Einfall, wie er aus dieser misslichen Situation, in der die Polizei vom See wirklich saudumm und altmodisch dazustehen drohte, wieder herauskam: »Ja, genau, die Frau Loop ist nämlich unsere Internetz-Beauftragte.«

Als Anne diesen letzten Satz hörte, musste sie sich zusammenreißen, um nicht laut loszulachen. Aber da trat ihr schon der grauhaarige Politiker entgegen und reichte ihr die Hand: »Grüß Gott, Frau Loop.«

»Guten Tag, Herr Minister«, antwortete Anne mit mädchenhafter Stimme und deutete einen Knicks an.

»Sie machen das hier mit dem Internet?«, erkundigte sich der Politiker freundlich.

Rasch blickte Anne zuerst Nonnenmacher, dann Sepp Kastner an (beide nickten heftig) und sagte schließlich: »Ja, ja, ich mache das hier.«

»Gut, dann sind Sie sicher meiner Meinung, dass wir die Anonymous Bankräuber mit ihren eigenen Mitteln schlagen sollten.«

»Diese Masken-Kaschperln!«, entfuhr es Nonnenmacher empört. Wie gern wäre er jetzt weit weg gewesen. Er richtete seinen Blick gen Himmel und entdeckte einen Heißluftballon. Ja, da wäre er jetzt gern gewesen und nicht hier …

»Warum posten wir nicht einfach einmal folgende Frage auf deren Netzwerk-Seite. So etwas wie: ›Sagt mal, Leute, weiß jemand, wer die zwei Anonymous Bankräuber eigentlich sind?‹. Was halten Sie davon?«, wollte der Innenminister wissen.

»Genial«, entfuhr es Kastner. »Genau so reden die im Internet miteinander. Alle sind per Du und so …«

»Kann ich machen«, sagte Anne.

»Das bringt sicher nix«, meinte Nonnenmacher. »Da verrät garantiert niemand irgendwas. Die stecken doch alle unter einer Decke, diese Computerhanseln, diese damischen.«

Ohne auf die Bedenken des örtlichen Polizeichefs einzugehen, wandte sich der Innenminister der Holzhütte zu, die als getarnte Operationszentrale diente, und meinte: »Dann twittern wir das gleich mal, würde ich sagen.«

Wenige Minuten später zeigte sich, dass die bayerische Demokratie durch und durch gesund war und der Innenminister seinen Posten ganz zurecht bekleidete. Der Vater eines wilden Rappers war, was das Internet anging, ein Mann der Stunde und der Tat. Dies hatte er erst kürzlich bewiesen, indem sein Ministerium als eines der ersten eine Software zum Erschnüffeln von Daten zur Anwendung gebracht hatte. Wären nicht einige Computerchaoten aus Preußen durch Zufall auf dieses zu Unrecht als Staatstrojaner verpönte Programm gestoßen, hätte man die dahergelaufenen Frühlingsbankräuber, die sich hier aufführten wie Filmstars, vermutlich bereits dingfest gemacht, ehe sie selbst überhaupt auf die Idee mit der Geiselnahme gekommen wären.

Der Bankräuberfrühling-Seite folgten in der Zwischenzeit über dreitausend Freunde. Auch die Anzahl der geposteten Beiträge war längst etwas unübersichtlich geworden. Anne saß jetzt an einem der beiden Computer in der Holzhütte auf dem Parkplatz. Der Innenminister stand hinter ihr und legte ihr die Hand auf die Schulter, was Sepp Kastner überhaupt nicht gut fand.

Auch Nonnenmacher starrte auf den Bildschirm. Vor lauter Fotos und kurzen Sätzen ohne Verben, dafür aber mit jeder Menge englischsprachigem Kauderwelsch und unbekannten Zeichen, verlor er jedoch schnell den Überblick. Die Bankräuberfrühlings-Seite erinnerte den Dienststellenleiter an das Blumen-Memory-Spiel, das er mit seinen Kindern früher an dienstfreien Wochenenden gespielt hatte, wenn das Wetter zu schlecht gewesen war, um draußen durch die Wiesen zu stapfen.

Anne tippte folgende Nachricht in das Feld für Beiträge: »Hallo! Coole Aktion! Hat wer ne Ahnung, wer die Frühlingsräuber sind?«

»›Coole Aktion‹!«, brauste Nonnenmacher auf. »Das kann man doch so nicht schreiben! Wir sind die Polizei!«

»Das ist doch Tarnung«, hielt Kastner dagegen. »Kurt, wir müssen jetzt so tun, als wären wir auch Bankräuber.«

»So ein Schmarren.« Nonnenmacher schüttelte den Kopf. »Ich und ein Bankräuber!« Er sah den Minister an. »Der Herr Minister ein Bankräuber ...«

Selbiger blickte hoch konzentriert auf den Bildschirm und ließ sich durch das Gerede um ihn herum nicht aus der Ruhe bringen. Als Minister musste er ein Eisbrecher im Meer der Ahnungslosen sein (der Minister dachte gerne in eindrucksvollen Bildern, gerade wenn es um ihn selbst ging), ganz gleich, wen er mit an Bord hatte.

»Ja Wahnsinn«, entfuhr es Anne wenig später. »Dass das so schnell geht, hätte ich jetzt aber auch nicht gedacht.«

Kurz nachdem Anne ihren Beitrag eingestellt hatte, kam nämlich bereits die Antwort von ›Guy Asange‹:

»Heißen Rififi und Jorina. Er Franzose, sie Norddeutsche.«

Jetzt gab Anne ein:

»Aber der heißt ja wohl nicht echt Rififi, oder?«

Die Antwort kam von einer »Karin Stolzmann«:

»nö, der heißt jules trufot und ist ne coole SAU. rififi is nur so n KÜNSTLERname.«

Sofort postete Anne:

»Und sie? Heißt sie echt Jorina?«

Antwort von »schönni käsch zw03«:

»Yes, Jorina Bleeker, die geilsten Brüste der 9T9.«

»Sofort Fahndung rausgeben«, befahl hierauf der Innenminister. »Jorina Bleeker und Jules Trufot. Ich will alles über die beiden wissen. Sofort.«

Dennoch dauerte es mehrere Stunden, bis den Ermittlern die Daten vorlagen. Der Minister war längst wieder abgereist und hatte danach eine beachtliche Menge an hoch wichtigen Terminen absolviert, unter anderem hatte er mithilfe eines schlichten Spatens einen Baum im Münchner Englischen Garten gepflanzt, was ihm umgehend einen telefonischen Rüffel seines Amtskollegen aus dem Forstministerium eingebracht hatte: Wie er nur derart rücksichtslos seine Kompetenz überschreiten könne! »Bäume im Englischen Garten sind Pflanzen«, schrie der Forstminister. »Pflanzen! Das ist meine Baustelle, zefix!« Man hatte es als Minister nicht leicht.

Die beiden Polizeicomputer in der Hütte auf dem Bankparkplatz liefen auf Hochtouren. Auch Anne und Sepp Kastner telefonierten sich die Ohren wund, denn da in den Fahndungssystemen keinerlei Informationen über die beiden Geiselnehmer zu finden waren, musste auf andere Quellen zurückgegriffen werden.

Am späten Nachmittag war jedoch klar, dass es sich bei der jungen Entführerin Jorina Bleeker um eine zwanzigjährige

Waldorfschulenabsolventin handelte, deren Eltern einen mehr schlecht als recht gehenden Biobauernhof in Ostfriesland betrieben. Dies herauszufinden, war noch relativ einfach gewesen, da es sich bei Jorina Bleeker um eine deutsche Staatsbürgerin handelte.

Komplizierter gestaltete sich die Fahndung nach Jules Trufot, den seine Fans »Rififi« nannten und für eine »coole Sau« hielten. Denn dieser Jules oder eben Rififi war französischer Staatsbürger. Aber am Ende erfuhren Anne, Sepp Kastner und Kurt Nonnenmacher, dass Jules Trufot dreiundzwanzig Jahre alt war und aus bürgerlichen Verhältnissen stammte. Er hatte eine hervorragende Schulausbildung genossen und war derzeit als Student an der Eliteschule École nationale d'administration, auch ENA genannt, in Straßburg eingeschrieben. Diese Schule hatte bereits viele hochrangige französische Politiker hervorgebracht, so auch mehrere Präsidenten.

Nonnenmacher, der einigermaßen irritiert war, dass ein veritabler Verbrecher dieselbe Universität besuchte wie derart bedeutende Persönlichkeiten, fragte ratlos: »Und was machen wir jetzt?«

»Den Innenminister informieren«, schlug Sepp Kastner vor.

»Vielleicht sollten wir uns zuerst auf eine Vorgehensweise einigen. Wenn wir mit ihm Kontakt aufnehmen, erwartet er sicher einen Lösungsansatz von uns«, meinte Anne. »Wir brauchen eine Täteranalyse.«

»Profiling«, sagte Sepp Kastner lässig.

Nonnenmacher zuckte mit den Schultern. »Also für mich gibt's da nicht groß was zum Analysieren. Die haben auf mich geschossen. Die sind gefährlich, da muss man gescheit hineinrumpeln und dem Affentanz ein Ende machen.«

»Wir?«, fragte Anne.

»Was meinen Sie damit?«, blaffte Nonnenmacher sie an.

»Wir sollen da hineinrumpeln?« Annes Tonfall klang jetzt ziemlich vorwurfsvoll.

»Na ja, also ...« Der Inspektionschef dachte nach. »Also klar, ich geh da nicht noch einmal hinein. Ich hab Familie. Ich lass mich doch von denen nicht abschlachten.«

»Ich hab zwar bloß eine Mutter, aber ich hab auch keine Lust, mich von denen mit einem Westernrevolver durchsieben zum lassen«, gestand auch Sepp seine Bedenken ein.

»Na, prima!«, entfuhr es Anne. »Helden!« Sie überlegte. »Aber sind die denn wirklich gefährlich? Also, ich meine: Wenn wir uns den Background der beiden anschauen: Biobauernhof, Waldorfschule ...«

»Die RAF-Terroristen kamen auch alle aus behüteten Elternhäusern. Da waren sogar Pfarrerstöchter dabei«, warf Nonnenmacher ein.

»Aber waren die RAFler auch auf Eliteschulen im Ausland?«, fragte Kastner und kratzte sich am Kopf.

»Also für mich hört sich das alles eigentlich nicht so gefährlich an«, meinte Anne.

»Ja, haben die jetzt auf mich geschossen, oder nicht?« Nonnenmacher klang beinahe beleidigt.

»Die Gefahr, die von solchen intelligenten Überzeugungstätern droht, ist, dass die sie, wenn sie einen Plan haben, den auch gnadenlos durchziehen.« Kastner zog die Stirn in Falten. »Also, vielleicht hat der Kurt recht, Anne. Dass wir da ...« Kastner konnte seinen Satz nicht vollenden, denn sein Vorgesetzter hatte einen Geistesblitz.

»GSG9!«, tönte Nonnenmacher. »Das ist ein Job für die GSG9. Ich ruf den Minister an.«

»Für so was lässt der doch niemals die GSG9 einfliegen! Die sind ja noch Kinder, diese Jorina und der Jules!«, stieß Anne hervor. »Das ist Spaßguerilla – wie bei den Studentenprotesten!« Sie wurde energischer. »Die Brüste an der Fensterscheibe, diese ganze Inszenierung mit den Klamotten, dieser Strickbikini-Quatsch, der Occupy-Tango, das ganze Theater im Internet ... das ist doch die reine Spaßguerilla!«

»Ja, aber bei Schusswaffen hat der Spaß für mich ein Loch«, fuhr Nonnenmacher sie böse an. »Tot könnte ich sein wegen dieser Spaßvögel!« Und schon hatte er die Telefonnummer des Ministerbüros gewählt. Es tutete viermal, dann meldete sich die Sekretärin. »Grüß Gott, Polizeichef Nonnenmacher am Apparat, geh, wären'S so freundlich und täten'S mir den Herrn Minister geben?«

»Also, ich weiß nicht ...«, zögerte die Sekretärin.

»Es geht um die Geiselnahme bei uns am See«, polterte Nonnenmacher ungeduldig. »Der Herr Minister hat mich gebeten, dass ich ihn direkt informiere.«

»Ach so, Geiselnahme am See, ja, ja, einen Moment, ich verbinde Sie mit dem zuständigen Referenten.« In der Warteschleife hörte Nonnenmacher die Bayernhymne, welche er natürlich mitsummte. Seine Lieblingsverse waren: »Und erhalte dir die Farben seines Himmels, weiß und blau!« Nonnenmacher empfand »das mit dem blau-weißen Himmel« als unglaublich zutreffend und gut formuliert, weil der bayerische Himmel ja wirklich wesentlich blauer und weißer war als in jedem anderen Land der Erde, außer vielleicht auf den Malediven, aber wahrscheinlich waren die Werbeprospekte der Reisebüros sowieso gefälscht. Die Welt war ein einziges Lügengebäude, sah man einmal vom Land der Weißwurst ab.

Als die fröhliche Melodie endete, hörte Nonnenmacher gleich, dass er auf ein Handy weitergeleitet worden sein musste, denn es drang eine beeindruckende Geräuschkulisse an sein Ohr. Aha, dachte sich der Inspektionschef, der Minister ist einmal wieder dem Volk ganz nah, vermutlich in einem Festzelt. Dann hörte er die schnarrende Stimme eines Mannes, wohl des Referenten: »Hubersinn am Apparat!«

»Grüß Gott«, sagte Nonnenmacher. »Ich bin der Polizeichef vom See. Ich müsst' einmal den Herrn Innenminister sprechen.«

»Der badet gerade in der Menge.«

»Ja, das hör ich schon«, antwortete Nonnenmacher. »Aber

vielleicht kann er ja kurz einmal auftauchen. Es geht um die Geiselnahme.«

»Wie bitte?« Der Geräuschpegel im Hintergrund war exorbitant, das Gerede und Lachen unzähliger Personen, Blasmusik röhrte.

»Gei-sel-nah-me!«, schrie Nonnenmacher ins Telefon.

»Geißenfahne?«, kam es lautstark zurück.

»Nein, sakra.« Nonnenmacher spürte, wie er zu schwitzen begann. Anne Loop lächelte ihn auf eine Weise an, dass er sich nicht sicher war, ob sie sich nicht über ihn lustig machte.

»Banküberfall!«, schrie Nonnenmacher jetzt. »Am See! Der Minister war doch hier! Er weiß Bescheid! Mir brauchen die GSG9, Zefix! Franzosen und Ostfriesen! Die sind gefährlich! Los jetzt, geben'S mir den Minister, sonst passiert was!«

»Ich verstehe Sie nicht«, schrie der Referent. »Der Minister verkostet gerade einen Radi. Das ist jetzt ungünstig. Bitte rufen Sie in zehn Minuten noch einmal an.« Dann war die Leitung unterbrochen.

»Ja, da legst dich nieder«, keuchte Nonnenmacher und ließ sich auf den Stuhl fallen.

»Was ist?«, fragte Sepp Kastner.

»Der Herr Minister badet in der Menge ...« Nonnenmacher schnappte nach Luft. »... und verkostet einen Radi.« Aber so kraftlos der Dienststellenleiter wirkte, gelang es ihm doch, und dies nur Sekunden später, mit der bloßen Hand eine Fliege zu erschlagen. Der Computer wackelte, blieb aber auf dem Tisch stehen.

»Die haben jetzt schon viertausend Freunde«, sagte Anne. Als sie mit der Maus aus Versehen auf das Video der Geiselnehmer klickte, ertönte wieder das französische Lied mit dem Akkordeon. Nonnenmacher hielt sich theatralisch die Ohren zu.

»Die sind doch nicht gefährlich«, meinte Anne, mehr zu sich selbst als zu den anderen. »Das sind ja noch Kinder ...«

Ein starker Politiker ist ein Segen für sein Land. Und der Innenminister war nun wirklich ein Mann der schnellen Entscheidungen.

Angesichts der sprunghaft wachsenden Anzahl von Bankräuberfrühling-Unterstützern im Internet befürchtete er, von den Geiselnehmern im Bergtal könnten Unruhen ausgehen, die sich flächenbrandartig über ganz Bayern ausbreiten würden. Das galt es unbedingt zu verhindern. Dabei hatte der Politiker weniger Angst vor Unruhen denn mehr seinen weiteren Karriereweg im Blick: Es war sonnenklar, dass er eines Tages Ministerpräsident werden wollte. Und natürlich würde er sich diesen ambitionierten Plan nicht von zwei dahergelaufenen Jugendlichen aus dem Ausland vermasseln lassen. Da könnte ja jeder daherkommen!

So schwebten die Hubschrauber der GSG9 in den ersten Stunden des nächsten Tages in das Tal ein. Als Landeplatz diente ihnen der illegale Hubschrauberlandeplatz beim Anwesen des Milliardärs Kürschner, dessen mysteriöser Tod die Polizisten vom See in einem anderen spektakulären Fall beschäftigt hatte. Bayerns oberster Sicherheitspolitiker hatte den Zugriff auf Donnerstag zwischen drei Uhr und drei Uhr dreißig angeordnet. Wenn alles glatt lief, schliefen die Entführer und ihre Geiseln da gerade. Doch nicht nur deshalb hatte man den Termin vor Morgengrauen gewählt: Man hoffte auf diese Weise auch, den Einsatz der Eliteeinheit vor der einheimischen Bevölkerung und den im Tal weilenden Touristen verheimlichen zu können.

Was leider nicht gelang. Denn der Zufall wollte es, dass ausgerechnet in dem Moment, in dem der Hubschrauber mit den Einzelkämpfern auf der Wiese beim Grundnerhof in der Westgemeinde des Sees landete, der Bauer Vitus Kofler mit seinem Traktor vorbeikam. Natürlich gedachte er um diese Uhrzeit nicht, Heu zu machen. Nein, Vitus Kofler befand sich auf dem Heimweg von einem besonders ausufernden Treffen der Gebirgsschützen. Und weil es aus Höflichkeits- und Traditionsgründen schier unmöglich war, solch ein gemütliches Beisammensein mit anderen Kämpen der Alpensoldatenzunft ohne einen gewissen Promillegehalt im Blut zu verlassen, hatte Vitus Kofler den Traktor als fahrbaren Untersatz gewählt. Wer in Bayern mit einem Traktor fährt, das weiß jeder Schulbub, wird nicht auf Alkohol kontrolliert, sondern nur auf Heizöl im Tank.

Als der Kofler Vitus auf seiner Fahrt nach Hause beinahe zum zweiten Mal eingeschlafen wäre, schreckte er plötzlich hoch: Träumte oder wachte er? Nur für einen Moment hielt er das Fluggefährt, dessen er ansichtig wurde, für ein Raumschiff Außerirdischer (Außerirdische konnten gerne im Tal Urlaub machen, aber dann sollten sie bittschön mit dem Auto oder dem Zug anreisen). Aber nein: Das war ein Hubschrauber, der da landete. Gleich erkannte Vitus Koflers aus zahllosen Fernsehbeiträgen geschulter Blick, dass es sich um die berühmte Sondereinheit aus Sankt Augustin nahe Köln handelte. Diese ganze Angelegenheit hätte den Bauern nicht weiter beschäftigt, vermutlich hätte er dieses Erlebnis sogar schlichtweg vergessen – als Einwohner des von den Reichen und Schönen seit Jahrzehnten als Rückzugsort geschätzten Bergtals sah man sich allenthalben mit bunten Hunden und komischen Vögeln konfrontiert. Da konnte die GSG9 den Kofler Vitus nun auch nicht vom Hocker hauen. Zudem war der Bauer – wie die meisten Oberbayern – kein geschwätziger Mensch, sondern eher wortkarg. Die Sache hätte also geheim bleiben können. Doch da gab es auch noch dem Kofler Vitus seine Frau. Die stolze Großbäuerin war eine Ratschkattel allererster Güte. Als sie den wackeren Gebirgsschützen bei seiner Ankunft auf dem Hof mit dem Metallrührstab (Nudelhölzer waren ein Relikt des vergangenen Jahrhunderts, auch bei den Koflers ging man mit der Zeit) in der Hand zur Rede stellte, warum er erst so spät und dermaßen »zua«, also betrunken, nach Hause komme, regte sich bei Vitus Kofler der Überlebensinstinkt. Denn diesen trug er wie viele andere Alpenbewohner wegen des rauen Klimas, der steilen Berghänge, der wilden Stiere, der selbstbewussten Frauen in den Genen. Und deshalb lenkte er das Interesse seiner liebevollen Gattin weg von seinem für einen Chinesen lebensgefährlichen Alkoholpegel im Blut hin zu seiner Entdeckung beim Grundnerhof.

Wenige Stunden später sollte das ganze Tal Bescheid wissen. Denn dass die GSG9 am See war, fand die Koflerin derart faszinierend, dass sie von ihrem Gatten abließ, den elektronischen Edelrührstab verräumte und sich schon auf den Morgen freute. Diese Geschichte würde jeder hören wollen, dessen war sie sich hundertprozentig sicher – sei es beim Bäcker oder beim Frisör, und in der Reibeisen Kelly ihrer feinen Boutique sowieso. Denn die Angehörigen der GSG9 genossen zu jener Zeit in Deutschland einen noch attraktiveren Ruf als die Chippendales. Doch für erotische Träumereien war jetzt nicht die Zeit.

Keine Stunde nach ihrer Ankunft mit dem Hubschrauber hatten die Spezialkräfte auf dem Bankgelände Position bezogen. Auch auf den Dächern der umliegenden Gebäude lauerten Männer in dunkelblauen Kampfanzügen und mit furchterregenden Kampfhelmen, auf dem Dach der Genossenschaftsbank hatten sich an den Dachfenstern durchtrainierte Muskelpakete auf die Lauer gelegt. In der Hütte, die bislang allein Anne und ihren Kollegen als Operationszentrale gedient hatte, hatte der Kommandant der Einheit Stellung bezogen. Er hieß Schramm, und war ein Elitepolizist, wie er im Buche steht. Stechender Blick, herrlicher Bizeps, breitbeiniger Stand. Den Kripokollegen aus der Kreisstadt hatte er mittels eines kurzen Telefonats abgefertigt. Schönwetter solle sich um andere Verbrechen kümmern, die Geiselnahme sei nun alleinige Angelegenheit der GSG9. Brauche man Hilfe, werde man auf die Polizeieinheit vom See zurückgreifen. Anne, die Schönwetter im Gegensatz zu ihren Kollegen mochte, fand es schade, dass man den Kripomann, der ihnen bereits in anderen komplizierten Fällen geholfen hatte, ausgebootet hatte. Aber Anweisung war nun einmal Anweisung.

Während die Polizistin auf ihrem Platz am Computer saß, spähten Sepp Kastner und Kurt Nonnenmacher erwartungsvoll durch das Fenster. Weder Anne noch ihren beiden Kollegen vom See hatte Schramm erlaubt, der Besprechung des Einsatzes beizuwohnen. Die GSG9 ließ sich von niemandem in die Karten schauen. Doch an der sich steigernden Anspannung in der Operationszentrale spürte Anne, dass der Zugriff kurz bevorstand.

Plötzlich sagte der Einsatzleiter, der mit seinen Leuten per Headset verbunden war, leise: »Okay. Charlie, Jimmy, Konvers, Salami.«

Kurt Nonnenmacher sah Schramm ungläubig an und suchte dann Sepp Kastners Blick: »Salami?«

»Pscht!«, zischte Kastner. »Das ist Geheimsprache, glaub ich!« Die drei Männer und auch Anne schwitzten, als wären sie in der Wüste. Die Hütte vom Baumarkt war leider nicht mit einer Klimaanlage ausgestattet, und in der Nacht hatte es nicht abgekühlt.

»Kommando Räu-ber-da-tschi – go«, sagte der GSG9-Chef jetzt. Wären nicht alle so unglaublich angespannt gewesen, hätte es Kurt Nonnenmacher vor Lachen zerrissen. So aber konzentrierte er sich darauf, seinen Magen unter Kontrolle zu halten, und schwieg. Da würde seine Frau staunen, wenn er ihr erzählte, unter welch idiotischem Namen der GSG9-Einsatz lief – »Räuberdatschi«! Hatten die Kölner eigentlich noch alle Karabiner am Seil?

Jetzt zählte der Einsatzleiter von zehn rückwärts: »Zehn, neun, acht, sieben, sechs, fünf …« Doch weiter kam er nicht. Denn plötzlich flogen im ersten Stock der Bank die beiden Flügel eines Fensters auf, und ein älterer Herr mit vollem weißem Haar streckte den Oberkörper nach draußen und breitete die Arme aus, wobei er mit der rechten Hand einen Revolver in die Höhe reckte: »Halt, nicht stürmen, mir wisset, dass ihr kommt's. Mir wisset alles!« Anne begriff sofort, um wen es sich handelte.

»Was soll die Scheiße«, bellte der GSG9-Chef jetzt und warf Anne einen wirren Blick zu. Dann fasste er sich wieder und befahl nach einer Schrecksekunde ins Headset: »Kommando Räuberdatschi Break, Break, Break.«

Und schon war sein Blick wieder bei Anne: »Wer ist das?«, fuhr er die Polizistin an. »Einer der Entführer? Ein Verrückter?«

»Das ist der Herr Gräber«, meinte Anne gelassen. »Eine Geisel. Er ist dement.«

»Wie, dement?« Unter den Achseln des Einsatzleiters bildeten sich handtellergroße Schweißflecken. Dann zerriss ein lauter Knall die überhitzte Stille. Dieter Gräber hatte einen Schuss abgefeuert.

»No go, fight stop«, kommandierte der GSG9-Chef in sein Headset.

»Der Herr Gräber – Sie können auch Didi zu ihm sagen«, meinte Anne nicht ohne Ironie in der Stimme, »ist aus dem Seniorenheim abgehauen. Und dann ist er in diese Geiselnahme hineingeraten.«

»Fotzendreck!«, schimpfte der Elitepolizist, was Nonnenmacher und Kastner als äußerst unangemessen empfanden. Doch da knallte erneut ein Schuss. Dieses Mal durchschlug Dieter Gräbers Kugel die Windschutzscheibe eines auf der Straße parkenden Autos.

»Mir wollet niemand verletze«, schrie der Rentner jetzt von seinem Fensterplatz aus herunter. »Aber wenn ihr keine Ruh' gebt's, dann schieß ich noch einmal und noch einmal. Der Schlüssel zum Tresor muss jetzt endlich her, sonscht passiert was Schlimmes. Ende.«

Dann schoss er noch einmal, worauf aus Richtung des Bahnhofs ein lauter Schmerzensschrei ertönte, und so schnell, wie er auf der Bildfläche erschienen war, war der Alte auch schon wieder verschwunden.

Die beiden Flügel des Fensters knallten zu, und die vier Polizisten starrten geschockt hinaus: Hinter einer Mülltonne, die gegenüber vom Bahnhof an der Straße stand, robbte ein Elitekämpfer hervor. Sofort rannten drei seiner Gefährten herbei, packten ihn und zogen ihn in die Deckung eines geparkten Fahrzeugs. Auf dem Boden blieb eine Blutspur zurück. Dieter Gräber hatte getroffen. Die vier in der Hütte sahen sich erschüttert an.

»Roland ist einer meiner besten Männer. Unglaublich, dass dieser alte Sack ihn treffen konnte. Sind Sie sicher, dass es sich bei diesem Mann um eine Geisel handelt?«, fragte der GSG9-Chef scharf in Annes Richtung. »Könnte es nicht sein, dass dieser Gräber bereits vor dem Überfall zum Kreis der Komplizen von ›Anonymous Bankräuber‹ zählte?«

»Also, ich bin mir sicher, der wollte Ihren Roland nicht treffen. Der hat einfach bloß wild herumgeballert.« Sepp Kastner holte kurz Luft und fügte dann hinzu: »Und außerdem: Wie soll denn so ein alter Mann aus einem Bergtal überhaupts mit solchen Anonymous-Verbrechern in Kontakt kommen? Im Altenheim gibt's kein Internet, bloß Luftballons und Halma.«

Der Einsatzleiter der Spezialkräfte zog ein Papiertaschentuch aus der Kampfhose und schnäuzte sich. »Die sozialen Netzwerke machen alles möglich.«

»Stockholm-Syndrom«, sagte Anne ruhig. »So wie der gerade aufgetreten ist, hat der sich doch mit denen verbündet.«

»Stockholm-Syndrom?«, fragte Kastner. »Das hab ich doch schon mal gehört …«

»Ein Phänomen, das erstmals neunzehnhundertsiebzig beobachtet wurde«, führte Anne aus. »Auch damals handelte es sich um eine Bank. Allerdings eine in Schweden.« Anne tippte einige Male auf die Tastatur ihres Computers und las dann aus dem Online-Lexikon vor: »›In erster Linie manifestiert sich die Wahrnehmungsverzerrung, die zum Stockholm-Syndrom führt, darin, dass die subjektive Wahrnehmung der Geisel nur einen Teil der Gesamtsituation erfassen kann. Das Opfer erlebt eine Zurückhaltung der Einsatzkräfte vor Ort, es fühlt sich mit zunehmender Dauer der Entführung allein gelassen. Dagegen wird das Agieren der Geiselnehmer überproportional wahrgenommen, schon kleinste Zugeständnisse (das Anbieten von Nahrung, auf die Toilette gehen lassen oder Lockern von Fesselungen) werden als große Erleichterungen empfunden. Das Opfer erlebt eine Situation, in der es ausschließlich »Gutes« von den Geiselnehmern erfährt.‹«

»Ja, von wegen!«, meinte Nonnenmacher. »Ausschließlich Gutes! Mich haben's halb tot geschossen!«

»Aber der Didi Gräber ist doch dement«, entfuhr es Kastner.

»Sagen die vom Altersheim!«, polterte Nonnenmacher. »Kann gut sein, dass der eigentlich fit ist wie ein Haferlschuh. Aber damit der im Heim eine Ruh' gibt, pumpen die ihn voll mit Medizin ... Da braucht man ja bloß einmal Fernsehn zum schauen, da weiß man, was hinter den Mauern von Altenheimen so alles vor sich geht. Da graust's der Sau, wenn man das sieht, das sag jetzt aber ich!« Sein Magen heulte auf. »Und kaum ist der Gräber in Freiheit und wird nicht mehr ruhiggestellt, sieht man, zu was der fähig ist ... Ich glaub, dass in den Altenheimen ein ganzer Haufen rüstiger Senioren kaltgestellt wird.«

»Mich würde viel mehr interessieren, woher die wussten, dass wir den Zugriff planen«, sagte Anne, ohne auf Nonnenmachers sozialkritische Thesen einzugehen.

»Das frage ich mich allerdings auch«, meinte der Einsatzleiter und blickte die drei einheimischen Polizisten böse an.

»Sie glauben jetzt aber nicht ...«, stotterte Kastner nervös, »... dass wir, also dass ... warum schauen Sie uns jetzt so an?«

»Ich sage nur, dass so etwas in der gesamten Geschichte der GSG9 noch nicht passiert ist«, stellte der Eliteeinheitschef mit schneidender Stimme fest. »Dass ein verrückter alter Mensch unseren Einsatzplan zunichtemacht. Wo kommen wir denn da hin, verdammt?« Er zögerte kurz, anscheinend teilte ihm gerade einer seiner Männer etwas über das Headset mit. »Nein, Break, Salami, Abbruch, Konvers, Rückzug Räuberdatschi. Over.«

Nonnenmacher lächelte entrückt: Räuberdatschi!

»Ich glaube, ich weiß, woher die wussten, dass wir einen Zugriff planen«, meinte Anne und deutete auf den Monitor.

Der Einsatzleiter beugte sich interessiert vor, damit er den Bildschirm besser sehen konnte. Auch die anderen Männer wandten sich dem Computer zu – und konnten kaum fassen, was sie erblickten. Auf dem Bildschirm waren zwei Bildausschnitte zu sehen, die beide dasselbe Motiv aus unterschiedlichen Perspektiven zeigten: Es handelte sich um das Gebäude der kleinen Bank an dem See inmitten von Bergen, das gerade eine Gruppe perfekt ausgebildeter Elitekämpfer der Bundespolizei versucht hatte zu stürmen.

»Das sind Livebilder«, stellte Anne trocken fest.

»Ja, sagen Sie einmal!«, flippte jetzt der GSG9-Einsatzleiter aus. »Wie kann es sein, dass hier überall Überwachungskameras stehen, die live ins Internet, also praktisch in die ganze Welt senden? Sind diese Kameras etwa von Ihrer Dienststelle montiert worden?« Diese Frage war eindeutig an Kurt Nonnenmacher gerichtet. Dessen Magen jaulte auf wie ein Wolf im Bayerwald.

»I wo!«, entgegnete der Inspektionschef. »Wo sollten mir denn Überwachungskameras herhaben? Und warum auch? Mir haben doch genügend Einsatzkräfte vor Ort. Da brauchen mir doch so einen Technikschnickschnack nicht!«

»Aber wo kommen diese Kameras dann her? Und wie kann es sein, dass die montiert werden, und Sie und Ihre Leute bekommen davon nichts mit? Ich dachte, Sie hätten das Gebäude seit Beginn der Geiselnahme unter strengste Bewachung gestellt, Sie Versager, Sie! Sie Dorfdeppen, Sie bayerischen!«

»Jetzt einmal langsam, Sie, Sie Kölner Fastnachtskaschperl!«, meldete sich nun Sepp Kastner zu Wort. »Mir haben hier alles genau bewacht. Mir haben hier die Hütte hergestellt, und draußen stehen zwei Dutzend Kollegen in top Tarnung, vierundzwanzig Stunden am Tag. Mir machen unseren Job. Aber wenn Sie mit Ihrer schwulen Elitetruppe nicht einmal mit einem dementen Opa fertigwerden, dann können mir auch nix machen. Das ist doch der Punkt!«

In die nach diesem kurzen, aber heftigen Wortwechsel entstandene Stille hinein bemerkte Anne ruhig und emotionslos: »Vielleicht waren die Kameras ja schon vorher da.« Nachdenklich blickte sie die Streithähne der Reihe nach an: »Ich bekomme immer mehr den Eindruck, dass diese Anonymous Bankräuber nur so tun, als würden sie alles spontan und ...« Anne suchte nach dem passenden Wort, »... spielerisch machen, aber wie es scheint, steckt da ein richtig fetter Masterplan dahinter.«

»Die Kameras müssen jedenfalls weg. Sofort müssen diese Kameras weg!«, schimpfte der GSG9-Chef. »Es kann ja wohl nicht sein, dass die ganze Welt uns dabei zusieht, wie wir uns hier bis auf die Knochen blamieren. Wir sind eine Eliteeinheit! Wir haben schon ganz andere Einsätze bewältigt, Afghanistan, Libyen, Somalia ...«

»Bad Kleinen«, fügte Sepp Kastner unterwürfig hinzu.

Doch das konnte die Laune des Elitepolizisten auch nicht heben, zumal gerade dieser Einsatz der GSG9 nicht optimal verlaufen war. Es hatte unerwünschte Tote gegeben. Unwirsch schüttelte Schramm den Kopf. »Schaffen Sie die Kameras weg, asap. Notfalls schießen wir die runter. Los, Nonnenmacher, sorgen Sie dafür, dass das alles abmontiert wird, sofort!«

Der Dienststellenleiter eilte nach draußen, der GSG9-Mann folgte ihm. Nur Anne und Sepp Kastner blieben am Computer zurück.

»Schon komisch«, meinte Anne.

»Was?«

»Das mit den Kameras.« Sie sah Kastner ernst an. »Meinst du, wir haben jemanden unter uns, der mit den Anonymous-Leuten kooperiert?«

»Einen Maulwurf?«, fragte Kastner.

Anne nickte.

Beide spähten durch das Fenster hinaus auf die Bankfiliale.

»Wie es den Geiseln wohl geht?« Anne seufzte. »Ich kann die beiden Bankräuber so schlecht einschätzen. Sie wirken so smart, so cool, so clean. Sonst haben Verbrecher oft so was Unsauberes, Schmieriges. Das fehlt bei den beiden vollkommen.«

Kastner nickte. »Jules und Jorina«, er sprach den Namen des Mannes aus, wie man ihn schreibt.

»›Schül‹ heißt das, ›Schül‹«, verbesserte Anne ihn.

»Kannst du Französisch?«

»Nur ein bisschen.« Anne tippte auf der Computertastatur herum. »Krass, jetzt haben die schon sechstausendfünfhundertvierunddreißig Freunde.«

»Das sind mehr Leute, als hier in der Gemeinde wohnen«, stellte Kastner fest.

»Obwohl sie Verbrecher sind, werden sie gemocht. Das ist verrückt!«

»Wie Harold und Maude.«

»Da verwechselst du jetzt aber was, Seppi.« Anne sah ihn liebevoll an. »Du meinst Bonnie und Clyde.«

»Ja, die Bankräuber halt.« Er seufzte. »Die waren auch beliebt und haben auch Banken ausgeraubt. Und das war auch in einer Zeit, in der nicht alles rundlief. Wirtschaftskrise und so.«

»Und sie hatten sich geschworen, für immer zusammenzuhalten, gegen den Rest der Welt.«

»Ewige Liebe«, sagte Kastner verträumt.

»Du bist manchmal richtig süß, Seppi.« Anne lächelte den Kollegen an. Der wurde rot und blickte zu Boden. Anne fasste sich wieder: »Aber das hilft uns jetzt auch nicht ...« In diesem Moment klingelte ihr Handy. Eine unbekannte Rufnummer.

»Hallo? Ja, ich bin's, Anne Loop.« Dann folgte ein kurzes Schweigen, während dem Annes sommerliche Bräune in ein tiefes Rot wechselte. Kastner beobachtete diesen Vorgang mit Argwohn. Auch klang Annes Stimme plötzlich atemlos: »Oh? Ja! Heute Abend? Ja. Ich muss nur sehen, wie ich das mit meiner Tochter hinbekomme.« Sie dachte kurz nach. Sepp Kastner starrte sie mit aufgerissenen Augen an, doch sie schien ihn gar nicht wahrzunehmen. »Nein, ich bekomme das hin«, sagte sie jetzt mit fester Stimme.« Wieder redete der Gesprächspartner. Und schließlich sagte Anne: »Okay, um sieben. Ich freue mich.« Dann legte sie auf.

»›Um sieben, ich freue mich‹«, äffte Kastner Annes aufgeregten Singsang nach. »Was ist um sieben, was dich so freut?«

Annes Gesicht glühte. Aber sie sagte nur: »Nichts.«

»Aha, nix«, meinte Kastner. Er glaubte ihr kein Wort. »Und warum hast du jetzt so einen roten Kopf?«

»Ach, Seppi«, seufzte Anne. »Erinnerst du dich noch an Johann Bibertal?«

»Johann wer?« Kastner stellte sich blöd, obwohl er genau wusste, wen Anne meinte, hatte doch auch er in dem Fall um die Seefest-Leiche vor Gericht ausgesagt und war von dem Strafverteidiger Bibertal in die Mangel genommen worden. Aber er wollte nicht, dass dieser geschleckte Typ privat etwas mit Anne anfing. Wenn Anne wieder einen Freund wollte, dann war ja wohl jetzt erst einmal er an der Reihe. War er nicht immer gut zu ihr gewesen?

Doch die beiden kamen nicht dazu, ihr Gespräch weiterzuführen, denn es klopfte an der halb geöffneten Holztür ihrer improvisierten Einsatzzentrale, und eine Frau in weißen Kleidern, wie sie Krankenpfleger tragen, schob ihre Nase in den kleinen Raum.

»Grüß Gott, darf ich?« Ohne die Erlaubnis abzuwarten, betrat sie den kleinen Raum. »Mir kennen uns ja schon. Ich bin vom Seniorenheim. Und ich habe eine Bitte.«

»Ja?«, fragte Sepp Kastner. »Und die wäre?« Seine Stimme klang schroff und abweisend.

»Da ist doch unser Herr Gräber drin, oder?« Kastner nickte. »Bitte, in Gottes Namen, setzen Sie sich dafür ein, dass er freigelassen wird! Unser Herr Gräber ist seit Tagen ohne Medikamentierung. Der flippt uns ja noch aus!«

»Ist bereits geschehen«, meinte Anne trocken.

»Was?«, stieß die Altenpflegerin hervor. »Was hat er gemacht? Hat er sich ausgezogen? Uriniert? Hat er Kleider gestohlen? Ich weiß schon, Kekse klaut er auch ganz gern. Sie müssen ihm das verzeihen. Der Herr Gräber weiß nicht, was er tut. Aber er ist durch und durch gutmütig. Ein Finanzbeamter, ein guter Mensch.«

»Das lassen wir jetzt einmal dahingestellt«, meinte Kastner trocken. »Jedenfalls hat Ihr feiner Herr Gräber bereits mit einer Pistole herumgeballert.«

»Nein!« Die Frau sah aus, als würde sie gleich umkippen.

»Er scheint sich auf die Seite der Bankräuber geschlagen zu haben«, meinte Anne.

»Um Gottes Willen!«

»Ja«, sagte Kastner.

»Aber das kann man ihm doch nicht anlasten! Er ist dement!«

»Erst einmal ist er gefährlich.« Kastner blickte die Frau ernst an.

»Oh Gott!«, stöhnte diese erneut auf.

»Was wollen Sie eigentlich konkret von uns?«, fragte Anne, jetzt etwas ungeduldig.

»Sie sollen die Geiselnehmer bitten, dass unser Herr Gräber freigelassen wird. Weil er alt ist, und gebrechlich«, stieß die Altenpflegerin hervor.

»Na ja, so richtig gebrechlich wirkte er jetzt gerade nicht, als er mit der Waffe in der Hand am Fenster Parolen schwang.« Anne zog die Augenbrauen hoch.

»Nein!«, entfuhr es der Frau, doch dann schwieg sie, ganz offensichtlich versuchte sie, ihre Gedanken zu ordnen. Schließlich meinte sie: »Aber können Sie nicht versuchen, den Geiselnehmern zu erklären, dass der Herr Gräber krank ist, dass er Medikamente braucht und dass er rausmuss aus dieser Stresssituation?« Sepp Kastner schüttelte den Kopf, während er der Frau weiter zuhörte. »Sonst kriegt der noch einen

Schlaganfall oder einen Herzinfarkt. Ich bitt Sie inständig! Haben Sie irgendeine Möglichkeit, mit den Entführern Kontakt aufzunehmen?«

»Ich kann sie anrufen«, meinte Anne lustlos. »Aber wahrscheinlich heben sie gar nicht erst ab.«

»Versuchen Sie es doch wenigstens, versuchen Sie es! Der Herrgott wird's Ihnen danken.«

»Na ja, ob ich das nun ausgerechnet deshalb machen soll ...« Anne suchte Kastners Blick: »Was meinst du, Sepp?«

»Probier's halt.«

Während Anne dem Tuten des Telefons lauschte, verschwanden die Livebilder vom Bankgebäude, die sie zwischenzeitlich wieder angeklickt hatte. Offensichtlich hatte das Abschalten der Kameras ohne Einsatz von Schusswaffen funktioniert. Und dann meldete sich tatsächlich am anderen Ende der Leitung eine Stimme: »'allo, 'ier spriescht die Frühlingsbankräubör Rififi.«

»Guten Tag«, sagte Anne. »Hier spricht Anne Loop von der Polizei.«

»Was kann iesch tun für Sie?«, fragte der Mann, dessen wahrer Name Jules Trufot lautete.

»Ich habe hier eine Frau, die im Seniorenheim arbeitet. Sie sagt, dass der ältere Herr, der von Ihnen festgehalten wird, krank ist und Medikamente braucht.«

»Sie meinen Didi?«

»Ich meine Herrn Gräber«, sagte Anne bestimmt.

»Ja, das ist die Didi. Ihm geht es gut«, erläuterte der Bankräuber. »Er 'at siesch uns geschlossen an und ist auch eine Anonymous Bankräubör jetzt.«

»Herr Gräber ist dement, also ...« Anne zögerte, denn sie war sich nicht sicher, ob man das so sagen konnte, aber hier ging es um Menschenleben, und da durfte man durchaus einmal drastisch werden. Anne sagte also: »... Herr Gräber ist verrückt. Und außerdem noch herzkrank.«

»Und schlaganfallgefährdet«, flüsterte die Pflegerin.

»Und schlaganfallgefährdet«, wiederholte Anne laut.

»Die Didi geht es gut. Wir 'aben ihm sogar genommen ab die Fesseln. Er ist eine Freund.« Anne verdrehte die Augen. Was die jungen Leute heute nicht alles unter Freundschaft verstanden! »Und er ist nützliesch«, fuhr Jules fort. »Denn als Exgeheimagent, er 'at viele Erfahrung und gutö Idee. Er kennt Arbeit von Polizei. Er sagt, Sie sollen jetzt bald rücken 'eraus die Schlüssel von Tresor, sonst er startet nächste Stufö.«

»Und was soll diese nächste Stufe sein?«

»Er wird jemanden töten. À la Geheimdienst-Art.«

Anne schluckte. Wurde sie hier jetzt grandios verarscht, oder meinte der Knabe am anderen Ende der Leitung das ernst? »Sie werden doch nicht einen alten Mann zu einem Verbrechen zwingen?«

»Wir sind die Gutön, Frau Polizist, wir sind die neunundneunzig. Pfüate Sie Gott.« Dann legte er auf.

»›Pfüate Sie Gott‹!« Anne konnte es nicht fassen.

»Was?«, fragte Kastner.

»Die haben einen Schlag.« Anne tippte wütend auf die Computertastatur ein.

»Und unser Herr Gräber?« Die Pflegerin war den Tränen nahe.

»Und Ihr feiner Herr Gräber war früher mal Geheimagent, Sie wissen schon: BND.« Anne blickte die Frau böse an.

»Was war unser Herr Gräber?«

»Beim Bundesnachrichtendienst«, erläuterte Kastner.

»Quatsch, beim Finanzamt war unser Herr Gräber. Über dreißig Jahre, soweit ich weiß.«

»Gut, das werden wir schon noch herausfinden. Jedenfalls hat er den Geiselnehmern versprochen, er werde demnächst jemanden ›à la Geheimdienst-Art‹«, Annes Stimme bekam einen sarkastischen Unterton, »umbringen. Was auch immer das heißen mag. Na ja, das können wir ja gleich mal im Internet nachschauen.« Sie tippte ›Tötung nach Geheimdienst-Art‹ in die Suchmaschine, doch was da kam, half in diesem Fall nicht weiter: ein Artikel über eine Verschwörungstheorie zum Anschlag auf das World Trade Center am elften September zweitausendeins, die Inhaltsangabe zu einem amerikanischen Film namens »Mord nach Plan«, ein Blog zur Diskussion um das umstrittene Israel-Gedicht eines deutschen Literaturnobelpreisträgers und ein Bericht über Hinrichtungen im Iran.

Auch die weiteren Nachforschungen über die früheren Tätigkeiten der offensichtlich am Stockholm-Syndrom leidenden dementen Geisel Dieter »Didi« Gräber erbrachten keine neuen Erkenntnisse. Über ihren Kripokollegen Schönwetter aus der Kreisstadt gelang es Anne sogar, eine Verbindung zum Bundesnachrichtendienst im nahe gelegenen Pullach zu knüpfen. Doch auch hier wollte niemand etwas von einem ehemaligen Agenten namens Dieter Gräber wissen, der jetzt achtundsiebzig Jahre alt war und als außer Kontrolle geratener Geiselnehmer Angst und Schrecken an einem Alpensee verbreitete.

»Kann natürlich sein, dass die uns anlügen«, meinte Sepp Kastner. »Der BND sagt sicher nicht immer die Wahrheit.«

»Auch nicht, wenn die Kripo anfragt?«, wandte Anne ein.

Kastner schüttelte den Kopf. »Der BND, das ist ein ganz merkwürdiger Verein. Die haben doch auch beim Verbotsverfahren gegen die NPD eine ziemlich seltsame Rolle gespielt.«

Anne blickte auf. »War es nicht sogar so, dass die Hälfte der Parteiführungskräfte BND-Leute waren?«

»Irgendwie so, ja.« Kastner nickte.

Die Altenpflegerin sah ungläubig von einem Beamten zum anderen. Doch dann jammerte sie: »Die große Politik und unser Herr Gräber mittendrin. Ist das nicht furchtbar?«

»Die alten Leut' werden halt immer fitter«, stellte Kastner fest. »Selbst wenn sie dement sind. Das ist schon ein Problem für uns als Polizei. Weil so einen alten Deppen kann man natürlich mit einer lebenslangen Gefängnisstrafe nicht so richtig abschrecken. Der weiß ja, dass er eh nicht mehr lang lebt.«

»Also, Herr Wachtmeister!«, entfuhr es der Pflegerin. Kastner verzichtete darauf, der Dame zu erklären, dass es Wachtmeister nur mehr bei der Marine und beim Räuber Hotzenplotz gab. Wie oft hatte er das schon erklärt? Es war hoffnungslos. Und angesichts der Tatsache, dass der GSG9-Polizist Roland Masco eine halbe Stunde später den Verletzungen erlag, die ihm Dieter Gräber durch seinen Schuss zugefügt hatte, war es auch völlig belanglos. Die Geiselnahme hatte ihr erstes Todesopfer gefordert. Roland Masco, vierunddreißig Jahre, verheiratet, zwei Kinder, war an einem Oberschenkeldurchschuss verblutet. Die Ermittler waren erschüttert.

Als Anne von Roland Mascos Tod erfuhr, verließ sie die Operationszentrale, ging über die Straße, passierte den Bahnhof und lief durch die Wiesen zum See hinunter.

Eine Gruppe Enten stöberte im seichten Wasser nach Futter. Weiter drinnen im See verschwanden zwei Haubentaucher immer wieder für verrückt lange Zeit unter Wasser, um dann, wenn sie auftauchten, putzig ihre Köpfe mit den hochstehenden Federn zu schütteln. Anne musste unfreiwillig lächeln. Aus der rechten Tasche ihrer Uniformhose kramte sie ein Papiertaschentuch hervor und tupfte sich die Tränen von der Wange. »Roland Masco, dein Tod soll nicht umsonst gewesen sein«, sagte sie so leise, dass es im Entengeschnatter kaum zu hören war.

Es geht uns darum, das Gewalttätige des Systems zu zeigen, indem man selbst demonstrativ friedfertig ist.
David Graeber (Occupy-Aktivist und Anthropologe)

VIER

Stunden später stand Anne mit ihrer Tochter Lisa vor dem Badezimmerspiegel. Die Polizistin duftete nach Parfum und legte sich gerade Make-up auf.

»Mama, warum machst du dich so schön?«

»Weil er, glaube ich, ein toller Mann ist.«

»Bist du verliebt?«

»So schnell verliebt man sich nicht.«

»Hat er auch ein Kind?«

»Das weiß ich nicht.«

»Fragst du ihn?«

»Mal sehen, ob es sich ergibt. Fändest du es gut, wenn er ein Kind hätte?«

»Vielleicht.« Lisa dachte nach. »Wobei, eigentlich ... zieht der denn bei uns ein?«

Anne, die sich gerade die Lippen schminkte, musste lachen. »Na, so schnell wollen wir das aber vielleicht auch nicht haben, oder?«

»Genau«, sagte die Tochter mit fester Stimme. »Sonst haut der wieder nur ab, und du weinst die ganze Zeit. So wie bei Bernhard.« Sie beobachtete ihre Mutter, wie sie sich mit den Händen das Haar zurechtzupfte. »Weißt du, Mama, am liebsten wäre es mir, wenn wir zu zweit bleiben. Für immer. Nur wir zwei.«

»Aber du wirst doch auch mal erwachsen«, wandte Anne ein. »Und willst vielleicht auch eine Familie und Kinder.«

Lisa hob ratlos die Schultern. Mit nachdenklichem Blick sagte sie: »Na ja, Kinder vielleicht schon. Aber ob ich einen Mann will ... also bei mir in der Klasse sind eigentlich alle Jungs doof.«

»Na, das wird sich wahrscheinlich noch ändern.«

Lisa schüttelte mit ernstem Gesicht den Kopf. »Höchstens, es zieht vielleicht noch einer her. Aber ...«, die Achtjährige seufzte, »... weißt du – ich habe jetzt schon so viele Buben kennengelernt ... aber die waren einfach alle viel zu wild.«

Anne lachte. »Na, jetzt komm, Emilie wartet sicher schon. Hast du deine Malsachen und das Zahnputzzeug eingepackt?«

Als Anne am nächsten Morgen auf dem Weg zur Bank war, dachte sie über den vergangenen Abend nach.

Johann Bibertal war sehr vorsichtig gewesen. Erst nachdem sie beide in dem Restaurant jeder ein Glas Wein getrunken hatten, hatte er ihr das Du angeboten. Sie hatte sich vorher überlegt, ob sie mit ihm schlafen würde, sollte sich der Abend in diese Richtung entwickeln. Aber sie war zu keinem Schluss gekommen. Einerseits sehnte sie sich nach Nähe, ja, auch nach Sex, und sie fand den Anwalt zudem attraktiv. Aber was, wenn er nur auf einen One-Night-Stand aus war? Hatte sie dazu wirklich Lust? Andererseits: War das Leben nicht viel zu kurz, um immerzu auf etwas zu warten, das vielleicht doch nicht eintrat? Den perfekten Partner, der sie liebte, wie sie war? Mit ihrer nicht unkomplizierten Lebenssituation als Alleinerziehende auf dem Land?

Am Ende waren all diese Überlegungen umsonst gewesen, denn Johann Bibertal war zwar freundlich, aber auch ganz schön distanziert geblieben. Vorsichtig hatte er sie ausgefragt, hatte ihr Komplimente gemacht. Sie hatten festgestellt, dass sie beide gerne Sport machten, er hatte gesagt, dass er Kinder möge, dass es mit einer Familie bislang bei ihm aber nicht geklappt habe. Dann war es schneller elf Uhr gewesen, als Anne lieb sein konnte – sie hatte nicht einmal ihre Gedanken über Roland Mascos Tod mit ihm bereden können, denn schon hatte Johann Bibertal gesagt, dass er sie jetzt nach Hause bringen werde, das kam wie auf Knopfdruck. Es war keine Frage und auch kein Angebot gewesen, sondern eine Ansage. Auf Annes überraschten Blick hin hatte er erklärt, dass er morgen eine wichtige Verhandlung habe und unbedingt ausgeschlafen sein müsse. Später, als er Anne vor dem kleinen Haus am See abgesetzt hatte, hatte er noch gesagt, der Abend habe ihm gefallen. Ob sie sich noch einmal treffen würden, hatte er aber nicht gesagt.

Anne war sich nicht sicher, ob er sie attraktiv fand. Sie ihn schon. Sofort hatte sie seine schönen Hände mit den feingliedrigen Fingern und gepflegten Fingernägeln wahrgenommen. Hätte sie also mit ihm geschlafen, wenn er eine Andeutung in diese Richtung gemacht hätte? Trotz ihrer Angst davor, verletzt zu werden? Hätte sie? Anne hatte ins Dunkel ihres Schlafzimmers gestarrt, während sie draußen die Blätter des großen Baums am Ufer in der nächtlichen Sommerluft rascheln gehört hatte. Sie hätte.

Hätte sie wirklich?

Sepp Kastner saß bereits in der Polizeihütte vor der Bankfiliale und surfte im Internet.

»Das gibt's doch nicht!«, rief er aus, als Anne die Holztür aufschob. »Da hat schon wieder jemand Kameras hingeschraubt!«

»Wie?«, wollte Anne wissen. Sie hängte den Fahrradhelm auf und schob den Haargummi, mit dem sie ihr Haar zu einem Pferdeschwanz zusammengebunden hatte, noch einmal zurecht, um sich dann auch dem Bildschirm zuzuwenden.

»Livebilder! Da sind schon wieder Livebilder! Ich frag mich, wie das geht! Haben denn die Kollegen, die hier nachts Dienst schieben, Tomaten auf den Augen, oder was?«

»Das gibt's ja wirklich nicht.« Anne schüttelte den Kopf.

Im gleichen Moment rumpelte Kurt Nonnenmacher in die improvisierte Dienststube. »Was gibt's nicht?«, fragte er grantig und erlegte mit einem Schlag seiner behaarten Pranke eine Fliege auf Kastners Schulter. Das Ergebnis verhieß Arbeit für Kastners alte Mutter: Ein Fleck, blutrot und schwarz. »Es gibt nix, was es nicht gibt.«

»Livebilder! Schon wieder Livebilder.« Kastner deutete auf den Bildschirm.

»Was?« Anne bemerkte, dass Nonnenmacher wie auf Knopfdruck zu schwitzen begann. »Sind da schon wieder so Kameras?«

»Ja.« Kastner nickte.

»Die müssen weg, sofort weg!« Der Dienststellenleiter war plötzlich ganz panisch. »Ist der GSG9-Depp schon da?«

»Nein«, antwortete Kastner.

»Dann bis gleich.« Schon schlug die Holztür hinter Nonnenmacher zu.

»Na, dass der Chef mal so aktiv ist, und das schon früh morgens ...« Anne musste schmunzeln.

»Angstmotivation«, sagte Kastner. »Aber scheiße ist das trotzdem. Diese Anonymous-Fuzzis haben Unterstützer, und zwar mehr, als mir denken.«

Wie recht er damit hatte, sollten die Ermittler noch am selben Tag erfahren. Denn bereits am späten Vormittag lief ein Beitrag über die Anonymous Bankräuber im Bayerischen Fernsehen, auf CNN und sogar auf dem arabischen Sender Al Jazeera.

Nonnenmacher war fassungslos. Solange die Öffentlichkeitsarbeit der Geiselnehmer nur im Internet stattgefunden hatte, hatte er die ganze Angelegenheit nicht ganz ernst genommen. Gut, nach dem tödlichen Schuss gestern hatte die Sache schon eine andere Dimension erreicht. Doch wenn jetzt sogar etwas in den Nachrichten des Bayerischen Rundfunks lief, das wusste jeder im Freistaat, dann war es wichtig.

Wie der Dienststellenleiter erfuhr, wurde im Fernsehen auch ein Ausschnitt aus dem neuen Videoblog gezeigt, den die Frühlingsbankräuber ins Netz gestellt hatten. Anne spielte ihrem Vorgesetzten den kurzen Film vor, nachdem dieser wieder in die Operationszentrale zurückgekehrt war.

Das Videoblog begann mit Akkordeonmusik und den zentralen Versen des Lieds, das die Ermittler bereits kannten:

»Tango, Occupy Tango. Deine Wahrheit ist gegossen in Melodie: Wir sind die neunundneunzig, und ohne uns geht nichts und nie.«

Nach dem Lied verlasen Jules und Jorina – beide dieses Mal in weiße Leinenanzüge gekleidet – folgendes Statement:

Jorina: »Hallo, Welt.«

Jules: »Bonjour tout le monde!«

Jorina: »Wie ihr alle wisst, haben wir 'ne Bank überfallen.« Sie brachte den Revolver, mit dem Dieter Gräber Roland Masco getötet hatte, ins Bild.

Jules: »Abör wir sind keine Vörbräschör.« Er hielt eine Blume vor die Kamera.

Jorina: »Sondern politische Aktivisten.«

Jules: »Es nieścht uns geht um persönlische Bereischerung.«

Jorina: »Sondern um Gerechtigkeit.«

Jules: »Im Sinnö von unsere Futur ... also Zukunft.«

Jorina: »Globalisierung ist scheiße.«

Jules: »Des'alb wir müssen 'andeln.«

Jorina: »Es kann nicht sein, dass die Banken und das Großkapital uns die Zukunft verbauen.«

Jules: »Des'alb wir fordern ...«

Jorina: »Ein Ende der Schuldenwirtschaft.«

Jules: »Geld für alle Menschön auf die ganzö world.«

Jorina: »Arbeit für alle ...« Sie zögerte. »Also, für alle, die Bock drauf haben.«

Jules: »Grund-ein-kommen.«

Jorina: »Respekt vor jedem und allem. Egal, ob Tier oder Mensch, Pflanze oder ... was auch immer.«

Jules: »'elft uns! Kommt alle nach Bayern!«

Jorina: »Zum größten Alpen-Flashmob aller Zeiten!«

Jules: »Denn ...« Den Rest sang er: »Wir sind die neunundneunzig, und ohne uns geht nichts und nie.«

Jorinas Zöpfe wackelten im Rhythmus der Musik, dann machte sie mit ihren rot geschminkten Lippen noch einen Kussmund in Richtung der Kamera, und schon war der Film zu Ende.

»Da legst dich nieder.« Nonnenmacher kratzte sich am Kopf und beobachtete durch das Fenster, wie gerade der Lieferwagen des Feinkosthändlers aus München auf dem Parkplatz hielt, ein Mann heraussprang und, nachdem die Kollegen draußen das Paket kontrolliert hatten, wieder eine große Kiste zum Hintereingang der Bank trug. »›Reschpekt vor jedem und allem.‹« Nonnenmacher schüttelte den schweren Kopf. »Die haben Ideen.« Dann fragte er leise in Richtung Kastner: »Du, Sepp, was ist eigentlich ein Flashmob?«

Etwa zwei Stunden nachdem der Beitrag über die Geiselnahme am Bergsee in den Nachrichten gelaufen war, rollte der erste überfüllte Zug am Bahnhof des Alpendorfs an. Die Türen öffneten sich und spuckten unzählige Leute aus, die ganz und gar nicht so aussahen, als würden sie in den nächsten Stunden die Gipfel des Sees erklimmen wollen. Nein, die Masse baute sich vor der kleinen Bankfiliale auf.

»Hauptsächlich junge Leute«, stellte Kastner fest, »aber auch Altachtundsechziger und ein paar von der Generation Wutbürger, sag ich jetzt mal.«

Nonnenmacher, Kastner und Anne hatten alle Hände voll zu tun, gemeinsam mit den Kollegen das Bankgebäude großräumig abzusperren. Dabei verspürte sie jedes Mal ein seltsames Gefühl im Bauch, wenn sie an Roland Mascos Blutfleck vorbeikam. Ein Mann war tot. Und die machten hier einen auf Spaßguerilla mit Alpen-Flashmob. Was musste denn noch passieren?

»Wo sind jetzt eigentlich die Wichtigtuer von der GSG9?«, fragte Nonnenmacher irgendwann wütend, weil er und seine Kollegen vom See dem Ansturm der Menschenmassen kaum gewachsen waren.

Eine Flashmob-Teilnehmerin im Bikini, die sich eine Anonymous-Maske auf den Bauch hatte tätowieren lassen, hielt ihm gerade eine Waffel mit Schokoladeneis hin. »Hier, für Sie, Herr Wachtmeister!«

Angewidert drehte Nonnenmacher den Kopf weg. »Nix Eis, nix Wachtmeister.«

»Die Neuner trainieren«, rief Kastner dem Chef zu. Er stand nur wenige Meter von ihm entfernt, aber da die Menschenmenge so einen Lärm veranstaltete, musste er schreien.

»Jetzt schleck doch mal!«, flehte die Tätowierte. »Menno!«

»Nix Menno! Ich bin doch kein Schleckmops«, entfuhr es Nonnenmacher.

»Na, da wär' ich jetzt aber nicht draufgekommen.« Das Mädchen lachte. »Wie geht's denn jetzt weiter hier?«

Nonnenmacher schüttelte den Kopf, drehte sich um und ging mit großen Schritten zu Anne, die gerade mit drei Demonstranten diskutierte.

»Frau Loop, mir müssen hier jetzt durchgreifen. Das Ganze läuft aus dem Ruder. Eine klare Ansage muss her!«

»Eine Ansage?«, fragte Anne belustigt.

»Mit Megafon«, ergänzte der Inspektionschef. »Dass das hier keine Partymeile ist, sondern gefährlich. Eine gefährliche Geiselnahme. Dass mir hier schon einen Toten haben. Und dass alle, die hier mitwirken, und wenn es nur passiv ist, letztlich zu Mittätern werden.«

»Und wer soll die Ansage machen?«

Irgendwie hörte sich Annes Stimme für Nonnenmacher an,

als hätte die Kollegin einen Schwips. »Ja, ich zum Beispiel«, meinte der Chef. »Wenn die Deppen von der GSG9 uns derart im Stich lassen!«

Wenig später stand der Inspektionschef schwitzend und mit gefährlich hohem Blutdruck vor der Menge.

»Achtung, Achtung«, bellte er in das Megafon. »Hier spricht die Polizei.«

Sofort rief die Menge: »Yeah, yeah, yeah! Hepp, hepp, hepp, hier spricht der Sepp!«

»Nix Sepp, ich bin der Kurt«, brüllte Nonnenmacher. Sein Gesicht war knallrot. »Der Kollege Sepp steht da drüben.« Er deutete auf Kastner, dem gerade eine auf die siebzig zugehende Frau mit langem, weißem Haar in einem Batikkleid eine rosafarbene Blume an die Dienstmütze heftete.

»Kollege Sepp, hepp, hepp, hepp!«, skandierte der Flashmob sofort begeistert.

»Jetzt mal Ruhe, meine Damen und Herren!«

»Damen und Herren, Damen und Herren!«, wiederholte die Meute.

»Folgendes ...« Nonnenmachers Stimme klang plötzlich heiser. »Das hier ist keine Gaudi.«

»Gaudi, Gaudi, Gaudi! Wir sind die neunundneunzig, und wir wollen Gaudi!«, tönte es ihm entgegen.

»Da drinnen sind Verbrecher, die haben Geiseln genommen, einen Kollegen getötet. Es besteht Lebensgefahr. Für alle, die hier stehen.«

»Jules und Jorina sind keine Verbrecher!«, rief ein junger Mann mit Strohhut auf dem Kopf.

»Wir sind die neunundneunzig!« Irgendwo knallte es, Nonnenmacher schrak zusammen, aber es war wohl nur ein Sektkorken gewesen.

»Das ist mir wurscht!«, knatterte es durch das Megafon. »Ich trage hier die Verantwortung, dass von euch ...« Nonnenmacher stoppte kurz und sprach dann mit leichter Abscheu weiter: »... neunundneunzig keinem ein Leid geschieht. Kapiert's ihr das nicht? Mir haben ja gar nix gegen euch, solang ihr kooperativ seid's. Aber da drinnen sind Verbrecher, die müssen wir festnehmen.« Er schnaufte noch einmal resigniert in das Megafon und sagte dann: »Ende.«

Sein Aufruf hatte nichts bewirkt. Die Meute wich keinen Zentimeter zurück. Vielmehr trudelten immer mehr junge Leute auf der Straße ein. Hier und da standen Bierkisten herum. An zwei Stellen qualmten sogar tragbare Grills, es roch nach Bratwurst.

Dass in dem nördlichsten Dorf am See gerade etwas wirklich Außergewöhnliches geschah, sprach sich auch in den anderen Gemeinden schnell herum. Die Einheimischen konnten es kaum glauben: So viele Menschen, wie jetzt in das Tal strömten, kamen nicht einmal zu den beliebten See- und Waldfesten. Weil sich der Tod von Roland Masco noch nicht herumgesprochen hatte, war die Stimmung gut, insbesondere auch unter den Gastronomen und Hoteliers. Da die meisten der Anonymous-Unterstützer gute Manieren zeigten und für Umsatz sorgten, hielten sich die negativen Stimmen in Grenzen.

Bei der Polizeidienststelle am See gingen nur geringfügig mehr Anzeigen ein als zu normalen Zeiten. So beschwerte sich zum Beispiel ein am See wohnhafter Milliardär, dass auf der großen Trauerweide auf seinem Hanggrundstück mit Seeblick acht nackte junge Frauen und vier nackte junge Männer säßen und Wodka tränken. Mit der Nacktheit könne er noch leben, erläuterte der zweiundsechzigjährige Vorstandsvorsitzende eines DAX-Unternehmens, aber die jungen Leute machten Geräusche wie Affen, wenn er sie anspreche, und seien zudem entsetzlich tätowiert. Einer der jungen Männer habe sogar einen Nasenring.

Zusätzliche Brisanz bekam der Flashmob, der sich zu einem Dauerzustand auszuweiten schien, als in der Nacht von Samstag auf Sonntag eine Splittergruppe der Aktivisten eine Vielzahl der christlichen Kreuze und Marterl, die im Tal standen, mit Kondomen verhüllte. Freilich mit ungebrauchten, aber dennoch.

Auch nicht so gläubige Menschen und sogar Geschiedene, denen die katholische Kirche aus unerfindlichen Gründen die Wiederverheiratung verbot, waren außer sich. An Nonnenmachers Sonntagsstammtisch im Bräustüberl wurden sogar bald Forderungen nach der Wiedereinführung der Todesstrafe laut. Wobei dies nichts zu bedeuten hatte, denn praktisch jeden zweiten Sonntag fand sich irgendein bierseliger Stammtischbruder, der die Todesstrafe wieder zu geltendem Recht machen wollte, etwa, wenn ein Nationalspieler in einem wichtigen Spiel einen Elfmeter verschossen hatte.

Bayern war letztlich ein tolerantes Land. So war es gesellschaftlich völlig akzeptabel, dass sich auf dem Oktoberfest wildfremde Menschen in den Bierzelten gegenseitig auszogen und abbusselten. Sogar die direkt nach der Wiesn ansteigenden Scheidungszahlen nahm man im Sinne der viel gerühmten Liberalitas Bavariae in Kauf. Aber: Wenn es um die katholische Kirche ging, hörte der Spaß auf.

Auch Sepp Kastner, der sich wie die anderen Ermittler nach diesem Vorfall zur außerplanmäßigen Lagebesprechung in der Polizeizentrale auf dem Bankparkplatz einfand, hieß die Kondomaktion nicht gut. »Ich habe ja viel Verständnis für junge Leute und, klar, die Kirche ist schon manchmal ein bisserl engstirnig. Aber diese Kondom-Sache ist einfach total daneben, auch wenn man die Kirche nicht gut findet. Gerade die Marterl haben ja nicht nur mit dem Glauben zu tun.«

»Sondern?«, fragte Anne derart spitz, dass Kastner sich fragte, welche Laus seiner Kollegin denn nur heute über die Leber gelaufen war.

»Hinter jedem von diesen Marterln steht eine meist traurige Geschichte.« Er blickte Anne ernst an. Als er ihren verständnislosen Blick konstatierte, fuhr er leiser fort: »Kennst du zum Beispiel das Marterl an dem Baum an der Gerlosbachbrücke?« Anne schüttelte den Kopf. »Das erinnert an einen Mann, der sich in die Luft gesprengt hat, an der Rosssteinwand.«

»Igitt, das ist ja eklig!«

»Ich find's traurig«, meinte Kastner. Er überlegte kurz. »Oder das Marterl vom ›Eingesteinten Jäger‹ von Schwarzentenn, das ist beim Bucher-Sulzgraben hinten.« Anne spürte, dass sie hier jetzt keine Witze mehr machen konnte. Kastner fuhr fort: »Das erinnert an einen Jäger, der vier Wilderer auf frischer Tat ertappt hat und von denen dann erwürgt worden ist. Man sagt, er sei noch gar nicht richtig tot gewesen, als sie ihn dann unter einem Steinhaufen begraben haben. Deswegen der Name ›Eingesteinter Jäger‹ ...«

Anne schluckte und schaute auf das Blatt in ihren Händen. Alle drei schwiegen eine Weile. Dann hob Anne den Blick und sagte, um das Thema zu wechseln: »Habt ihr gelesen, was in dem Bekennerschreiben steht?« Ohne auf eine Antwort zu warten, las sie vor: »›Wir sind die Anonymous Kirchenräuber. Wir stehen in der Tradition von Christo und Jeanne-Claude.‹«

»Sind das auch so Banditen wie die Dings ... Herrgott, wie heißen's jetzt noch einmal, die Bonnie und Clyde?«

»Nein«, preschte Kastner vor. »Den Christo, den kennst du doch, Kurt, das ist der Spaßvogel, der einmal den Reichstag eingepackt hat.«

»Auf so einen Schmarren musst' auch erst einmal kommen!« Nonnenmacher schaute zum Fenster hinaus auf das Lager der Dorfbesetzer. Überall lagen Frauen und Männer, oft schlangenartig ineinander verknäult, und schliefen in der Gluthitze ihren Rausch aus.

Anne las weiter: »›Wir verstehen unsere Aktion als Aufforderung an die katholische Kirche, ihre imperialistische und frauenfeindliche Haltung aufzugeben, den Zölibat abzuschaffen und die Kirchen für Obdachlose zu öffnen.‹«

Nonnenmacher schüttelte fassungslos den Kopf. Dann sagte er leise und resigniert: »Haben jetzt eigentlich alle einen Dachschaden? Wie soll das gehen, ›den Zölibat abschaffen‹? Die Arbeitszeiten, die wo ein Pfarrer hat, das macht doch keine Frau mit. Das ist ja schlimmer als bei der Polizei!«

»Ich finde schon, dass die Kirche den Zölibat abschaffen sollte«, widersprach ihm Kastner. »Dann hätten die auf einen Schlag endlich wieder einen Haufen Pfarrer. Das ist doch ein toller Beruf. Aber wer will schon Pfarrer werden, wenn er keine Frau haben darf?«

»Es hat doch sowieso ein jeder Pfarrer eine Frau«, meinte Nonnenmacher. Anne sah ihn überrascht an. »Also ... eine Haushälterin halt.«

»Ja, aber mit der darf er nicht ...« Kastner blickte verlegen zu Boden. Über Intimes zu sprechen, war nicht so sein Ding. »... ihr wisst's schon ...«

»Du, Sepp, bist aber doch auch allein«, wandte der Dienststellenleiter ein.

»Ja, aber nicht, weil es mir das Polizeipräsidium befiehlt, sondern weil ...« Kastner schaute zu Anne hinüber. »... weil ich die Richtige halt noch nicht ... gefunden hab. Das heißt ... gefunden hätt' ich sie schon, bloß ...« Er vollendete den Satz nicht, und Anne konzentrierte sich auffällig stark auf das Blatt in ihren Händen. Dass der, wie sie fand, durchaus liebe Seppi Kastner keine Freundin hatte, konnte und wollte sie auf absehbare Zeit nicht ändern.

Die drastische Tat der Aktivisten, die sich »Die Kirchenräuber« nannten, blieb nicht ohne Folgen. Die Amtskirche war alarmiert. Nach den Missbrauchsskandalen, die den ältesten Großkonzern der Welt erschüttert hatten, registrierte man vor allem auf den unteren Ebenen der katholischen Firma, dort, wo noch direkter Kundenkontakt zum Alltag gehörte, jeden noch so feinen, von der Basis nach oben dringenden Zwischenton.

Und so kam es, dass bereits am Sonntag nach der Verschandelung der Kreuze und Marterl die drei Pfarrer der Seegemeinden und der Kaplan zu einer geheimen Sitzung zusammentrafen, deren Ergebnis sogar Insider überraschte: Sie beschlossen, die böswillige Schändung zunächst nicht zu verurteilen, sondern auf die anonymen und in Glaubensfragen wohl auch ahnungslosen Aktivisten zuzugehen.

Sogar Kurt Nonnenmacher, dessen Verhältnis zum Klerus nicht völlig störungsfrei war, seit man ihn als Kind in der Sakristei beim Messwein-Verkosten erwischt und gezüchtigt hatte, war über die Ankunft der vier Kirchendiener erfreut. Denn wenigstens für kurze Zeit ebbte der Partylärm vor der als Geisel genommenen Bank etwas ab, und die fröhliche Meute bestaunte die würdevoll heranschreitenden Pfarrer in ihren prachtvollen Ornaten. Dass zwei der Geistlichen aus dem fernen Ausland kamen, überraschte niemanden, denn die Rekrutierung junger Priesteranwärter war schwierig.

Die vier Glaubensbrüder durchschritten mit ungerührter Miene die auf Isomatten und Klappstühlen, auf Bierkisten und Schlafsäcken lümmelnde Menge, um sich dann vor dem Bankgebäude nebeneinander aufzubauen wie die Spieler des Hamburger Sportvereins beim Freistoß.

Pfarrer Hornmaier erhob das Wort. Dass er die anwesenden Okkupanten mit »verehrte Gemeinde« ansprach, war vermutlich ein Fehler, denn sofort schrie ein älterer Herr im weißen Leinenhemd, der gerade eine selbst gedrehte Zigarette genoss, die sich nach vorn auffällig verdickte: »Gemeinde? Arsch auf! Wir hier sind garantiert nicht von eurer Gemeinde!«

Sofort skandierten die anderen Aktivisten: »Wir sind die neunundneunzig! Wir sind die neunundneunzig ...«

Aber so leicht ließ sich Pfarrer Hornmaier nicht aus der Ruhe bringen. Er war Seelsorger auf der Reeperbahn sowie auf einem Marineschiff im Golfkrieg gewesen und Hauspfarrer im bayerischen Landtag, kannte sich also mit harten Jungs jeglicher Couleur bestens aus. Daher wartete er, bis die Rufe abebbten, und fuhr dann fort: »Also dann eben: verehrte Aktivisten!« Als kein erneutes Geschrei aufbrandete, lächelte er im Innersten seiner Seele genau so, wie es sein kleinwüchsiger koreanischer Kollege Kim Yung praktizierte, seit er das Flugzeug, mit dem er aus seiner Heimat ins exotische Bayern geflogen war, mit trippelnden Schritten verlassen hatte. »Wir sind die Diener Gottes hier an diesem schönen See und heißen Sie herzlich willkommen!«

»Darauf pfeifen wir«, schrillte eine helle Frauenstimme über den Platz, und sofort ertönten derart lautstarke Pfiffe, dass sich Nonnenmacher, der gemeinsam mit Anne und Kastner dem Auftritt der Würdenträger beiwohnte, mit schmerzverzerrtem Gesicht die Ohren zuhielt. Doch auch von dem Gepfeife ließ sich Pfarrer Hornmaier nicht verstören. Vielmehr sagte er: »Wir haben die Kunstaktion, die einige aus Ihrer Gemeinschaft in der vergangenen Nacht vollendet haben, zur Kenntnis genommen und sehnen uns nach einem so offenen wie ehrlichen Dialog mit den Urhebern.«

»Fuck Urheberrecht!«, brüllte ein soeben erwachter Endzwanziger mit schwarzem Seeräuber-T-Shirt.

»Wir schlagen daher vor, dass die Künstler sich zu einem vertraulichen Gespräch mit uns als Vertretern der heiligen Kirche einfinden. Wir – also Monsignore Lieberzeit, Kaplan Kim Yung und mein lieber polnischer Kollege, Pater Koslowski – fühlen uns der Basis nah. Uns interessiert, was Sie, liebe ...«, er suchte einen Augenblick lang nach dem passenden Wort, »... anwesenden ... Menschen denken und fühlen.« Nach einer kurzen Pause schob er dann, nicht ohne Verzweiflung in der Stimme, hinterher: »Ich weiß, nicht alle meine Kollegen in der Kirche haben ein Interesse für die Gefühle der Basis, nun ja, der Menschen. Aber nun, dies ist wie in jedem großen Unternehmen: Manche Mitarbeiter haben den Spirit und manche nicht.«

Jetzt blieben sogar die aufmüpfigsten Alpendorfbesetzer

still. Anne überlegte, ob es an der Ehrlichkeit des Pfarrers oder an der Verwendung des englischen Worts »Spirit« gelegen haben könnte. Wie auch immer, die Ansprache des Geistlichen schien gewirkt zu haben, denn es erhoben sich sieben junge Männer und fünf junge Frauen und gingen auf die kirchlichen Würdenträger zu.

Der Anblick der Prozession, die sich danach in Richtung des einstigen Jagerhauses, das heute als Heimatmuseum genutzt wurde, bewegte, hatte für viele der Anonymous-Jünger – ob sie nun gläubig waren oder nicht – etwas Magisches. Kein Wunder: Prozessionen gibt es in Bayern viele, aber selten tragen ihre Teilnehmer Flipflops, Baggy Pants und Strickbikinis.

Das Streitgespräch, das anschließend in den Räumen stattfand, die einst der königliche Revierjäger Johann Baptist Mayr bewohnt hatte, zog sich bis tief in die Nacht hinein. Mehrmals musste der polnische Pater Koslowski frischen Wein aus dem nahe gelegenen Pfarrhaus holen. Mehrmals warf der koreanische Kaplan Kim Yung einen von auf dem Parkplatz lagernden Aktivisten ausgeliehenen Campingkocher an, um Bratwürste sowie die von ihm eigenhändig zubereitete koreanische Sauerkrautspezialität Kimchi aufzuwärmen. Die Bratwürste hatte übrigens der auch an dem See inmitten von Bergen lebende Präsident des besten Fußballvereins der Welt gespendet. Er, der im Nebenjob in Nürnberg eine Wurstfabrik betrieb, hatte seit jeher ein Herz für junge Menschen. Und die Nürnberger Bratwürste harmonierten prächtig mit dem vergorenen koreanischen Kraut.

Dennoch wurde heftig gestritten. Das Mädchen im Strickbikini rückte Monsignore Lieberzeit derart auf den mediterranen Pelz, dass ihm nach vier Gläsern Rotwein die Aussage entfuhr: »Also, wenn Sie sich weiterhin so an meine Soutane drücken, dann weiß ich nicht, wie lange ich heute Abend noch frei von Sünde bleiben kann.« Anstatt Abstand zu nehmen, funkelte die rothaarige Revoluzzerin den Würdenträger mit ihren grünen

Augen noch intensiver an, und Monsignore Lieberzeit beschloss, sich erst einmal auf der Toilette in Sicherheit zu bringen.

Lange diskutierten die so unterschiedlichen Gipfelteilnehmer über das Für und Wider des von der Kirche propagierten Kondomverbots. Wobei den Pfarrern irgendwann kein vernünftiges Argument mehr einfiel, außer, dass man durch einen Kondomverzicht einen wichtigen Beitrag zum Umweltschutz auf einem ohnehin bereits im Plastikmüll versinkenden Erdball leisten könne. Dem hatten die Anonymous Kirchenräuber nichts entgegenzusetzen.

Als bereits der Morgen graute, brach schließlich einer der Kirchenräuber, ein junger Mann mit Hornbrille, eine Lanze für die Abschaffung des Zölibats. Weltfremd sei es, nicht aus Lust Liebe zu machen, tönte der junge Revoluzzer, ganz gleich ob mit oder ohne Kondom. Immer weniger Kinder würden geboren, da sei auch die katholische Kirche einmal gefragt.

Und siehe da, was ein ernsthaft geführter Diskurs doch bewirken kann: Als hätten sie eine göttliche Eingebung bekommen, zogen sich die kirchlichen Vertreter unversehens zu einer Unterredung auf der Mangfallbrücke zurück; unten rauschte das Wasser, oben die Köpfe.

Es kam überraschend, aber als sie ins Jagerhaus zurückkehrten, bekannten sich die mächtigsten Katholiken an dem See inmitten von Bergen zur Abschaffung des Zölibats. Sie hätten sich ihre Entscheidung nicht leicht gemacht, insbesondere der koreanische Kaplan habe große Bedenken gehabt. Aber letztlich sähen sie auch ein, dass die in ihrer Firma vorherrschenden Personalprobleme endlich einmal angegangen werden müssten. Vielleicht würden ja tatsächlich mehr junge Männer den Priesterberuf ergreifen, wenn sie die Möglichkeit hätten, ihr Leben mit einer Frau zu teilen. Unter dem Strich bestehe sogar die Hoffnung, dass ein verheirateter Pfarrer zufriedener sei.

Hierauf riss sich die Aktivistin im Strickbikini beglückt ihr Oberteil vom Leib und warf es aus dem Fenster, direkt in den am

Haus vorbeifließenden Fluss. Monsignore Lieberzeit reagierte unverzüglich und zog die Soutane aus, um sie der entblößten Anonymous-Maria mit einem vielsagenden Seufzer überzustülpen.

Was sich den Anwesenden nun bot, war ein Bild für die Götter – pardon – den Gott, also den einen, den katholischen: Denn nun saß der Pfarrer in weißer Unterwäsche am urigen Holztisch des Jagerhauses, und neben ihm tanzte in seinem Pfarrersgewand das Mädchen, das, wie so viele mutige Mädchen zu jener Zeit, mit allen ihr gegebenen weiblichen Waffen gegen die Vormacht des Bösen kämpfte. Wenn der selige Johann Baptist Mayr das gesehen hätte! Zeitlebens hatte er als »Wilder Jager« (so nannten ihn die Zeitgenossen) gegen die Verwahrlosung der Sitten in Form der Wilderei gekämpft, einmal hatte er sogar einen erst siebzehnjährigen Jungen mittels Jagdgewehr zur Strecke gebracht. Das Leben in den bayerischen Alpen war eben nicht immer nur schön, sondern auch lebensgefährlich.

Stimuliert von der Euphorie der Situation nahm sich dann auch der beständig lächelnde koreanische Kaplan ein Herz und gestand, was im Tal ohnehin viele geahnt hatten: Er sei verliebt.

»Ist doch wunderbar!«, rief der polnische Pater, der kurzzeitig eingenickt war, mit herrlich schnurrendem »r«.

»Ist das geil!«, kiekste die Bikinifrau in der Soutane und warf Monsignore Lieberzeit heiße Blicke zu.

»Dann können Sie jetzt ja heiraten!«, bemerkte Pfarrer Hornmaier und musste gähnen, da er nun doch schon etwas müde war.

»Es ist nur ...« Der koreanische Jesusjünger geriet ins Stottern: »Ich bin ...«

»Jetzt sag schon!«, forderte einer der Anonymous Kirchenräuber ihn auf. »Wer ist die Braut?«

»Es ist ...« Trotz seiner ohnehin schon dunklen Hautfarbe konnte jeder der übrigen fünfzehn Anwesenden sehen, dass der koreanische Kaplan errötete.

Der Monsignore schob ihm einen Kelch mit Rotwein hin. »Trink, Brüderlein, trink!«

Der Kaplan trank den Messwein in einem Zug leer und sagte dann: »Es ist ... ein Mann.« Jetzt war es raus.

»Ein Mann?«, fragte Monsignore Lieberzeit überrascht. »Warum ein Mann?«

»Wo die Liebe hinfällt ...«, sagte Pfarrer Hornmaier mit der Weisheit des Mannes, der praktisch alles erlebt und gesehen hat.

»Und wer ist es?«, wollte nun der Anonymous Kirchenräuber mit dem Totenkopfring wissen, der die ganze Zeit auf den Holzdielen Yoga-Übungen gemacht hatte.

»Es ist mein Haushälter.« Diese Information schlug ein wie eine Wasserbombe im Strandbad. Erst schwiegen sie, doch schon bald lagen sich alle lachend in den Armen – die Rothaarige und Lieberzeit, Hornmaier und sein koreanischer Kollege – und Koslowski ging aufs Klo.

Obwohl alle nach der ereignisreichen Nacht bereits am Rande ihrer Kräfte waren, setzten sie noch gemeinsam ein Schreiben an den Papst auf, in dem sie jenen über den Stand der Dinge in Sachen Zölibat und Priestertum am See unterrichteten. Die privaten Beziehungsverwicklungen des koreanischen Kaplans Kim Yung ließ man aber außen vor. Der Grund war simpel: Kim Yung träumte davon, im Laufe der nächsten Monate in sein Heimatland zurückkehren zu dürfen und dort zum Pfarrer befördert zu werden. Diesen Karriereschritt wollte er nicht gefährden.

Wenig später wurde das Communiqué nach Rom gefaxt, und die übernächtigten Verhandlungsführer zerstreuten sich in alle Himmelsrichtungen. Die Anonymous Kirchenräuber begaben sich zurück zum Parkplatz, die Gottesdiener suchten ihre Pfarrhäuser auf.

Die Antwort des Papstes ließ nicht lange auf sich warten. Bereits am Nachmittag fand Pfarrer Hornmaier nach einem wohlverdienten Schläfchen ein Fax auf dem Nachtkästchen vor. Das Kirchenoberhaupt stellte darin unmissverständlich klar, dass eine Abschaffung des Zölibats nur über seine Leiche gehe. Und eine Begründung lieferte es auch gleich mit: Die Einnahmen der katholischen Kirche befänden sich im Sinkflug. In einer solchen Situation sei es »Harakiri«, ja dieses Wort verwendete er wirklich, »sich dem Risiko gigantischer Unterhaltsforderungen durch plötzlich legitime Pfarrerskinder und -witwen auszusetzen«. Wenn man etwas in der Kirche beherrsche, schrieb der Papst, dann sei es der Umgang mit Geld und Zahlen.

Das päpstliche Schreiben blieb aber geheim. Und auch die Tat der Kirchenräuber beanspruchte nur eine kleine Fußnote in den Medien. Im Fokus standen die Entwicklungen der Proteste vor der Bankfiliale an dem See inmitten von Bergen.

Total überfordert hatte Kurt Nonnenmacher den Gedanken ins Spiel gebracht, die Bundeswehr oder sogar die Gebirgsschützen zur Verstärkung herbeizurufen. Aber der deutsche Innenminister hatte abgewinkt. Er vertrat nämlich die Auffassung, dass der bayerische Ministerpräsident, der in Berlin regelmäßig einen auf »dicke Hose« machte, sich um die Unruhen zu Hause gefälligst selbst kümmern sollte. Der Druck auf den bayerischen Landesvater stieg also gewaltig. Endgültig brachte das Fass aber zum Überlaufen, dass ihn am Dienstagmorgen – die Geiselnahme lief bereits seit über einer Woche! – ein Anruf der Bundeskanzlerin erreichte. Der Landesvater hätte sich beinahe an seinem Mango-Weißwurst-Salat verschluckt (das Diätrezept hatte sich Münchens großartigster Koch, der sich mit seinen gastronomischen Einrichtungen um das Münchner Hofbräuhaus herum ein Feinschmecker-Imperium aufgebaut hatte, eigens für den Politiker ausgedacht).

»Ach, du bist's, servus.« Der Ministerpräsident hustete ins

Telefon, in seinem Hals hatten sich ein Stück Mango und ein Stück Weißwurst ineinander verhakelt.

»Sag mal, du, was ist da eigentlich los bei euch?«, sagte die Kanzlerin, unter zwei Ohren war sie noch wesentlich lässiger als in der Öffentlichkeit.

»Nix, die Wiesn hat noch nicht angefangen, den Münchner Bürgermeister halt ich in Sachen Landtagswahl auf Abstand, und diese Piraten-Bazis haben bei uns eh keine Chance.«

»Das mein ich doch nicht! Es geht um diese Geiselnahme!«, echauffierte sich die Kanzlerin. »Wie lange soll ich mir denn dieses Theater bei euch da unten noch ansehen? Ich habe hier noch 'n paar Rettungsschirme aufzuspannen!«

»Oben!«, brauste der bayerische Politiker auf. »Wir sind oben! Ihr in Berlin seid's unten! Ich kann dir gern per Kurier einen Höhenmesser vorbeischicken. Bloß, dass das klar ist!«

»Die Sache ist folgende: Wenn du das nicht bald geregelt kriegst und dieser Anonymous-Quatsch an deiner Alpenpfütze ...«

»Also, entschuldige mal! Das ist ein biblisch schöner See, ein Paradiessee könnt' man sagen!«

»Wie dem auch sei ...« Die Bundeskanzlerin blieb ruhig, sie hatte schon ganz andere Kraftmeier abgefrühstückt. »Es kann nicht sein, dass du mit deinem Bauerntheater ...«

»Also wenn, dann Bayerntheater ...«, unterbrach er sie.

»... den Großteil der Sendezeit in den Nachrichten blockierst. Ich rette hier Europa, den Euro und unser Land, und du lässt dir da unten von so ein paar Hippie-Hasen auf der Nase herumtanzen.«

Der Ministerpräsident schwieg betroffen. So redete sonst nur seine Frau mit ihm, und das auch nur, wenn sie ihn verdächtigte, wieder einer Referentin, die seine Tochter sein könnte, schöne Augen gemacht zu haben. Was für ein abwegiger Gedanke! Dann erwiderte er: »Das sind keine Hippies, das sind Antikapitalisten, Bankenfeinde, Okkupisten ...«

»Ja, aber was wollen die denn?«, schrillte die Stimme der Kanzlerin aus dem Hörer.

»Ich weiß es nicht«, meinte der Ministerpräsident ratlos. »Ums Geld geht's ihnen jedenfalls in erster Linie wohl nicht, das jedenfalls sagen meine Experten vor Ort.« Wenn Kurt Nonnenmacher diesen Satz gehört hätte, wäre ihm vor Stolz der sensible Magen explodiert – »Experten vor Ort«!

»Na ja, du, ich muss jetzt mal ...«, sagte die Kanzlerin. »Europa retten ...« Sie gähnte. Doch gleich hatte sie ihre hängenden Mundwinkel wieder im Griff und befahl: »Du regelst das mit diesen Occupy-Pfeifen da an deinem Bergsee, klar? Ich meine, ich mag ja auch keine Kapitalisten, aber das geht zu weit. Wenn du den Zinnober nicht bald beendet hast, komme ich zu dir zum Frühstück!«

Darauf hatte der Ministerpräsident nun wirklich keine Lust, denn die Kanzlerin mochte weder Weißbier noch Weißwürste, und so waren die Zusammenkünfte mit ihr meist recht ungemütlich. Auch erinnerte er sich daran, dass einer seiner Vorgänger von der Kanzlerin bei einer Morgenmahlzeit abserviert worden war.

Nur Minuten später, Anne Loop betrachtete gerade das neue Videoblog, das Jules und Jorina ins Netz gestellt hatten, klingelte das Telefon in der Operationszentrale auf dem Parkplatz. Am anderen Ende meldete sich die Vorzimmerdame des Ministerpräsidenten. »Ich stelle Sie durch«, sagte die wichtigste Frau im Leben des mächtigsten Mannes Bayerns.

»Hier spricht der MP, Grüß Gott«, knatterte der Ministerpräsident. Er war einfach ein volksnaher Typ, noch dazu ein Womanizer, wie er im Buche steht.

»Guten Tag«, erwiderte Anne. Sie war ein bisschen aufgeregt.

»Ich habe gerade mit der Bundeskanzlerin gesprochen«, erläuterte der indirekte Nachfolger des Märchenkönigs. »Und die ist ebenso erstaunt wie ich über das, was da in unserem Land passiert, fünfzig Kilometer Luftlinie von der Staatskanzlei entfernt.«

»Tja«, meinte Anne ratlos.

»Sie sind wohl nicht aus Bayern?«, fragte das Staatsoberhaupt mit detektivischem Spürsinn.

»Nein«, gab Anne kleinlaut zu.

»So, ja, was machen wir jetzt da?« Nun war auch er für einen Augenblick verwirrt. Doch gleich hatte er sich wieder im Griff: »Der Firlefanz muss ein Ende haben. So schnell wie möglich. Um jeden Preis.«

»Um jeden Preis?«, hakte Anne nach.

»Na ja, also um ...«, der Ministerpräsident zögerte, »... also um fast jeden. Ich formulier es einmal so: Die zwei Verbrecher müssen weg. Die Geiseln müssen befreit werden. Punkt, Ende, aus.«

»Ja, gut«, meinte Anne jetzt leicht gereizt. »Das versuchen wir auch schon die ganze Zeit. Natürlich wollen auch wir, dass die Geiseln freikommen und wir die beiden Geiselnehmer festnehmen können. Aber das ist gar nicht so einfach.«

»Einfach, einfach, einfach! Das ist doch mir wurscht! Was meinen Sie, warum ich an der Spitze Bayerns steh? Weil ich es mir immer einfach gemacht habe? Nein, überhaupt nicht. Schwer habe ich es mir gemacht. Sauschwer. Es ist geradezu ein Wunder, dass ich noch da bin, an der Macht, also in der Verantwortung. Nach allem, was ich gemacht habe!« Jetzt bemerkte der Ministerpräsident, dass er gerade dabei war, sich um Kopf und Kragen zu reden, und besann sich auf das Wesentliche: »Zurück zur Sache: Wir brauchen jetzt bayerische Methoden. Durchgreifen, einkesseln, rauspfeifen, ausspähen. Das ist jetzt gefragt. Härte, zack und bum. Und schon ist der Spuk beendet.«

Anne war überrascht: Was redete ihr oberster Dienstherr da nur für merkwürdiges Zeug? Sie konnte ja nicht wissen, dass der Ministerpräsident zum Frühstück ein besonderes Fitnessgetränk zu sich genommen hatte, eine Mixtur aus Weißbier, unbehandelter Kuhmilch und einem pappsüßen österreichischen Krafttrunk, der Flügel verlieh; die Mischung sah ekelhaft aus und schmeckte auch so, aber der Ministerpräsident hatte anstrengende Tage, da musste er dem Energieabfall mit allen Mitteln entgegenarbeiten, schmecke es, wie es wolle. Deshalb fragte Anne zur Sicherheit noch einmal nach: »Und was meinen Sie jetzt genau? Was sollen wir konkret unternehmen?«

Dass man ihm Gegenfragen stellte, war der Ministerpräsident nicht gewöhnt, aber seine Reflexe waren grandios. Ohne nachzudenken, sagte er deshalb: »GSG9. Die räuchern die Bankräuber aus!«

»Aber das haben wir doch schon versucht«, wandte Anne ein.

»Aber nicht richtig. Ihr schickt's da jetzt sofort noch einmal die GSG9 rein. Aber richtig. Mit Dampf und Dings. Scharf schießen und am Ende gewinnen. Wie der FC Bayern.«

Anne räusperte sich und sagte dann: »Gut, ich gebe das so weiter. Die GSG9 soll noch einmal einen Zugriff starten.«

Als Anne ihren Chef Kurt Nonnenmacher über den Einsatzbefehl des Ministerpräsidenten informierte, war er heilfroh, nicht selbst am Apparat gewesen zu sein.

Aber er, wie im Übrigen auch Sepp Kastner, begrüßte die Entscheidungsstärke des Quasimonarchen. Schließlich dauerte die Geiselnahme nun bereits über eine Woche. Allmählich musste wirklich Schluss sein mit dem Terz. Menschenmassen jeglicher Haut- und Haarfarbe überschwemmten das Alpental, es reisten sogar Demonstranten aus den USA an, die sonst an der Wallstreet protestierten. Zuletzt hatte man so viele dunkelhäutige Amerikaner an dem See inmitten von Bergen gesehen, als jene das Tal vom Nazi-Joch nach dem Krieg befreit hatten. Seinerzeit hatten die Freunde aus Übersee Kaugummis und Zigaretten verteilt, heute verschenkten sie Gutschein-Plastikkarten für den Download des Protestsongs eines weltberühmten, der Occupy-Bewegung nahestenden Musikers. Das Lied hieß »Bank Robbery« und war von dem britischen Star mit der Erich-Honecker-Brille und der Vogelnestfrisur eigens für den deutschen Markt übersetzt worden. Der Text, den der Interpret mit seinem liebenswerten englischen Akzent sang, lautete wie folgt:

Willst du was Gutes tun, my friend,
dann geh zur Bank, wo man dich kennt.
Raub raus das ganze money,
denn Banken sind nicht funny.

They only want one thing:
They want your money, pling-pling-pling.
They sell their own grandmother.
They kill you and your brother.

Und das war der Refrain:

Bank Robbery, Bank Robbery,
ohne dich gibt's Freiheit nie.
Bank Robbery, Bank Robbery,
ohne dich gibt's Freiheit nie.

Als Anne ihm am Computer das Lied vorspielte, meinte Kurt Nonnenmacher nur, dass ihm der bayerische Defiliermarsch besser gefalle. Dann wählten die Ermittler die Nummer ihres Kollegen Schramm von der GSG9 an. Doch unter dem Anschluss des Leiters des »Einsatzkommandos Räuberdatschi« war nur die Mailbox zu erreichen.

»Dann müssen wir da wohl einmal hinfahren, zum Grundnerhof«, meinte Nonnenmacher. »Wer kommt mit?«

»Ich«, rief Anne, die froh war, endlich einmal dem orgiengleichen Demonstrations-Tohuwabohu zu entkommen.

Doch als der Inspektionsleiter und seine attraktive Mitarbeiterin die Wiese betraten, welche der GSG9 als Hubschrauberlande- und Zeltplatz diente, staunten sie nicht schlecht: Kein einziger Elitepolizist war vor Ort. Allein der Hubschrauber war zu sehen, doch von Einsatzbereitschaft konnte hier nicht die Rede sein. Vor Wut schnaubend stapfte Nonnenmacher zum nahe gelegenen Grundnerhof, wo er von der einstigen Sekretärin des verstorbenen Milliardärs, Frau Gsell, eine interessante Auskunft erhielt: Die GSG9-Männer seien in der Seesauna!

»In der Seesauna!« Nonnenmachers Stimme hallte über die Weide hinweg bis hinunter zum See. »Ja, meinen die denn, sie wär'n im Urlaub, oder was?«

»Nein«, sagte Frau Gsell. »Es handelt sich um ein Einzelkämpfertraining, hat der Herr Schramm gesagt.«

»Ein Einzelkämpfertraining in der Sauna«, sagte Anne belustigt.

Nonnenmacher sah erst seine Kollegin, dann Frau Gsell an.

»Als Vorbereitung auf die Wüsteneinsätze, hat er gesagt.« Die Dame zupfte Nonnenmacher etwas von der Uniform und sagte: »Semmelbrösel.«

»Semmelbrösel«, wiederholte dieser.

Als Anne und Nonnenmacher wieder im Dienstwagen saßen und zu der auf der anderen Seeseite liegenden Sauna fuhren, fragte die Ermittlerin: »Meinen Sie wirklich, dass die da trainieren, in der Sauna?«

Der Dienststellenleiter war nicht in der Lage, zu antworten, denn er löffelte gerade den Milchreis in sich hinein, den seine Frau ihm am Morgen in einer Plastikdose mitgegeben hatte. Das war das Einzige, was er jetzt noch für seinen gequälten Magen tun konnte.

Die Saunamitarbeiterin am Eingang begrüßte die beiden uniformierten Ermittler freundlich, allerdings mit der vorsichtigen Anmerkung: »Wir sind hier textilfrei. Also, die Uniformen ... also, wenn Sie ...«

»Wir wollen nicht saunieren«, erwiderte Anne freundlich. »Wir suchen unsere Kollegen.«

»Ach, die Herren Spezialkräfte?«, fragte die Frau und klang ganz begeistert. »Die trainieren heute bei uns ...« Jetzt flüsterte sie sogar: »Wüsteneinsatz!«

»Schmarren«, konterte Nonnenmacher und wollte an der Kasse vorbei ins Allerheiligste der Seesauna marschieren.

»Halt!«, rief die Dame an der Rezeption. »Wo wollen Sie hin?«

»Den feinen Herrn Schramm und seine Muskelprotze herauspfeifen. Jetzt ist Schluss mit Urlaub!«

»Ich bitte Sie!« Die Dame schnappte hektisch nach Luft. »Wir haben Gäste. Die suchen Ruhe.«

»Das mag schon sein«, entgegnete Nonnenmacher. »Aber mir haben auch etwas, und zwar ein Problem.«

»Und wir suchen eine Lösung«, ergänzte Anne. »Wir müssen da rein.«

»Aber nur textilfrei!«, verlangte die Saunamitarbeiterin.

Anne sah Nonnenmacher an. Der wich ihrem Blick aus. »Und wie machen wir das jetzt?«

Nonnenmacher, der noch nie in einer Sauna gewesen war, fühlte sich sichtlich unwohl. »Das ist jetzt schon saudumm, oder?«

»Irgendwie schon«, meinte Anne, »aber irgendwie auch nicht.« Sie lächelte den Chef an. Dann fragte sie die Saunamitarbeiterin: »Könnten Sie uns zwei Handtücher leihen?«

»Aber selbstverständlich!«

Und ehe es sich der bärtige Dienststellenleiter versah, stand er, nur mit einem Handtuch um die Hüften, neben seiner barbusigen Kollegin in der Schilfsauna und blickte hinaus auf die Holzplattform und den See, der sich in das Tal hinein erstreckte. Dass sich zwischen seinen Barthaaren Schweißtropfen bildeten, lag nicht nur an den fünfundsiebzig Grad Celsius und den dreißig Prozent Luftfeuchtigkeit, die im Raum herrschten, um seine Besucher in einen Zustand zu befördern, den Werbeprospekte mit dem, wie Nonnenmacher fand, bedrohlichen Begriff »Seelenbaumeln« bezeichneten. Seine ganze Aufmerksamkeit galt nun aber den elf durchtrainierten Männern, die auf das Kommando von GSG9-Chef Schramm hin auf der Plattform am See einarmige Liegestützen machten. Auf den Sonnenstühlen aalten sich mehrere braun gebrannte Besucherinnen und feuerten die Elitepolizisten an. Nach gefühlten einhundert Liegestützen klatschte Schramm in die Hände, die Männer sprangen auf und stürzten sich, splitternackt, wie der Herrgott sie geschaffen hatte, in den See.

»Elf hübsche Knackpopos«, kommentierte eine falsche Blondine anerkennend, die auf einem der oberen Bretter in der Schilfsauna lag. Ihre Brüste erinnerten Nonnenmacher an die Heißluftballons der jährlichen Montgolfiade.

Kurz darauf tauchten die perfekt gebauten Einzelkämpfer wieder aus den Fluten des trotz des heißen Sommers kühlen Bergsees auf, banden sich Handtücher um die Hüften und joggten ins Gebäude. Sekunden später verteilte sich ein Teil der Athleten auf den Bänken der Schilfsauna und machte derart zackig Bauchmuskelübungen, dass Nonnenmacher Angst um ihre Venen bekam, die sichtbar unter der Haut hervortraten und aussahen wie Wasserschlangen. Auch Kommandant Schramm war in die Sauna gekommen und hatte Anne und Nonnenmacher sofort erkannt. Mit kollegialem Handschlag und den Worten »Aha, auch hier!« begrüßte er sie. »Auch Wüstentraining?«, fragte er freundlich, während er seine Männer in der Saunahitze eine Quälübung namens Klappmesser machen ließ.

»Habt's ihr eigentlich einen Schlag?«, fragte Nonnenmacher, ohne auf die Frage des GSG9ers einzugehen. »Der Ministerpräsident verlangt nach euch – und ihr macht's ...« Er suchte nach Worten. »... hier einen auf Chippendales!«

»Na ja, also bitte«, sagte der GSG9-Mann und zählte dann:

»Und zehn, und neun, und acht, und sieben, und sechs, ja, das brennt, Wolfgang, und sechs ...«

»Sechs, das hatten wir schon.« Nonnenmacher hatte eine Sauwut.

»Sie beide hatten Sex?«, fragte der Saunameister, der gerade den Raum betrat, um einen Aufguss zu machen, mit Blick auf Anne und Nonnenmacher. Die für die Aufgüsse in bayerischen Saunen zuständigen Menschen hatten zu jener Zeit einen besonders ausgefeilten Humor.

»... noch eins ... und Ende«, kommandierte der GSG9-Chef jetzt. »So, jetzt noch zweiundzwanzig Minuten schwitzen, dann raus.«

Dies war der Moment, in dem Kurt Nonnenmacher umkippte wie ein von einem Gewittersturm gefällter Baum.

»Und du warst echt mit der Anne in der Sauna?« Sepp Kastner konnte es nicht fassen.

»Ganz schön heiß, so eine Sauna«, bestätigte der Dienststellenchef mit gewichtigem Blick.

»Und du hattest nix an?« Kastner schüttelte ungläubig den Kopf. »Und die Anne hatte auch nix an?«

»Nix, also ... außer einem Handtuch«, antwortete der Polizeichef vom See.

»Ja, und, wie war's?«

»Wie gesagt: saumäßig heiß. Bald hundert Grad. In so einer Sauna könnt'st praktisch auch einen Leberkäs backen oder, wenn ein Schmalz da wär', sogar Auszogene.«

»Und sonst, ich meine, wie war es sonst ... also mit der Anne?«

»Du, das war rein dienstlich. Volle Konzentration auf unseren Fall. Mir waren ja wegen der GSG9 da.«

»Ja, aber die war doch nackig, die Anne.«

»Ja, jetzt sag' einmal!« Der Dienststellenleiter wurde grantig. »Eine Sauna ist doch keine Tabledance-Bar. Da geht man hin und schwitzt. Weil es gesund ist. Gesunder Geist in gesundem Körper und so. Das ist das Konzept.« Mit dem überlegenen Blick eines Feldherrn schaute er aus dem Fenster der Polizeihütte und fixierte das Bankgebäude. Draußen war es dunkel. Die Kirchturmuhr schlug zwei. »Ich sag dir eines, Sepp: Von der GSG9 können wir noch einiges lernen. Also, ich denk, ich geh da demnächst auch öfters hin, in diese Seesauna. Also bloß zum Training, versteht sich.«

»Mit der Anne?«, entfuhr es Kastner ängstlich, aber auf diese Frage bekam er keine Antwort mehr, denn die Kollegin huschte gerade zur Tür herein.

»Jetzt geht's gleich los«, flüsterte sie. Und schon sahen sie die ersten Schatten über den Parkplatz huschen. Der Befehl des Ministerpräsidenten kam zur Ausführung. Die Elitepolizisten starteten ihren Einsatz.

Ob es dieses Mal klappen würde?

Schnell setzte Anne das Headset auf, das ihr der Kommandant der »Neuner« kurz zuvor gegeben hatte. So konnte sie als Einzige in der Hütte mithören, was die zwölf Einsatzkräfte miteinander sprachen. Draußen war alles ruhig. Die einzigen Geräusche kamen von einer Gruppe Anonymous-Aktivisten, die auf dem Gehsteig neben dem Bahnhof ein Lagerfeuer entzündet hatten. Jenes knisterte hin und wieder, und die drei oder vier Gestalten unterhielten sich mit gedämpfter Stimme. Klirrende Flaschen, gelegentliches Lachen. Die anderen Occupy-Leute – es mochten noch um die sechzig Menschen sein, die rund um den Bahnhof campierten – schienen zu schlafen. Der Polizei war es gegen Abend mit viel gutem Zureden gelungen, die Demonstranten davon zu überzeugen, ein Stück vom Bankgebäude abzurücken. Da nachts keine Züge fuhren, waren auch seit Stunden keine neuen Aktivisten mehr hinzugekommen.

Anne, Sepp Kastner und Kurt Nonnenmacher beobachteten konzentriert, wie sich sechs Elitepolizisten katzengleich dem

Gebäude näherten. Anne wusste, dass zwei weitere von der Hinterseite des Hauses her angriffen. Die anderen drei, Scharfschützen vermutlich, waren im Dunkel der Nacht nicht zu sehen.

Zunächst hörte Anne auf ihrem Kopfhörer nur ein leises Knacken und hin und wieder den Atem eines der Männer, die im Begriff waren, das Geldinstitut zu stürmen. Oben in der Bank war alles ruhig. Zwar brannte das Licht im Zimmer des Filialleiters, aber es rührte sich nichts.

»Kommando Räuberdatschi Zwo. Salami, Omega, Weißwurst – alle auf Posten?« Anne erkannte sofort die Stimme des Einsatzleiters Kommandant Schramm. Die Männer bestätigten der Reihe nach ihre Einsatzbereitschaft. Offensichtlich gab es da ein System, das Anne aber nicht wirklich durchblickte. Sie hielt die Luft an.

»Was ist?«, zischte Sepp Kastner, der direkt neben ihr stand. »Hörst du was?«

»Psst«, machte Anne. »Es geht gleich los.«

»Zugriff«, befahl der Kommandant jetzt leise.

Die drei bayerischen Ermittler beobachteten, wie die beiden Männer, die sich am Haupteingang der Bank postiert hatten, nun im Schatten des Eingangsbereichs verschwanden. Würde es ihnen gelingen, die Glastür zu öffnen, ohne dass es von den Geiselnehmern bemerkt wurde? Zwei weitere Elitepolizisten machten sich an den seitlich an der Hauswand gelegenen Lichtschächten zu schaffen. Offensichtlich wollten sie auf diesem Weg in den Keller eindringen. Und die anderen beiden, die Anne sehen konnte, kletterten an der Regenrinne, die sich links der Häuserfront befand, hinauf zum Dach.

»Du, geh mal ins Internet«, sagte Sepp Kastner plötzlich zu Anne. Sie blickte ihn verwirrt an. »Bloß zur Sicherheit«, meinte der Kollege zur Erklärung. »Nicht, dass da schon wieder Livebilder gesendet werden und die ganze Welt zuschaut, wie unsere Kollegen sich zum zweiten Mal blamieren.«

Anne zuckte mit den Schultern, rief dann aber doch die Anonymous-Bankräuber-Seite auf. Während sich die Seite aufbaute, hörte sie, wie der Kommandant jeden einzelnen Posten abfragte, ob er bereit sei: »Räuberdatschi Zwo, die Meldungen.«

»Möwe in Schalterraum.«

»Adler eins an Dachfenster Ost.«

»Adler zwei an Dachfenster West. Erwarte Befehl.«

Das Funkgerät knackte.

»Gamsbock, Hintertür geöffnet. Keine Gegenwehr. Alles ruhig.«

Dann war die Anonymous-Bankräuber-Seite zu sehen. Und Anne und ihre Kollegen konnten es nicht fassen. »Das gibt's doch nicht!«, presste Kastner hervor. Im Internet war ein Livebild des Bankgebäudes im Dämmerlicht der Parkplatzlaternen zu sehen. Die beiden Fahnen in den Farben der Genossenschaftsbank wehten im Wind. Wer genauer hinschaute, konnte zwei schwarz gekleidete, mit Maschinengewehren bewaffnete Männer auf dem Dach der Bank kauern sehen.

»Kurt, das war aber doch eigentlich dein Job, dass du dich drum kümmerst, dass die Kameras wegbleiben ...« Kastner blickte seinen Chef ernst an.

»Ich ... ich«, stotterte jener, »ich hab gerade gestern noch nachgeschaut. Also gestern, da waren da keine Kameras.« Der Dienststellenleiter fummelte sein Stofftaschentuch aus der Hosentasche und wischte sich damit über die Stirn. Ihm war auf einmal heißer als in der Schilfsauna.

»Gestern«, meinte Kastner, es klang mehr wie eine Feststellung denn wie eine Frage.

»Sie wissen schon, was das bedeutet?« Anne sah den Chef ernst an. »Lebensgefahr für unsere Kollegen da draußen. Wegen Ihrem Versäumnis, Herr Nonnenmacher.«

»Jetzt hilft nur noch beten«, meinte Kastner.

»Psst«, machte Anne. »Die Einsatzkräfte sind jetzt alle drin, außer denen auf dem Dach.«

»Es schlafen doch sowieso alle, da ist doch jetzt niemand im

Internetz«, sagte Nonnenmacher mit für die angespannte Ruhe in der Polizeieinsatzzentrale viel zu lauter Stimme.

»Kurt, du hast das mit dem Internet immer noch nicht gecheckt«, zischte Kastner den Chef an. »Das Internet kann man überall sehen, auch in Amerika und in China. Und da ist es jetzt gerade Tag. Da sind die Leute wach!«

»Und was bitte jucken uns die Leute in China, ha?«, fragte Nonnenmacher trotzig. Nervös putzte er sich die Nase. »Die sind weit weg.«

»Kurt, bist du denn deppert? Wenn ein Chines' jetzt gerade die Livebilder sieht, oder ein Ami, dann kann der diese Jorina und diesen Jules doch einfach aufwecken!«

»Könnt ihr jetzt vielleicht mal leise sein, ihr zwei Idioten?«, zischte Anne. »Gamsbock steigt die hintere Treppe hoch. Und Hirsch eins und Hirsch zwei kommen vom Keller her nach oben.«

»Was, Hirsch eins und Hirsch zwei?«, fragte Nonnenmacher verständnislos. »Sind mir hier auf der Jagd, oder was?«

»Wer hat nur wieder diese verschissenen Kameras montiert?« Sepp Kastner schien der Einzige zu sein, der die Tragweite der Gefahr in diesem Moment begriff. Nonnenmacher waren die technischen Möglichkeiten des Internets nicht bewusst, und Anne lauschte dem GSG9-Funk, als wäre es ein spannendes Krimihörspiel. »Anne, müssen wir den Schramm nicht warnen? Dass die im Internet alles mit anschauen können, dass die Welt zuschaut?«

»Psst!«, machte Anne. »Möwe und Gamsbock steigen jetzt gemeinsam die Treppe in den ersten Stock rauf.«

»Möwe und Gamsbock.« Vor lauter Anspannung musste Nonnenmacher lachen. »So ein Schmarren, Möwe und Gamsbock steigen gemeinsam die Treppe hinauf! – Wie soll denn eine Möwe eine Treppe hinaufsteigen?« Er lachte. »Ich sag euch eins, das geht sauber schief, die ganze Sache. Das ist meine Meinung.«

»Kurt, jetzt halt bitte einmal die Goschen.« Erst als Kastner den Satz gesagt hatte, wurde ihm bewusst, was ihm gerade passiert war: So durfte man selbst in einer bayerischen Polizeistation nicht mit dem Chef reden. Nicht einmal dann, wenn man sich gut mit ihm verstand. Doch Nonnenmachers Reaktion blieb aus. Stattdessen schlug er mit seiner rechten Hand gegen die Holzwand, dass die Hütte wackelte. Witterte er nun schon Fliegen, wo keine waren? Hatte er Halluzinationen?

Anne war hoch konzentriert. »Alle Geiseln und auch die Geiselnehmer halten sich im Filialleiterzimmer auf. Hirsch eins und Hirsch zwei sind jetzt auch bei Möwe und Gamsbock.« Dieses Mal lachte Nonnenmacher nicht. »Schramm zählt jetzt den Countdown für den Zugriff hinunter.« Anne zählte für die Kollegen in der Hütte mit. »Zehn, neun, acht ...«

Plötzlich poppte auf der Website eine Nachricht auf: »hey, what's going on? black people on roof of bank. POLICE?«

»Scheiße, jetzt hat's wer gemerkt«, sagte Kastner in normaler Zimmerlautstärke. »China ist aufgewacht und schaut zu.«

»Was?«, wollte Nonnenmacher wissen. Ihm war das alles zu viel.

Anne zählte den Countdown weiter mit: »... drei, zwei ...« Doch bis »eins« kam sie nicht, stattdessen schrie sie: »Aah!«

»Was ist?«, schrie Kastner entsetzt. »Was ist passiert, Anne? Was ist?«

Annes Gesicht war verzerrt, als hätte ihr jemand wehgetan. Sie schüttelte wie verrückt den Kopf.

»Anne! Was ist?« Kastner packte die Kollegin am Arm und drückte fest zu.

»Frau Loop, jetzt sagen'S halt!« Sogar Nonnenmacher hatte seine Sprache wiedergefunden. »Ist ...« Dann knallte es im Bankgebäude mehrmals. Eine Salve Schüsse. Ein Feuergefecht.

»Anne, was ist los da drin?« Sepp Kastner umfasste die Schultern der Kollegin, drehte ihren Oberkörper zu sich herum und starrte ihr ins Gesicht. Doch Annes Blick war leer. Sie schien nur auf das zu lauschen, was über das Headset an Informationen zu ihr drang.

Auf dem Computerbildschirm poppte eine neue Nachricht auf: »Jorina & Jules, wake up! WAAAAKE UP! POLICE IN THE HOUSE!«

Weitere Schusssalven schmetterten durch die Nacht.

»Jetzt wachen natürlich die ganzen Anonymous-Deppen auch auf«, meinte Nonnenmacher mit Blick auf die Schlafsackgemeinde.

Doch dann sprangen bereits die beiden Türflügel des von grünen Kletterpflanzen umrankten Haupteingangs der Bankfiliale auf, und fünf GSG9-Männer rannten heraus, ein sechster musste gestützt werden, er blutete. Sie rannten über den Parkplatz, auf die Straße und dorfauswärts in Richtung der westlichen Seegemeinde. Kastner hatte seinen Blick von Anne abgewandt und beobachtete schockiert den Rückzug der Elitekämpfer. Erst als auch die Männer vom Dach sich wieder an der Regenrinne abgeseilt hatten und in der Nacht verschwunden waren, fand Anne ihre Sprache wieder: »Sie waren schon oben, direkt vor der Tür des Raums, wo alle drin waren, die Geiseln und die Geiselnehmer. Aber dann ist was Unvorhersehbares passiert.«

»Was?«, fragte Kastner. »Wer hat geschossen?«

»Es war wieder der alte Sack«, sagte Anne. »Der alte Sack hatte sich im Wandschrank versteckt. Im Flur. Und genau in dem Moment, in dem die das Zimmer stürmen wollten, hat der die Schranktür aufgerissen und das Feuer eröffnet. Den Gamsbock hat er erwischt.«

»Immerhin kein Blattschuss«, meinte Nonnenmacher. »So wie der humpelt, ging das bloß ins Bein.«

»Und dann? Haben sie dann aufgegeben?« Kastner wollte die ganze Geschichte hören.

»Nein, obwohl Gamsbock verletzt war, haben die anderen noch die Tür aufgesprengt. Aber ...« Anne verfiel in Schweigen.

»Was aber?«, fuhr Kastner sie an. »Was war dann?«

»Dann hat diese Jorina den Ochsenknecht als Schutzschild verwendet und geschrien, dass sie in abknallt, wenn sie nicht abziehen.«

»Und, sind sie dann abgezogen?«

»Nein.«

»Aber?«

»Aber die hat ...« Über Annes Wange kullerte eine Träne.

»Was? Was hat sie?«, schrie Kastner.

»... die hat auf den Ochsenknecht geschossen.«

»Und jetzt ? Und was ist jetzt? Ist er tot?«

Anne zuckte hilflos mit den Schultern: »Die Geiselnehmer haben den Ochsenknecht hochgezerrt und sind mit ihm als Schutzschild aus dem Zimmer raus, so wollten sie die Kollegen wohl zum Rückzug zwingen. Die sind aber erst mal nicht weg. Da haben sie noch mal auf den Ochsenknecht geschossen. Und als sie gesehen haben, dass unten noch weitere Einsatzkräfte waren, haben sie noch mal auf ihn geschossen ... und der Jules hat ›raus, raus, raus!‹ geschrien, ›sonst bringen wir ihn um‹ ...«

gams|ig *Adj.* Entlehnt v. bair. → *Gams* bzw. *Gemse.* Wortneuschöpfung d. 21. Jhds. Bedeutung: erregt, sexlustig, juckig, rallig, geil. Anwendung v. a. auf paarungswillige Frauen.

Aus: *Neues Wörterbuch des Bairischen*, Rosenheim 2012.

FÜNF

»Solche gottverdammten fucking Idioten!« Jorina hatte den humpelnden und wimmernden Ochsenknecht in sein Büro gezerrt und auf den Boden gelegt. Ihr gelbes T-Shirt und ihre Hotpants waren blutverschmiert. »Los, verbindet ihn, der verblutet uns sonst noch!« Die Aufforderung war an Irene Heigelmoser und Dieter Gräber gerichtet.

»Soll ich nicht lieber den Eingang bewachen? Da ist ja jetzt alles sperrangelweit offen«, wandte Gräber ein. Er hielt noch immer die Waffe in der Hand, mit der er die GSG9-Kämpfer in die Flucht geschlagen hatte.

»Nee, Mann, du tust mal schön, was ich sage! Jules schiebt Schränke vor die Eingänge.« Jorina starrte den blutenden Ochsenknecht an. »Wahnsinn! Die sind verrückt! Das war ja wie im Krieg!«

»Ihr seid verrückt«, ächzte Ochsenknecht. »Ihr dachtet, das sei ein Spiel. Aber das hier ist blutiger Ernst!«

»Wir wollen die Welt verändern«, erwiderte Jorina unbeirrt. Sie blickte an sich herunter: überall Blut.

»Aber doch nicht so!«, wimmerte Ochsenknecht. »Mit Gewalt!«

»Ach, komm! Ihr Bankärsche schert euch doch auch um nichts. Ihr finanziert ja sogar Kriege.«

»Aber doch nicht unsere kleine Bank! Und außerdem schießen wir nicht, du blöde Kuh.«

»Fuck you.« Jorina wandte sich ab.

Stunden später, der Morgen graute bereits, lag Jorina mit Jules im Zimmer der stellvertretenden Filialleiterin Dr. Klamm auf einem improvisierten Lager aus Decken und Handtüchern, die sie sich schon vor Tagen vom Lieferservice hatten kommen lassen. Die Geiseln waren im Chefzimmer eingesperrt.

»Jules«, sagte Jorina, beide blickten nach oben an die holzvertäfelte Decke.

»Mmh.« Der Frühlingsbankräuber war kurz davor, einzuschlafen.

»Ich will heiraten.«

»Waaas?« Sofort war der Franzose hellwach.

»Du hast genau gehört, was ich gesagt habe.« Jorina drehte sich auf die Seite und kuschelte sich in die Armbeuge ihres Komplizen.

»Du willst miesch ’eiraten?«

»Nein, nicht ’eiraten, sondern heiraten«, sagte sie zärtlich. »Warum könnt ihr Franzosen eigentlich kein ›h‹ sprechen?«

»Können wir ja, schau mal: H … ’eiraten«, sagte Jules.

»Ist ja auch egal.«

»Also doch niescht ’eiraten?«

»Nein, heiraten möchte ich schon; das mit dem ›h‹ ist egal. Ich liebe dich auch mit Sprachfehler.«

»Aber ist ’eiraten niescht total bürgerlisch und die Gegenteil von unsere Ideal?«

»Das kümmert mich nicht. Wir sind vielleicht bald tot.«

»Warum du bist so negativ? ’ast du Tage?« Er strich ihr über die Nase. Sie schwieg. Draußen knatterte ein Motorrad vorbei. Im Nebenzimmer wimmerte Ochsenknecht. Auch Schnarchen war zu hören, vermutlich kam es von Dieter Gräber. Weil die Schlafgeräusche des dementen Rentners für die anderen Geiseln – besonders für Ernestine Rüdel – kaum zu ertragen gewesen waren, hatten Jules und Jorina für sie beim Lieferservice Ohrstöpsel bestellt.

Jules zwickte Jorina zärtlich in die Brustwarze.

»Autsch!«

»Vielleischt du 'ast rescht.«

»Mit was?« Sie fuhr ihm vorsichtig mit dem Zeigefinger über die Lippen. Sie waren rau und trocken.

»Mit die 'eirat.« Er zögerte kurz. »Vielleischt iesch bin tatsächlisch bald tot. Dann du arme kleine Bauerntochter aus die ostfriesische Land bist ohne Sieschörung. Mit eine 'eirat abör du bist Mitglied von meine wohl'abende französische Familie und damit gesieschört ab.«

»An was für Zeugs du denkst!«, meinte Jorina. »Voll romantisch.« Dann sah sie ihn ernst an: »Aber weißt du, Jules, ich glaube, wir kommen hier sowieso nicht lebend raus.«

Am nächsten Tag erfuhren Anne Loop und ihre Kollegen – und, da es per Videoblog geschah, genau genommen die ganze Welt – von dem ungeheuerlichen Wunsch der Anonymous Bankräuber: Jules und Jorina forderten die Ermittler dazu auf, ihnen Ehefähigkeitszeugnisse zu besorgen und einen Standesbeamten herbeizuschaffen: Sie wollten heiraten.

»Das ist nicht wahr!« Nonnenmacher schnaubte, als er es las.

»Die sind ein Fall fürs Irrenhaus!«, meinte Sepp Kastner.

Anne sagte nichts. Bei aller Gewalt, die das Verbrechen nach sich zog, war sie doch auch auf merkwürdige Weise von dem Bankräuberpaar fasziniert.

Die Organisation der geforderten Unterlagen stellte sich als gar nicht so einfach heraus. Insbesondere die Beschaffung des Ehefähigkeitszeugnisses für den Franzosen Jules Trufot war problematisch. Doch weil die Bankräuber in ihrer Videobotschaft angedroht hatten, den schwer verletzten Ochsenknecht zu töten, und man nach den Vorfällen der vergangenen Nacht wusste, dass die Geiselnehmer zu allem bereit waren, hatte Anne sich dafür eingesetzt, die höchsten politischen Kreise einzuschalten. Und tatsächlich: Nach einem Telefonat des bayerischen Ministerpräsidenten mit der Bundeskanzlerin klingelte jene beim französischen Präsidenten durch, der seine Beamten beauftragte, unverzüglich die geforderten Papiere für Jules Trufot zu beschaffen. Auch ein Brautkleid und Eheringe wurden organisiert.

Heftiger Widerstand regte sich allerdings, als Nonnenmacher und Kastner erfuhren, dass der Franzose in bayerischer Tracht heiraten wollte.

»Ja, so weit kommt's noch!«, schimpfte Nonnenmacher. »Dass ein zugereister Verbrecher jetzt auch noch unsere Tradition schändet. Eine Lederhosen bekommt der ausg'schamte Baumbisler nur über meine Leiche! Und die handgestrickten Wadlstrümpf kann der genauso vergessen wie den Jagerhut mit echtem Gamsbart!«

Doch die Situation war ernst. Und so befand sich der französische Bankräuber Jules Trufot, genannt Rififi, bald im Besitz einer tiefschwarzen Lederhose mit hellgrüner Stickerei sowie handgestrickten Wadlstrümpfen mit grün abgesetztem Blattmuster. Ein stolzer Gamsbart zierte den in Windeseile angefertigten Trachtenhut, und sogar Nonnenmacher war noch am Leben (wenngleich mit einem irrsinnig grimmigen Magen), als der Bürgermeister der nördlichen Seegemeinde die Trauung am Freitag per Online-Liveschaltung vollzog.

Die Braut hatte sich Lippen und Fingernägel passend zu den Lederhosenstickereien grün geschminkt (Nonnenmachers

Kommentar: »So a Hex'!«) und trug ein traumhaftes weißes Kleid, oben eng anliegend und mit weitem Rock. Sowie einem raffinierten technischen Detail: Als die Zeremonie zu Ende war und der Brautkuss anstand, genügten Jorina wenige Handgriffe, um zwei Klappen im Oberteil zu öffnen. Ihre Brüste reckten sich daraufhin für jeden, der die Hochzeit online verfolgte, stolz und aufrecht in die Kamera wie die Dächer der Sacré-Cœur am Pariser Montmartre. Unterhalb der Brustwarzen stand, auch mit grünem Lippenstift geschrieben, das Wort »FEMEN«. Jorina zog ihren glücklichen Bräutigam zu sich heran und forderte ihn auf, zuerst die beiden Brüste zu küssen und dann ihren Mund. Der Franzose reagierte wegen dieser Vermengung von Politik und Privatem kurz überrascht, kam der Aufforderung seiner geliebten Braut dann aber zügig nach. Da soll noch einer sagen, dass, wo Liebe ist, kein Platz für Revolution sei.

In der darauffolgenden Hochzeitsnacht, welche ohne Zuschauer stattfand, gestand Jorina ihrem Ehemann, dass sie gamsig sei und sich ein Kind von ihm wünsche.

»Gamsig?«, fragte Jules und küsste ihre Lippen. »Was bedeutet das?«

Jorina flüsterte ihm etwas ins Ohr, und beide kicherten. Dann meinte Jules leise: »Erst Schießerei mit die GSG, dann 'eirat ...«

»H...«, unterbrach sie ihn. »Heirat!«

»... und dann sie will mit mir schlafön. Was 'abe iesch mir nur geangelt für eine Flittschön!«

»Ich will ein Kind von dir«, hauchte sie ihm ins Ohr.

Gleich danach hatten die Frischverheirateten Sex – und zwar lachend, kieksend und singend, während vor der Bank die GSG9 und Fernsehübertragungswagen aus vierzehn Ländern standen. Konnte man sich eine prickelndere Hochzeitsnacht wünschen?

Sogar der schwer verletzte Filialleiter Ochsenknecht im Nebenzimmer hörte auf zu wimmern, als er der Vereinigung lauschte. Dass man beim Sex lachen konnte, war ihm völlig neu. Diese Anonymous-Leute waren schon ganz schön verrückt. Der aus tiefem Schlaf erwachte Dieter Gräber sagte: »Frau Häuslebauer, erscht die Akte, dann das Vergnügen. Machet'Se sich frei.« Vermutlich hatte er die wahren Geräusche aus dem Nebenraum mit seinen geträumten Finanzamtsphantasien verknüpft. Beamte besitzen durchaus die Fähigkeit zur Imagination.

Von diesen erotischen Entwicklungen bekam man außerhalb der Bank natürlich nichts mit. Vielmehr standen die Einsatzkräfte um Anne Loop unter Schock: erst der brachiale Akt der Gewalt, den man Jorina und Jules niemals zugetraut hätte, und dann die pompööse, geradezu groteske Hochzeitsinszenierung.

Als Anne in einem unbedachten Augenblick herausrutschte, dass diese ganze Hochzeitsgeschichte doch irgendwie auch lustig gewesen sei, fuhr sie der Kommandant der GSG9-Truppe böse an: »Frau Loop, Sie verharmlosen hier die Gewalttaten zweier Wahnsinniger. Die haben einen meiner besten Männer hingerichtet!«

»Ich find ja schon komisch, dass ihr von der GSG9 das nicht hinbekommt's!«, gestand Nonnenmacher, vermied es dabei allerdings, den Chef der Sondereinheit anzusehen. Als jener keine Reaktion zeigte, fügte er an: »Dass sich Deutschlands berühmteste Polizeieinheit von einem dementen Opa gleich zweimal in die Flucht schlagen lässt, das ist ja schon zum Lachen.«

»Der Mann war einmal Geheimagent«, entgegnete der GSG9er bissig.

»Ja, garantiert.« Die Ironie in Nonnenmachers Stimme war nicht zu überhören. »Wenn ihr euch weiter so damisch anstellt's, dann müssen mir doch noch die Gebirgsschützen holen.«

»Ach, und Sie meinen, dass man mit Lederschürzen, lächerlichen Phantasieuniformen, verrosteten Säbeln, Äxten und antiken Schusswaffen diesen Verbrechern leichter das Handwerk legen kann?«

»Immerhin sind das gestandene Mannsbilder und keine nackerten Sauna-Schweinderl wie ihr.« Nonnenmacher spürte, dass er Oberwasser hatte, und schob deshalb noch ein berühmtes Fernsehzitat aus vergangener Zeit hinterher: »Welches Schweinderl hätten'S denn gern?«

Schramm schwieg beleidigt. Diese selbstbewussten Bayern kotzten ihn an.

»Ich habe einen Vorschlag.« Alle Augen richteten sich erwartungsvoll auf Anne. »Ich gehe in die Bank.« Mit festem Blick sah sie die Umstehenden an. »Ich biete mich als Austauschgeisel für Herrn Ochsenknecht an. Der krepiert uns ja sonst.«

»Du bist verrückt!«, entfuhr es Kastner. »Die bringen dich doch um!«

»Das werden wir ja sehen.« Anne blickte angriffslustig in die Herrenrunde. Kommandant Schramm studierte auffällig konzentriert seinen Bizeps, den er abwechselnd an- und entspannte. Nonnenmacher schlich sich in die Nähe einer Fliege, die sich an den Bröseln einer neben dem Computer liegenden, verwaisten Pizzaleberkässemmel labte. Kastner ging zu Anne, legte ihr seine rechte Hand auf die Schulter und sagte: »Anne, ich will das nicht. Ich wollte es dir schon immer sagen ... Ich ...«

Anne verfügte über ausreichend Intuition, um zu spüren, dass Kastner, der schüchterne, sonst so verschlossene Kastner, gerade dabei war, ihr seine Liebe zu gestehen. Doch sie erwiderte seine Gefühle nicht. Und deshalb wollte sie jetzt auch keine Liebeserklärung, schon gar nicht vor den beiden Hornochsen Nonnenmacher und Schramm. Daher sagte sie schnell: »Ich muss aufs Klo.« Und schon war sie weg.

In der Hütte begann hierauf eine wilde Diskussion darüber, ob Annes Vorschlag sinnvoll war. Die Auseinandersetzung ging sogar so weit, dass Kastner und Kommandant Schramm sich gegenseitig hin- und herschubsten wie zwei Pubertierende im Hormonrausch. Gerade, als Kastner dem Kollegen aus Sankt Augustin eine Watschen erteilte, die in jedem Bierzelt für Ruhe gesorgt hätte, und Schramm hierauf Kastner blitzschnell mit einem schmerzhaften Einzelkämpferspezialgriff aufs Kreuz legte, stand Anne wieder in der Tür. Ohne auf die testosterongeladene Situation einzugehen, sagte sie: »Ich habe eben mit Jules und Jorina telefoniert. Sie sind einverstanden. Ich gehe heute Abend in die Bank, und Ochsenknecht kommt dafür frei.« Die Männer waren baff.

»So, damit ich das machen kann, brauche ich jetzt aber einen halben Tag Zeit, um meine Tochter darauf vorzubereiten. Herr Nonnenmacher?« Annes Vorgesetzter blickte auf. »Kann ich gehen?«

»Ja, ja, eh klar!«, stammelte der überrumpelte Inspektionsleiter.

Anne holte umgehend ihre Tochter Lisa bei deren Freundin ab. Zum Glück hatte Emilies Familie Verständnis für die außerordentliche Situation, in der sich Anne seit der Geiselnahme befand, und hatte Lisa auch an diesem Tag wieder bei sich aufgenommen. Mit Bestürzung reagierten die Eberhöfers allerdings auf die Mitteilung, dass Anne sich freiwillig als Geisel im Austausch für den verletzten Bankchef zur Verfügung stellen wollte. Aber Anne ließ sich nicht beirren. Ihr Bauchgefühl sagte ihr, dass es richtig war, sich in diese Situation zu begeben, auch wenn sie gefährlich war. Mit den Eberhöfers vereinbarte sie, dass sie Lisa am Nachmittag wieder zu ihnen bringen würde und dass sie dann bis zum Ende der Geiselnahme bei ihnen bleiben durfte.

Dann fuhren Mutter und Tochter nach Hause, um Lisas Sachen zusammenzupacken. Während sie Kleider in eine Reisetasche stopften, fragte Lisa plötzlich: »Mama, warum machst du das?«

»Weil ich will, dass wir endlich wieder ein normales Leben führen können. Diese Geschichte bringt doch alles durcheinander!«

»Aber Mama, wenn die auf dich schießen?«

»Das werden sie nicht. So ticken die nicht.«

Lisa umarmte ihre Mutter und sagte: »Mama, ich hab Angst.« Anne streichelte Lisas Kopf. »Ich will nicht, dass du das machst.«

Anne kämpfte die hochsteigenden Tränen nieder. Dann sagte sie: »Scheiße, ja, ich hab auch Angst.«

Die beiden drückten sich fest aneinander. Irgendwann löste sich Anne aus der Umarmung und sah ihre Tochter ernst an: »Lisa, ich verspreche dir, dass es bald vorbei ist.« Im gleichen Moment, als sie das sagte, verfluchte sie sich dafür. Stand es denn wirklich in ihrer Macht, dieses Versprechen einzulösen? Sie hatte gegen ihre eigene oberste Mutterregel verstoßen.

Als ein besonders lauter Lastwagen am Haus vorbeidonnerte, wurden die beiden aus ihren Gedanken gerissen, und Anne sagte: »Ich muss noch Johann Bescheid geben.«

»Wer ist Johann?«, wollte Lisa wissen.

»Ein Freund.« Anne wurde rot. »Der, mit dem ich neulich ausgegangen bin.«

»Ist der auch bei der Polizei?«

»Nein, der Johann ist Anwalt. Ich kenne ihn von dem Fall mit dem toten Milliardär, weißt du noch? Da hat der Johann den Bösen verteidigt, vor Gericht.«

»Warum verteidigt der Böse?«, wollte Lisa wissen.

»Das ist sein Beruf. Als Anwalt muss man das.«

»Wieso? Böse Menschen muss man doch nicht verteidigen.«

»Doch, muss man.« Anne fand die ihnen verbleibende Zeit zu knapp, um es genauer zu erklären. »Wir machen das jetzt so: Ich ruf ihn schnell an, und du packst noch die Klettersachen ein, ja? Emilies Mama hat gesagt, dass ihr vielleicht klettern geht.«

Ohne Lisas Antwort abzuwarten, eilte sie die Treppe hinunter zum Telefon. Doch sie erreichte nur Johann Bibertals Mailbox. Während sie ihre Nachricht hinterließ, spürte sie, wie aufgeregt sie war: »Hallo, Johann, hier ist Anne. Ich wollte dir nur sagen, dass ich heute als Austauschgeisel in die Bank gehe.« Sie zögerte, schwieg kurz. »Und dass ich dich mag ...« Sie hielt erneut inne. »... also sehr. Tschau ... das war die Anne.«

Gegen Annes Willen hatte Kommandant Schramm ihre Uniform mit einer winzigen Wanze ausgestattet, die es den Polizisten ermöglichen sollte, alles, was in der Bank geschah, mitzuhören. Anne fühlte sich unwohl mit dem Abhörgerät: Was, wenn Jules und Jorina es fänden?

Die Polizistin stand bereits einige Minuten vor der Bank, als plötzlich ein Fenster im oberen Stockwerk aufging und Irene Heigelmosers Kopf erschien. Noch immer trug sie ihr Rosstags-Dirndl, hinter ihr stand Jules und drückte ihr den Revolver an den Kopf. Die Gesichtszüge der Putzfrau wirkten verkrampft.

»So du kannst niescht kommen in die banque!«, rief der Geiselnehmer herunter. »Mit die Üniform, das geht niescht.«

»Warum nicht?« Anne spürte, wie die Angst gleich einer Welle durch ihren Körper rollte.

»Wer uns garantiert, dass du 'aben keine Waffe in die Klamott'?«

»Ich habe keine Waffe.« Annes Stimme zitterte. Vor einer halben Stunde war sie sich noch vollkommen sicher gewesen, dass sie das wollte: sich als Geisel zur Verfügung stellen. Sie hatte sich gegen die gesamte Männerriege durchgesetzt. Wo war auf einmal ihr Selbstbewusstsein geblieben?

»Iesch bin doch keinö Depp«, erwiderte Jules. »Iesch weiß doch, wie Polizei lügt stetsundimmer in solsche Sitüation. Und wer sagt, dass du niescht eine Sendör oder was 'ast in die Klamott'?«

»Ich habe nichts ...« Anne sah nach oben. Die Sonne hatte ihren Zenit schon lange überschritten, aber noch immer waren es fast dreißig Grad. Die Polizistin spürte Schweißperlen auf der Stirn. Weit oben am blauen Himmel zog ein Raubvogel seine

Kreise. Vom See her drang das Kreischen mehrerer Möwen herauf.

Jules flüsterte Irene Heigelmoser etwas ins Ohr. Diese nickte und rief dann: »Sie sollen sich ausziehen, sagt der Rififi. Dann sind wir sicher.«

»Wie, ausziehen?«, fragte Anne verunsichert.

Wieder flüsterte Jules der Putzfrau etwas ins Ohr. »Alles bis auf die Unterwäsche.«

Anne schwitzte noch mehr. Und versuchte sich zu erinnern, was sie heute Morgen für Unterwäsche angezogen hatte. Sie sah sich um. Vor der Polizeihütte standen Nonnenmacher, Schramm und Kastner. An der Grenze zur Straße war alles mit mobilen Metallzäunen abgesperrt. Auf der Innenseite der Zäune standen Annes andere Kollegen in Kampfanzügen und mit Funkgeräten. Dahinter wartete die Meute: Anonymous-Aktivisten, Schaulustige, Journalisten und Fotografen.

Anne blickte wieder nach oben: »Aber ... das geht doch nicht. In der Unterwäsche ... da bin ich ja halb nackt.«

»Du bekommst neues Klamot' sobald du bist 'ier in die banque«, versuchte Jules die Ermittlerin zu überzeugen. »Wir 'aben genug Klamott' 'ier.«

»Ja, das ist klar«, schnaubte Nonnenmacher dem vor ihm stehenden Kastner ins Ohr. »Eine halbe Boutique haben's zusammenbestellt, die Herren Bankräuber, Sacklzement.«

Als Anne sich nicht regte, rief Jules plötzlich: »Gut, dann wir blasen ab die ganze Chose. Aber dann Sie sind schuld, wenn die Monsieur Ochsenknescht kratzt ab. Die Verletzungen sind wirklisch graves.«

»Jetzt kommen'S halt«, schaltete sich Irene Heigelmoser ein. »Dem Herrn Ochsenknecht geht es wirklich schlecht! Jetzt spielen'S halt mit, bittschön. Ich mein' ...« Die Putzfrau blickte kurz nach hinten. »Also, unter uns: Ich kann ihn ja nicht ausstehen, den Geldsack, aber jetzt geht's ihm schon so richtig schlecht. Der braucht eine Infusion, also dringend.«

Noch einmal drehte Anne sich um, suchte Augenkontakt mit ihren Kollegen, sah, dass Kastner sanft den Kopf schüttelte, nahm sich dann ein Herz, löste den Gürtel, zog den Reißverschluss herunter, ließ die Hose nach unten gleiten, ging in die Knie, um die Schuhe aufzubinden, versuchte zu verdrängen, dass hinter ihr an die zweihundert Menschen standen und alle wie gebannt auf sie blickten. Natürlich glotzte jeder auf ihren Hintern, der ausgerechnet heute in dem Slip steckte, den sie nur anzog, wenn alle anderen in der Wäsche waren. Aber Anne war seit Beginn der Geiselnahme nicht mehr zum Waschen gekommen. Den peinlichen Slip hatte sie von ihrer in Japan lebenden Tante geschenkt bekommen; er war aus weißem Frotteestoff und bedruckt mit grauen Elefanten. Die Ränder der Hose bestanden aus einer feinen rosa Bordüre. Der BH dazu war auch aus Frottee und hatte dasselbe Muster. Anne versuchte, nicht daran zu denken, wie albern sie mit dieser Kinderunterwäsche aussah, und schlüpfte so schnell wie möglich aus den Schuhen und der Hose. Dann stand sie nur noch in dunkelblauen Socken, ihrem Elefantenslip und dem Uniformhemd da. Hastig knöpfte sie es auf und warf es auf den Boden. Sie fühlte sich schutzlos.

Ein Raunen ging durch das Publikum. Anne hatte einen schlanken, sportlichen, aber keineswegs zu durchtrainierten Körper, ihre Haut war von der Alpensonne gebräunt.

»Elefanten, interessant, interessant«, bemerkte der GSG9-Einsatzleiter Schramm leise, aber Anne hörte es dennoch. Kastner rammte ihm den Ellenbogen in die Rippen, was Schramm aufstöhnen ließ.

»Jetzt du gehst zu die 'intertür. Jorina diesch lässt rein«, befahl Jules.

»Und was ist mit Ochsenknecht?«, rief Anne nach oben. Ihre Stimme zitterte.

»Die Ochsenknescht kommt auch zu die 'intertür.«

Während sie in Socken Schritt für Schritt über den Asphalt

in Richtung Hintereingang ging, spürte Anne deutlich jeden einzelnen Pflasterstein unter ihren Sohlen. Ihr Körper fühlte sich an, als stünde er unter Strom.

Die Menge der Schaulustigen war nun mucksmäuschenstill. Jeder beobachtete wie gebannt die schöne Frau, die sich auf dem Weg in eine lebensgefährliche Situation befand. Doch dann ging plötzlich alles sehr schnell: Als Anne vor dem Hintereingang stand, flog die Tür auf. Die Polizistin erkannte Ochsenknecht. Seine Kleidung war blutverschmiert, und er trug mehrere Verbände. Jorina stützte ihn von hinten. Seitlich von ihr hatte sich Dieter Gräber mit einer Pistole postiert, die er auf Anne gerichtet hielt. Die Polizistin registrierte, dass es nicht der Revolver war, mit dem die Geiselnehmer sonst immer hantiert hatten. Sie waren also im Besitz einer zweiten Waffe.

»Komm her!«, schrie die Bankräuberin. »Gib mir deine Hand!«

Anne streckte Jorina ihre Hand hin. Diese packte sie fest und zog Anne in den Flur hinein. Im selben Moment ließ die Bankräuberin den verängstigten Filialleiter, dessen Gesicht völlig blutleer war, los und gab ihm einen Schubs, sodass er nach draußen stolperte.

Ehe Anne es sich versah, fiel die Tür hinter ihr zu, und sie stand, nur bekleidet mit ihrer lächerlichen Frotteeunterwäsche und den Socken, vor dieser Jorina und deren neuem Komplizen, dem dementen Altenheimsflüchtling Dieter Gräber. Jener hielt ihr auch gleich – ganz Gentleman der alten württembergischen Schule – seinen Arm hin und fragte, ob er ihr etwas anbieten könne – »Kaffee und ein Stückle Erdbeersahne? Erlaubet'Se mir, dass ich Sie in die Kantine begleite?«

Anne sah Jorina verunsichert an. »Geh mit ihm«, kommandierte sie und deutete mit dem Kopf in Richtung Treppe.

»Sehr, sehr hübsch, Ihr ...« Er fahndete im Synapsendschungel seines Hirns nach der passenden Bezeichnung und entschied sich dann für: »tekschtiler Auftritt. Wisset'Se, ich war als

Agent einmal in Afrika. Der Neger ischt ja auch gerne leicht bekleidet. Aber ... jetzt frag ich mich gerade: Woher kennet mir uns eigentlich?« Anne fühlte sich unwohl. Sie kam sich vor wie im Irrenhaus.

Oben trafen sie auf Jules, der sie ernsten Blicks in eines der Büros schickte. Kurz darauf betrat Jorina den Raum, forderte Dieter Gräber auf, hinauszugehen, und befahl Anne: »Zieh dich aus!«

»Ganz?«

»The full monty, yes. Reine Vorsichtsmaßnahme. Wir brauchen hier keine Wanzen.«

Ohne der kleinen Tätowierung, die Anne neben ihrem gepflegt rasierten Schamhaar hatte, auch nur einen Blick zu schenken, nahm Jorina Anne die Elefantenunterwäsche weg und reichte ihr einen Slip und einen BH in neutralem Weiß sowie ein T-Shirt und blau-weiß gestreifte Shorts.

»Lustige Unterwäsche. Wo gibt's denn heute noch Frottee?«

»Habe ich von meiner Tante bekommen. Meine Tochter findet's auch schrecklich. Hätte ich heute Morgen gewusst, dass ich mich in der Öffentlichkeit ausziehen muss, hätte ich ...«

»Du hast 'ne Tochter?«

Anne nickte. »Ja.«

»Das ist jetzt aber wohl nicht wahr, oder? Haben die eigentlich den Arsch auf, die Bullen? Schicken hier 'ne Mutter rein? Haben die niemand anderen gehabt, der das hier regeln kann?«

Anne zuckte die Schultern. »Ich wollte das.«

»Und deine Tochter?«

»Ich habe es ihr erklärt.«

»Erklärt!«, regte Jorina sich auf. »Hat die das denn kapiert? Wie alt ist sie denn?«

»Acht. Sie heißt Lisa.«

Jorina schwieg nachdenklich, dann fragte sie: »Wie ist das denn so, Elternsein und so?«

»Schön ... und ... anstrengend ... aber ... es gibt dem Leben eine Richtung, einen ... Sinn ...« Was sollte Anne auf diese ernste Frage in dieser wahnwitzigen Situation schon antworten?

Jorina nickte. »Ich will auch ein Kind.« Nachdenklich sah sie zum Fenster. »Ich bin vielleicht schon schwanger.«

Nun sah Anne sie entsetzt an. »Und wieso machst du das dann hier? Einen Banküberfall? Als Schwangere?«

»Nein, nein, bevor wir hier rein sind, war ich natürlich noch nicht schwanger. Aber jetzt ...«

»Was?« Anne konnte es nicht glauben.

»Wir haben doch geheiratet ...« Jorina sagte den Satz, als wäre es das Normalste der Welt, während einer Geiselnahme zu heiraten.

»Ja, das haben wir alle mitbekommen.«

»Und danach war ja die Hochzeitsnacht ...« Jorina lächelte Anne an. »Echt schön!« Ihre Augen glänzten.

»Aber ... also ...«, stotterte die sonst so eloquente Anne. »Meinst du denn, es ist gut für das Kind, also, der Stress, den du hier hast?«

»Das wird hier ja wohl nicht ewig gehen.« Jorinas Stimme klang jetzt plötzlich hart. Anne fragte sich, ob die Frau vielleicht einfach schizophren war, eine komplett durchgeknallte Psychopathin, deren Launen sekündlich wechselten.

»Ja, aber was kommt danach, also nach der Geiselnahme?«, erkundigte sich Anne.

»Wir hauen ab.« Jorina schaute erneut zum Fenster.

»Klar.« Anne nickte. Sie nahm sich vor, Jorina nicht zu widersprechen. Sie musste alles dafür tun, die Geiselnehmer in Sicherheit zu wiegen.

»Wo ist deine Tochter jetzt?«

»Bei einer Freundin.« Anne schwieg kurz, bevor sie fortfuhr. »Warum macht ihr das alles?«

»Was?«

»Den Überfall, die Geiselnahme ...« Anne blickte die Ostfriesin ernst an.

»Weißt du, wir finden, es muss sich was ändern. Die Politiker zerstören gerade die Zukunft von uns allen. Geben Geld aus, das sie nicht haben. Und die Banken nehmen die Privatleute aus. Schwatzen ihnen Kredite auf, die sie nicht brauchen. Überall nur Schulden. Am Ende bezahlen es wir und unsere Kinder und Enkel.« Jorinas Gesichtsausdruck wurde kalt. »Schulden haben schon immer die Macht der Herrschenden gestützt und die Schwächeren noch schwächer gemacht.« Anne hörte der Bankräuberin aufmerksam zu. »Schulden bedeuten Abhängigkeit. Und Abhängigkeit bedeutet Unfreiheit. So einfach ist das.«

Anne ließ einen Moment verstreichen. Aus dem Nebenzimmer drangen Geräusche herein, die sich nach dem Verrücken von Möbeln anhörten, sowie Stimmen. Vermutlich unterhielten sich Jules, Dieter Gräber, Irene Heigelmoser und die anderen Geiseln miteinander. »Und du meinst, dass Gewalt das richtige Mittel ist, um was zu verändern?«

»Wenn du mal zurückschaust in der Geschichte, dann hat sich immer nur was geändert, wenn es rabiat zuging: Schon damals bei der Französischen Revolution mussten sie den Adeligen die Köpfe abhauen. Aber auch heute ist das so: In Ägypten ging es nicht ohne Gewalt und in Libyen auch nicht.«

»Aber bei uns fiel die Mauer *schon* ohne Gewalt, und die orangene Revolution in der Ukraine war auch friedlich«, unterbrach Anne die Geiselnehmerin.

Jorina wirkte kurz irritiert. »Das sind aber mal zwei echte Ausnahmen.« Dann fiel ihr etwas ein: »Und was passierte danach in der Ukraine? Die Anführerin der Revolution durfte ihren Bandscheibenvorfall im Knast nicht mal von 'nem vernünftigen Arzt operieren lassen!« Jorina setzte eine effektvolle Pause. Dann sagte sie mit einer Kälte, die Anne schockierte: »Genau aus solchen Gründen sind wir von Anonymous Bankräuber bereit, über Leichen zu gehen.«

Anne nickte traurig. Dann nahm Jorina ein Klebeband und

fixierte ihr damit die Hände so fest, dass es wehtat. Anne hatte Angst.

Die Ruhe im Inneren der Bankfiliale stand in krassem Gegensatz zum Chaos draußen. Das Alpental war dank des Internets zum Ursprungsort einer Bewegung geworden, die nun auch auf die Großstädte übergriff.

Inspiriert von der Geiselnahme durch den Franzosen Jules und die Friesin Jorina rotteten sich zunächst in Berlin und Paris Anhänger des Occupy-Gedankens und Anonymous-Aktivisten zusammen. Bald twitterten die sozialen Netzwerke aber auch von Solidaritätsdemonstrationen in London, Madrid, Athen, Rom und sogar Washington. Die deutschen Begriffe »Bankräuberfrühling« und »Anonymous Bankräuber« wurden auch in fremden Sprachen zu fixen Bezeichnungen.

So titelte etwa die London Times auf Seite eins:

GERMANY CHANGES SEASONS FROM SOMMERMÄRCHEN TO BANKRÄUBERFRÜHLING

Im Artikel, der folgte, wurden die Proteste an dem See inmitten von Bergen als »sexiest revolution ever« bezeichnet und mit einem Bild von der barbusigen Jorina am Fenster und einem eleganten Jules im Anzug garniert.

Als vor der chinesischen Zentralbank in der Pekinger Chengfang Street eine Autobombe in die Luft ging und sich chinesische Anonymous Bankräuber in einem in den Büstenhalter eines weltbekannten Designers verpackten Schreiben zu der Tat bekannten, klingelte im Berliner Bundeskanzleramt das Telefon: Der chinesische Staatspräsident war in der Leitung. Er hatte noch nie bei Europas mächtigster Politikerin angerufen. Und obwohl die Kanzlerin nicht so gut Englisch sprach wie ihr Außenminister, verstand sie doch sehr gut, was der Machthaber vom anderen Ende der Weltkugel ihr ins Ohr brüllte: Der Albtraum an dem See inmitten von Bergen müsse unverzüglich ein Ende finden, andernfalls werde Schreckliches passieren.

»What want you say damit?«, fragte die Bundeskanzlerin. Sie bekam von ihrem attraktiven Pressereferenten gerade eine derart intensive Fußmassage verabreicht, dass dem einstigen Nachrichtensprecher der akkurate Seitenscheitel verrutschte. Währenddessen trug der Ehemann der Kanzlerin mit professoralem Blick und wissenschaftlicher Präzision die aktuelle Presseschau vor. Das Kanzleramt war ein Familienbetrieb, der wie geschmiert lief.

Der Chinese aber schrie: Sollte die bayerische Bergoper nicht umgehend beendet werden, würden alle in der Volksrepublik China tätigen deutschen Unternehmen enteignet und deren Mitarbeiter in politische Umerziehungslager geschickt. Ganz offensichtlich habe Deutschland seine Bürger viel zu lange in einer antiautoritären Traumwelt leben lassen. Die Bundesrepublik bedürfe einer Kulturrevolution. Er empfehle der Kanzlerin dringendst, an den Schulen und in den Behörden und Unternehmen politische Lektionen einzuführen. Auch zu verpflichtender Morgengymnastik rate er mit Nachdruck. Nichts lüfte den Geist so effektiv wie Sport. Des Weiteren empfehle er, auf dem Gipfel der Zugspitze einen Galgen aufzustellen. Deutschland müsse ein Zeichen setzen und die Todesstrafe wieder einführen, alles andere sei zwecklos. Seine energische Rede, die getragen war vom Selbstbewusstsein einer frischgebackenen Supermacht, beendete er mit dem chinesischen Sprichwort: »Wer den Himmel im Wasser sieht, sieht die Fische auf den Bäumen.«

Die Kanzlerin war so baff, dass sie ihrem Mann, der sich gerade beim Vortragen der aktuellen Kurse des Deutschen Aktienindex verhaspelt hatte, mit den Worten »halt die Klappe, Schnucki« den Mund verbot. Über diese eheliche Entgleisung erschrak der sensible Pressesprecher so sehr, dass ihm die Krawattennadel ins Fußbad fiel.

Dennoch ließ die Kanzlerin sofort alle Optionen prüfen, sogar die Einführung der Todesstrafe. Zumindest hinter verschlossenen Türen durfte es in der Politik keine Denkverbote geben. Es standen die deutschen Wirtschaftsinteressen in Fernost auf dem Spiel. Dann fasste Deutschlands mächtigste Frau einen Entschluss, der in folgender Aktion mündete: Die Kanzlerin hielt eine ganz persönliche Ansprache an die beiden Anonymous-Verbrecher, die man Jules und Jorina in Form einer DVD – diese multimediale Kommunikationsform erschien der Kanzlerin zeitgemäß und modern – zuspielte.

Die Rede begann mit den Worten: »Guten Tag, hier spricht die deutsche Bundeskanzlerin.« Diese Erklärung wäre an sich nicht nötig gewesen, denn die Kanzlerin war hinreichend bekannt. Aber sie ging, wie immer, lieber auf Nummer sicher. Dann fuhr sie fort: »Ich sage es Ihnen offen und ehrlich: Ich halte von der Art und Weise, wie Sie Ihre politischen Ziele durchsetzen wollen, nichts. Zwar ist es im Rahmen der Politik durchaus manchmal nötig, symbolisch Köpfe rollen zu lassen, aber das, was Sie da abziehen, ist schon die Höhe. Eben erst hat mich der chinesische Staatspräsident angerufen und für unser Land schreckliche Konsequenzen angedroht. Ich sage es Ihnen ganz ehrlich: Ich habe Migräne und außerdem überhaupt keinen Bock auf einen dritten Weltkrieg. Obwohl ich stinksauer bin, biete ich Ihnen einen offenen Dialog an. Dies allerdings nur unter einer Bedingung: dass Sie die Geiseln freilassen und die Bank kampflos übergeben. Sollten Sie mein Angebot ablehnen, werde ich zu härteren Mitteln greifen. Auf Wiedersehen und servus, wie man da, wo Sie gerade sind, wohl sagt. Und übrigens: In Mecklenburg gibt's auch schöne Seen.«

Jorina und Jules fanden die Videobotschaft der Bundeskanzlerin derart unterhaltsam, dass sie sie sofort auf der Anonymous-Bankräuber-Seite online stellten. Binnen einer Stunde wurde sie von einhundertachtzigtausend Menschen angeklickt.

Die Antwort, die Jules und Jorina kurz darauf ebenfalls im Netz veröffentlichten, ließ sogar Deutschlands ältesten und erfahrensten Nahost-Experten die Stirn runzeln. In dem Film waren die Geiselnehmer Jules und Jorina sowie ihr Unterstützer Dieter Gräber zu sehen, wie sie nackt und mit dem Rücken zur Kamera mit hocherhobenen Armen nebeneinander an einer Wand lehnten. Die Buchstaben, die sie mit rotem Lippenstift auf ihre Rücken geschrieben hatten, ergaben das Wort FUN.

Das Krisenteam der Bundeskanzlerin kontaktierte daraufhin mehrere Wissenschaftler. Aber erst das Telefonat mit einem Altkommunarden der Achtundsechzigerzeit brachte Klarheit: Nachdem der weißhaarige polygam lebende Meditationskünstler eine üppige finanzielle Aufwandsentschädigung bekommen hatte, teilte er der Kanzlerin mit, dass der Film von den nackten Hintern der Geiselnehmer ganz klar als eine Absage an ihr Dialogangebot zu verstehen sei.

Hierauf zauderte die Kanzlerin nicht lange. Und so trafen wenig später die ersten gepanzerten Polizeifahrzeuge vor der kleinen Genossenschaftsbank an dem See inmitten von Bergen ein. Die Anonymous-Aktivisten wurden noch weiter Richtung Bahnhof zurückgedrängt, und die aufmarschierenden Truppen der Kanzlerin brachten Wasserwerfer und Tränengaskanonen in Position. Es war eine martialische Zurschaustellung der Macht, wie sie an dem See inmitten von Bergen seit dem Zweiten Weltkrieg nicht mehr stattgefunden hatte. »Eine Hündin ist sie scho'«, kommentierte ein Urlauber aus Norddeutschland anerkennend die brutale Aktion der Bundeskanzlerin beim Brezenkauf in der kleinen Bäckerei an der Mangfall. Woraufhin ihm ein pensionierter Altphilologe des Klostergymnasiums vom See in reinstem Hochdeutsch eine sprachliche Lehrstunde erteilte: »Wenn ich mich hier kurz einklinken dürfte: Das kann man so nicht sagen, mein lieber Herr. Die Sentenz ›Ein Hund ist er schon‹, mit welcher man im bayerischen Sprachraum einem anderen Menschen gegenüber seinen Respekt zollt, lässt sich nicht in die feminine Form übertragen. ›A Hund is' er scho'‹ ist bayerisch korrekt. ›A Hündin is's scho'‹ dagegen ist ein grober Verstoß gegen die Grammatik. Damit holen Sie sich im Zweifel – Achtung, ich wechsle das Idiom – ›a blutige Nasn‹, was so viel heißt wie, dass Sie ganz prosaisch mit Kritik und Gegenrede rechnen müssen.«

Der Urlauber bezahlte seine Semmeln, warf dem Pensionisten einen bösen Blick zu und verließ mit einem unüberhörbaren »Tepp« den Laden.

Im Inneren der Bank blieb der Aufmarsch der Polizeitruppen nicht unbemerkt. Jules und Jorina, die nun noch angespannter wirkten, ließen Anne allein in dem separaten Büroraum neben dem Filialleiterzimmer zurück, in dem, wie Anne vermutete, die anderen Geiseln eingesperrt waren. Allerdings hatte sie seit dem Geiselaustausch weder Hannes Seliger noch Ernestine Rüdel oder Irene Heigelmoser zu Gesicht bekommen. Kurz nachdem die Bankräuber sie verlassen hatten, öffnete sich jedoch die Tür erneut, und Dieter Gräber betrat das Büro.

»Grüß Gottle«, sagte er freundlich und hielt Anne die Hand hin. Doch dann bemerkte er, dass ihre Hände gefesselt waren, und entschuldigte sich sofort: »Oh, pardon, Frau ...? Wie war noch einmal der Name?«

»Loop«, antwortete Anne genervt.

»Ah ja, richtig!«, sagte der Rentner. Er roch nach altem Mann. »Mein Job ist es, Sie zu bewachen.« Er setzte sich auf einen Bürostuhl neben Anne, die auf dem Boden kauerte, und studierte ihr Gesicht.

»Was soll das Geglotze?«, fragte Anne unvermittelt.

Als erwachte der Senior aus einer tiefen Trance, antwortete er: »Ach ... ich ... wisset'Se, ich bin a bissle ... ach .... Frau ... isch es heut net a bissle heiß?«

Erneut betrachtete er sie mit Interesse. Dann sagte er:

»Wisset'Se, ich hab mich dene junge Leut' an'gschlossen, weil ich find, dass die ihren Tschopp echt gut machet.«

»Welchen Job?«, fragte Anne.

»No ja, das – ich sag jetzt amol ... dieses ›Demo-Business‹.« Er lächelte Anne an. »Das machet die doch echt bärig, oder?« Anne zuckte mit den Schultern.

Dann hob er plötzlich seine Hand und ließ die Finger auf Annes Fuß, der in knöchelhohen Turnschuhen steckte, hüpfen. Als wäre Anne ein Kind, sagte er dann: »Kommt ein Bär, tritt ganz schwer, kommt das kleine Mäuselein ...« Bei »schlüpft bei dir ins Häuselein«, krabbelte er mit den Fingern über Annes Oberkörper bis zu ihrem Hals und kniff sie sanft ins rechte Ohr. Dann lachte er herzlich und fragte: »Und woher kennet *mir* uns eigentlich?« Als Anne ihn statt einer Antwort entsetzt ansah, wollte Dieter Gräber noch wissen: »Um wie viel Uhr gibt's heut' eigentlich was zu Essen? Isch die Kantine scho offe?«

Dann schwiegen beide eine Weile, und Anne dachte finster: Geschah das alles wirklich, oder war das hier ein Albtraum? Hatte sie sich wirklich als Austauschgeisel zur Verfügung gestellt und saß jetzt mit einem bekloppten Alten, der mit ihr Kinderspielchen veranstaltete, in einer Bank?

Plötzlich ging ein Ruck durch Dieter Gräber, er straffte seinen zusammengesackten Oberkörper, stand auf und sagte: »Saget'Se, Frau Pflegerin – mir ischt jetzt Ihr Name entfallen, aber mir kennet uns ja.« Er wandte ihr den Rücken zu: »Kenntet Sie amol schaue, was mich da hinten drückt? Da hinten, am Rücken?«

»Da steckt 'ne Knarre, Herr Gräber«, erklärte Anne trocken.

»Eine was?«, fragte der Rentner überrascht.

»Eine Pistole.« Anne schüttelte den Kopf. Das war doch alles der komplette Wahnsinn!

»Eine Pischtole?« Vorsichtig griff Dieter Gräber an seinen Rücken und zog die Waffe, die in seinem Gürtel steckte, heraus.

»Aber das isch doch gefährlich!« Er dachte kurz nach. »Also, ich glaub, ich spinn!«

»Tja, das glaube ich allerdings auch«, antwortete Anne und musste trotz der gefährlichen Situation lächeln.

»Was?«, fragte Gräber plötzlich mit völlig anderer, herrischer Stimme.

»Nein, nein, nichts, nichts«, versuchte Anne, ihn zu beschwichtigen. »Alles wird gut. Sicher gibt es gleich Essen.«

Er sah sie mit bösem Blick an: »Jetzt aber Achtung: Ich komm Ihne auf die Schliche: Sie sind gar keine Pflegerin! Sie sind ...« Er überlegte. »Frau Loop. Polizei. Bankraub. Richtig?« Er lächelte triumphierend. Dann sang er beinahe wie ein Kind: »Da haben mir's, da haben mir's!«

Anne blickte zu Boden und dachte an ihre Tochter Lisa, und an Johann Bibertal. Warum hatte sie sich nur als Austauschgeisel zur Verfügung gestellt? Warum hatte sie das nicht Sepp machen lassen oder Nonnenmacher? Oder einen von der GSG9? Würde sie hier je wieder lebend herauskommen?

Dann betrachtete sie Dieter Gräber, der sich wieder hingesetzt hatte. Die Pistole hatte er auf den Bürotisch neben sich gelegt. Trotz ihrer mit Gewebeklebeband zusammengeklebten Füße wäre es ihr möglich, aufzuspringen, und trotz gefesselter Hände könnte sie sich die Pistole greifen. Aber wie würde der alte Knacker reagieren, wenn sie die Pistole auf ihn richtete? Er war nicht klar im Kopf. Er war unkontrollierbar. Vermutlich würde er die Waffe gar nicht ernst nehmen, sondern sie ihr einfach aus der Hand reißen wollen. Aber mit ihren Fesseln konnte sie nicht kämpfen. Und schießen durfte und wollte sie auch nicht, denn sie wollte den Alten ja nicht verletzen, und außerdem würde es Lärm machen. Sie musste ihn überlisten. Er braucht ein Spiel, dachte Anne. Ich muss mit ihm spielen.

Plötzlich ging die Tür auf, und Jules betrat den Raum.

»Salut, Didi! Alles gut?«, fragte der Franzose, er trug Flipflops.

Dieter Gräber riss den Kopf hoch und schaute den Bankräuber erstaunt an. »Ja, fascht. Bischt du der neue Heimleiter?«

»Sozüsagön«, erwiderte Jules.

»Wann gibt's ebs z'esse?«, wollte der Rentner nun wissen.

»Ah, du 'aben 'unger!«

»Ja, schon. Habt's noch was von der Streichwurscht?«

»Das ist keine Streischwurst, das ist Foie Gras, Gänseleberpastät'«, belehrte ihn der Franzose. »Das ist ün Delikatess'. Mais très cher.«

»Was für ein Mähdrescher?«, wollte Didi Gräber wissen.

»Mais très cher, nix Mähdreschör«, verbesserte ihn der Franzose. » Mais très cher 'eißt sehr, sehr teuer.«

»Soso, Mähdrescher heißt teuer. Französisch ischt schon auch so eine Geheimsprache, oder?«

Anstatt auf diese rhetorische Frage zu antworten, warf Jules erst seinem Komplizen und gleich darauf Anne einen freundlichen Blick zu, dann sagte er: »Soll iesch euch bringen eine Dose Foie Gras mit Baguette? Iesch freue miesch, dass eusch schmeckt unsere specialité.«

»Und hätt'scht mir auch noch a bissle Schampus?«, erkundigte sich Dieter Gräber plötzlich begeistert.

»Komme gleisch«, erwiderte der Geiselnehmer. »Abör was 'ier so stinkt?«

Anne und Dieter Gräber sahen den Geiselnehmer irritiert an. »Was meinscht?«, wollte der Pensionär wissen.

»'ier es stinkt. Fenster auf!«

Er riss das Fenster auf und verließ den Raum. Als er draußen war, flüsterte Dieter Gräber Anne schelmisch zu: »Das muscht du wissen: Der Rififi, der spinnt nämlich, haha!«

Anne versuchte, interessiert zu schauen. »Inwiefern?«

»Der ischt ein bissle ballaballa, also geruchstechnisch, meine ich.« Anne runzelte die Stirn. »Der findet immer, dass es stinkt! Wenn irgendwer bloß einmal kurz einen fahren lässt: Der Rififi flippt aus. Schtante pede. Einmal hat die Irene einen sausen lassen, da wollt' der Rififi die Geiselnahme abbrechen. Einfach so!« Dieter Gräber wurde noch leiser: »Wirscht sehen, der kommt jetzt gleich mit einem Raumspray – jede Wette!«

Tatsächlich kam Jules wenige Minuten später mit zwei Tellern, zwei Messern, zwei Sektgläsern, einer Dose Gänseleberpastete, einer Flasche Champagner und – einem Raumspray zurück. Er stellte alles bis auf die Blechdose ab und sprühte mit dem Spray so übertrieben im Zimmer herum, dass Anne und Dieter Gräber heftig husten mussten.

»Jetzt reicht's aber, Rififi!«, forderte der Rentner böse.

»Gestank ist schrecklisch«, sagte der Bankräuber. Und als er Annes fragenden Blick sah, erklärte er: »Iesch mag keine Gestank. Schon immer niescht. Wenn stinkt, iesch muss kotzen.«

»Des wollet mir jetzt aber net hoffen!«, tönte Gräber fröhlich. Und mit Blick auf die mitgebrachten Lebensmittel: »Des isch ja wunderbar, mein lieber Fifi!«

»Rififi«, verbesserte ihn der Geiselnehmer.

»Früher war das Essen hier in der Einrichtung net so gut. Das ischt erscht seit Kurzem.«

»Also dann, bon appetit!«, meinte Jules und lächelte angespannt. »Didi, du gut passt auf Mademoiselle Loop, compris?«

»Aber klar pass ich auf. Jetzt esset mir aber erscht einmal, gell, Frau Loop!« Er öffnete die Champagnerflasche, kommentierte den Knall mit »fascht wie ein Pischtolenschuss!« und beschmierte dann zwei Baguettestücke mit Gänseleberpastete. Eines davon hielt er anschließend Anne hin. Als er sah, wie sie es mit ihren gefesselten Händen nahm, fragte er: »Soll ich Sie füttern?«

»Geht schon«, meinte Anne. Die ganze Situation verstörte sie. Hier der Champagner, da die geladene Pistole. Hier ein an sich liebenswerter Alter, der aber schon jemanden erschossen hatte, und da auf dem Flur zwei gewaltbereite junge Menschen mit politischen Zielen. Und ganz draußen die Polizeipanzer der Kanzlerin.

»Ich bin übrigens der Didi«, meinte Dieter Gräber ganz unvermittelt und mit vollem Mund.

»Ich heiße Anne«, antwortete sie lustlos.

Dieter Gräber hob sein Glas: »Proscht, Anne! Es ischt mir ein Vergnügen, mit dir a bissle zum Süffeln!«

Dann verzehrten sie gemeinsam das Baguette und die Pastete. Als auch die Flasche Champagner beinahe leer war, sagte Dieter Gräber: »Au weh, jetzt muss ich fei biseln! Die Proschtata. Du auch?« Anne schüttelte den Kopf. »Dann hascht wahrscheinlich einen Katheter?« Anne schüttelte erneut den Kopf. Dieter Gräber blieb ratlos sitzen.

Anne hatte plötzlich eine Idee. Sie suchte Dieter Gräbers Blick und sagte vorsichtig: »Ich habe ja heute die Pflegedienstleitung.«

Die Polizistin erschrak, als sich Dieter Gräbers Gesicht mit einem Mal gewaltig verfinsterte. »Und was soll das dann?«, blaffte er sie vorwurfsvoll an und deutete auf die Teller und die Brösel auf dem Tisch, die Überreste ihres Essens.

»Wie?«, fragte Anne mit zitternder Stimme.

»Der Saustall da! Sie saget, Sie sind heut Pflegedienschtleiterin, und ich hab hier so einen Verhau? Ja für was zahl ich Sie denn?«

»Ach so, jaja«, stammelte Anne. »Das wird gleich weggeräumt, selbstverständlich, ganz klar.«

»Wird weggeräumt?« Er starrte sie vorwurfsvoll an: »Sie räumet des weg! Jetzt! Sofort!«

Im selben Moment öffnete sich die Tür, und Jorina betrat das Zimmer. »Hi, na ihr?« Anne sah sie unsicher an, Dieter Gräber blickte ihr erleichtert entgegen. Als sie die Blicke bemerkte, fragte sie: »Alles okay? Was schaut ihr so?«

»Sie, Fräulein, grad sprechen mir von Ihne: Könntet'Se bitte den Verhau da mitnehmen? Mir sind fertig mit dem Feschtmahl.«

»Ach ja? Na dann!«, meinte Jorina, schnappte sich die Teller und ging hinaus.

»Und bitte noch wischen!«, rief Dieter Gräber ihr hinterher.

»So«, meinte Anne plötzlich mit wieder aufkeimender Sicherheit. »Dann wollen wir mal, oder?« Und hielt Dieter Gräber ihre Hände hin.

Der blickte sie verständnislos an. »Na ja, Sie haben doch gesagt, Sie müssen aufs Klo, Herr Gräber. Und ich habe heute Pflegedienstleitung.« Auffordernd nickte sie mit ihrem Kopf in Richtung der Hände. »Dann wollen wir unser Fesselspielchen jetzt doch mal beenden und zur Toilette gehen, oder?«

Einen Augenblick lang ratterte es im Schädel des Mannes, der einmal Geheimagent gewesen sein wollte. Dann sprang er auf, umrundete den Schreibtisch, riss mehrere Schubladen auf, bis er gefunden hatte, was er suchte, und kehrte mit einer Schere zurück. Dann ging er zu Anne und schnitt ihr tatsächlich vorsichtig das Klebeband von den Handgelenken.

Annes Herz raste. Wenn Jorina oder Jules jetzt zurückkamen, was würden sie dann mit ihr machen? Und wie lange würde Dieter Gräber in diesem geistigen Modus bleiben, in dem sie seine Pflegedienstleiterin spielen konnte? Als ihre Hände frei waren, nahm sie Dieter Gräber mit den Worten »das haben Sie gut gemacht« die Schere ab und schnitt die Fußfesseln auf. »So, dann wollen wir mal!« Anne stand auf und ging zur Tür. Vorsichtig drückte sie die Klinke herunter und öffnete sie einen Spalt. Draußen im Flur war niemand zu sehen. Vom Nebenzimmer her hörte sie Stimmen.

»Los«, flüsterte sie Dieter Gräber zu und zog ihn an der rechten Hand hinter sich her.

»Warum flüschterscht du, Marlene?«

Anne rutschte das Herz in die Hose. Was sollte das jetzt wieder, wer war Marlene? Während sie den alten Mann hinter sich her zur Treppe zog, überlegte sie fieberhaft, was sie sagen sollte.

»Du musst doch aufs Klo, Didi, oder?«

»Ja, schon«, sagte dieser viel zu laut. Im Filialleiterzimmer rumpelte es.

»Pst«, zischte Anne. »Sonst erwischen die uns!«

»Wer?«

»Die anderen«, meinte Anne hilflos. Der Alte folgte ihr viel zu langsam die Treppe hinunter. Sie hörte, wie sich oben eine Tür öffnete. »Wir spielen doch Versteckus.«

»Versteckus?«, fragte Dieter Gräber in normaler Lautstärke. »Wieso denn Versteckus, Marlene?«

»Halt. Jetzt. Die. Fresse«, fuhr Anne den Demenzkranken leise, aber mit Nachdruck an.

Der Rentner überlegte erneut angestrengt, dann sagte er: »Du bischt ja gar nicht die Marlene! Wer bischt du denn? Du bischt doch ...« Er überlegte kurz. Sie waren jetzt im Schalterraum, Anne konnte die Eingangstür sehen, vor der aber ein Schrank als Barrikade stand. Sie überlegte kurz: Um ins Freie zu gelangen, müsste sie den Schrank wegschieben. Und der war schwer. Das würde zu lange dauern. Dieter Gräber entriss ihr plötzlich seine Hand und rief: »He! Halt! Ich kenne Sie nicht! Was wollen Sie von mir?«

Anne hörte die Stimmen von Jorina und Jules, sie kamen näher, offensichtlich rannten sie oben den Gang entlang: »Merde, was geht?« Das war eindeutig Jules. »Wir müssen sie stoppen!«, schrie Jorina mit schriller Stimme.

»Wo ist der Hinterausgang, Herr Gräber?«, fuhr sie den Alten an, der stehen geblieben war.

»Mir dürfen ohne Begleitung net raus!«, sagte er hilflos. »Ich muss biseln, Proschtata. Woher kennet mir uns eigentlich?«

»Fuck«, fluchte Anne. Sie musste Dieter Gräber zurücklassen und fliehen. Schnell rannte sie nach rechts, auf der Suche nach dem Hinterausgang. Doch plötzlich stand sie in einem

Gang voller verschlossener Türen. Hinter sich spürte sie Jules und Jorina näher kommen. Und dann rief Jorina auch noch: »Da ist sie. Bleib stehen! Sonst schieße ich!«

Anne riss eine der Türen auf, sie war zum Glück nicht abgesperrt. Da war ein großes Fenster. Hinter ihr erschien schon Jorina im Türrahmen, die Waffe im Anschlag. Es blieb keine Zeit, das Fenster zu öffnen. Die Polizistin nahm Anlauf, sprang auf den Schreibtisch und mit einem zweiten Satz in das Fenster hinein. Es klirrte, Anne spürte, wie ihr die Scherben die Arme aufritzten, die sie zum Schutz des Kopfes vor sich gehalten hatte. Sie hörte einen Schuss. Die Zeit dehnte sich ins Endlose. Anne flog durch das Glas. Noch ein Schuss. Anne landete auf dem Boden. Hart. Ein furchtbarer Schmerz durchzuckte sie. Panisch wollte die Polizistin aufspringen, doch das ging nicht. Das Bein. Die hatten sie getroffen, die Schweine. Anne robbte über den Asphalt. Das Bein schmerzte. Ihr wurde es schwarz vor Augen.

Bei 47 Banküberfällen in Bayern wurden 2011 durchschnittlich je 13 744,64 Euro erbeutet. 33 Bankräuber wurden binnen eines Jahres geschnappt.

Bayerisches Landeskriminalamt

SECHS

»Die körperlichen Verletzungen sind nicht so schlimm. Das Entscheidende ist, wie sie seelisch damit klarkommen wird. Ob sie traumatisiert ist ...«

Anne blinzelte vorsichtig. Es war hell. Sie lag in einem weichen Bett.

»Sie braucht jetzt auf jeden Fall Ruhe. Mindestens vier Wochen absolute Ruhe. Sie sollten sie jetzt besser wieder allein lassen, Herr Kastner.«

Seppi? War Seppi da? Aber wer war das, der da mit ihm sprach?

»Seppi?« Anne öffnete die Augen. Das helle Licht brannte ihr in den Augen.

»Sie ist wach, jetzt ist sie wach.«

Ja, das war Seppi, mit seiner typisch hektischen Art. Anne versuchte zu schmunzeln. Ihre Gesichtshaut spannte.

»Kann mich denn niemand eincremen?«

Sepp Kastner sah sie erschrocken an, der Mann im Arztkittel eher mitleidig.

»Ja, ja, doch, doch, Creme, klar«, stammelte Annes Kollege. »Mir brauchen eine Creme, Herr Doktor, eine Creme!«

»Lieber Herr Kastner, die Patientin Loop braucht jetzt vor allem eins: Ruhe. Verlassen Sie bitte das Zimmer!«

»Seppi«, hauchte Anne jetzt. »Wo ist Lisa?«

»Ich kann jetzt nicht raus«, fuhr Kastner den Arzt an. »Sie sehen doch, dass sie mich braucht. Sie hat viele Fragen. Sie will ihr Kind sehen ...«

»Sind Sie denn mit der Patientin verheiratet? Haben Sie eine Patientenverfügung?«

»Einen Scheiß hab ich«, schrie Kastner ihn an. »Wir arbeiten zusammen. Die Frau Loop ist meine ... meine ...« Hilflos suchte er nach dem richtigen Wort. »... Lieblingskollegin.«

»Gut, für Lieblingskollegen ist hier nun wirklich kein Platz. Gehen Sie jetzt bitte.« Der Arzt schob Kastner aus dem Zimmer. Anne hörte noch, wie es draußen rumpelte und ihr Polizeikollege »Das gibt's ja wohl nicht!« schimpfte, dann war es wieder still.

Vorsichtig setzte Anne sich auf. Ihre Arme waren bandagiert. Und als sie die Decke zurückschlug, sah sie, dass auch ihr rechter Oberschenkel von oberhalb des Knies bis unterhalb ihres Slips dick verbunden war. Aber ihr tat nichts weh. Konnte sie aufstehen?

Vorsichtig drehte sie sich zur Seite und ließ die Beine vom Bett rutschen. Kein Schmerz. Behutsam stellte sie die Füße auf den Boden und stand auf. Oh doch, da tat es weh, im bandagierten Bein. Aber ... Anne verlagerte ihr Gewicht auf das andere Bein. Es schmerzte, doch es ging. Sie humpelte zum Schrank und öffnete ihn. Leer. Wo waren ihre Kleider?

Der Taxifahrer vor der Klinik staunte nicht schlecht, als er sah, wer da bei ihm an die Fensterscheibe der Fahrertür klopfte: Die Frau war jung und schön, aber sie hatte nichts an außer einem Slip und einem grünen Operationshemd.

»Sind Sie sicher, dass Sie nicht eher da rein gehören?«, fragte der Fahrer, er sah ein bisschen aus wie George Clooney, und deutete Richtung Klinikgebäude.

Doch Anne, die mittlerweile auf der Rückbank Platz genommen hatte, schüttelte den Kopf, so eifrig, wie ein Kind, und sagte: »Nein. Ich habe eine Tochter. Lisa. Die braucht mich.«

»Soso«, meinte der Fahrer nur und gab Gas.

Als Anne vor ihrem Haus in der Schwaighofstraße ausstieg, spürte sie die verwunderten Blicke der alten Frau Schimmler, die gerade ihre Einkäufe vom Supermarkt nach Hause schleppte. Anne rief ihr ein lässiges »Hi« zu, als wäre es das Normalste der Welt, im OP-Hemd durch ein Alpendorf zu humpeln. Dann öffnete sie schnell das Gartentürchen.

Im Hausinneren angekommen ging sie als Erstes zum Telefon. »Hallo, Emilie, hier ist die Anne. Gibst du mir mal die Lisa?« Während Anne wartete, sah sie das erste Mal, seit sie aufgewacht war, in den Spiegel, und erschrak: Große Teile ihres Gesichts waren mit Pflastern verklebt, sie sah fast aus wie eine Mumie. Es war also gar nicht die Haut gewesen, die so gespannt hatte!

Dann war ihre Tochter am Telefon. »Hallo, Lisa. Ich bin wieder zu Hause. Alles okay bei dir? ... Ja, bei mir auch ... Ja, natürlich, du bekommst das gleiche Kleid wie Emilie ... Vielleicht nächste Woche? ... Gut. Nein ... Ich hole dich heute Abend ab ... Ach, du willst nicht? ... Ach so, ich habe dich erst gestern hingebracht ... Mensch, ich habe völlig das Zeitgefühl verloren. Ja, klar, du willst noch eine Nacht bleiben. Okay. Ja, gut, dann ... Ich hole dich morgen ... Ja, spielt nur weiter. Tschüss, Fee.«

Anne war verwirrt. Wie lange war sie ohnmächtig gewesen? Nur einige Stunden? Sie gähnte. Warum war sie nur so entsetzlich müde?

Sie legte sich aufs Sofa und fiel sofort in tiefen Schlaf. Sie träumte davon, wie sie mit Lisa im See tauchte. Beide sahen sie aus wie Meerjungfrauen, ihre langen Haare schwebten Nebelschwaden gleich durchs Wasser. Sie tauchten an Fischen vorbei immer tiefer und tiefer. Doch die Umgebung wurde nicht dunkler, sondern heller. Auf dem Seegrund entdeckten sie plötzlich einen Mann. Er war barfuß, trug aber einen Anzug. Das muss Johann sein, dachte Anne. »Das ist Johann«, sagte sie zu Lisa. Doch aus ihrem Mund kamen nur Luftblasen. Ehe Anne es verhindern konnte, schwamm Lisa zu dem Mann, ergriff seine Schulter und drehte ihn auf den Rücken. Dann erschraken beide, denn ihnen starrte eine Maske entgegen. Es war die weiße Maske der Anonymous-Bewegung, mit dem markanten Kinn- und Schnurrbart und den deutlich gezeichneten Augenbrauen. Dann ertönte plötzlich ein schrilles Klingeln.

Anne erwachte. Sie war keine Meerjungfrau. Sie war verletzt und lag auf dem Sofa in ihrem Wohnzimmer. Und es war jemand an der Haustür. Benommen stand sie auf und humpelte hin.

»*Da* bist du!«, schrie Sepp Kastner, als Anne die Tür öffnete. Kurt Nonnenmacher stand neben ihm. »Bist du denn wahnsinnig? Aus dem Krankenhaus abhauen! Mir suchen dich überall! Mir haben gedacht, man hat dich entführt!« Er holte kurz Luft. Dann sagte er keuchend: »Scheiße, hab ich mir Sorgen gemacht.«

»Sie hätten schon etwas sagen können«, meinte Nonnenmacher ruhiger. »Mir haben uns Sorgen gemacht.«

»Ich ...« Anne gähnte verlegen. »Ach, kommt rein.«

»Wie geht's dir? Wie bist du hierhergekommen? Was hast du dir denn nur dabei gedacht?«

Ohne eine der Fragen zu beantworten, humpelte Anne zurück zum Sofa und ließ sich in die Polster fallen. Die beiden Männer folgten ihr und nahmen ihr gegenüber Platz. Dann sahen sie die Kollegin mit konzentrierten Blicken an.

»Ich, ich ... ich musste da raus«, versuchte Anne zu erklären. »Das Krankenhaus, das macht mich krank. All dieses Weiß und dieser Geruch nach Desinfektionsmittel und Kantinenessen ... Ich konnte da nicht bleiben.«

»Sie hätten aber Bescheid geben müssen, dass Sie gehen.« Nonnenmacher bemühte sich um einen sachlichen Tonfall. »Schon allein aus dienstlichen Gründen.«

»Ich glaube, ich habe gar nicht so richtig gewusst, was ich getan habe. Ich fühle mich ja jetzt noch ganz ...«, sie suchte nach der passenden Bezeichnung für ihren Zustand, »... benommen.« Anne strich sich über den Kopfverband. »Aber Lisa geht es gut ...« Sie blickte zum Fenster hinaus, das letzte Sonnenlicht des Tages warf einen rötlichen Streifen auf den See. Eine Wildgans flog vorbei und stieß gellende Schreie aus. »... und ...« Plötzlich ging ein Ruck durch die Polizistin. »Und ich weiß ...«, ihre Stimme war mit einem Mal fest und stark und voller Elan, »... wie wir diese beiden Vögel aus dem Käfig kriegen.«

Kastner und Nonnenmacher sahen die Kollegin erstaunt an.

»Was für Vögel?«, wollte Nonnenmacher wissen.

»Die Geiselnehmer natürlich«, meinte Kastner ungeduldig. »Aber wie, Anne, wie?«

»Mit Gestank!«

»Mit Gestank ...«, wiederholte Kastner. Es klang enttäuscht.

»Ja, mit Gestank!«, sagte Anne triumphierend, ihre Begeisterung wirkte geradezu albern.

»Frau Loop, ich glaube, mir rufen jetzt besser einen Arzt oder am besten gleich einen Psychiater. Vielleicht brauchen'S eine Tablette oder so.«

»Oder eine Spritze, zur Beruhigung«, fügte Kastner hinzu.

»Ihr denkt, ich spinne?« Anne lachte ein wenig zu schrill, um noch normal zu wirken. »Das tue ich aber nicht.« Sie schenkte den beiden verblüfften Kollegen ein überlegenes Lächeln. »Die Sache ist nämlich so ...«

»Ich ruf jetzt einen Arzt.« Nonnenmacher stand auf. »Wo ist das Telefon?«

»Nein, du bleibst sitzen!«, befahl Anne.

Sepp Kastner war sich in diesem Moment sicher, dass seine

geliebte Anne verrückt geworden war. Wie konnte sie den Chef nur duzen und ihm Befehle erteilen?

Immerhin hatte Anne mit ihrer Respektlosigkeit erreicht, dass Nonnenmacher wieder in seinen Sessel gesunken war und sie irritiert ansah.

»Noch einmal. Die Sache ist folgende: Dieser Jules, der Sack, der ist extrem geruchsempfindlich. Fast schon zwanghaft. Wenn es irgendwo stinkt, dann verliert der die Nerven.« Anne zögerte. »Das ist die Lösung.« Nonnenmacher sah zu Kastner und machte mit der rechten Hand die Scheibenwischerbewegung und sagte »Sack«. Kastner zuckte ratlos die Schultern. Aber Anne ließ sich nicht beirren. »Wir machen sie mürbe. Mit Gestank. Wir verstinken ihnen derart die Bude, dass sie es nicht mehr aushalten. Der Jules, der kann Gestank nicht ertragen. Kapiert ihr's jetzt endlich?«

»Bude verstinken«, meinte Nonnenmacher.

»Oh, Anne«, ergänzte Kastner. »Ich glaube, jetzt bringen wir dich erst einmal wieder in die Klinik. Komm!«

Doch es kam anders.

Anne setzte sich nicht nur gegen den Plan ihrer Kollegen, sie zurück in die Klinik zu bringen, erfolgreich zur Wehr. Ihr gelang es auch, den Einsatzleiter der GSG9 von ihrer List zu überzeugen.

Schramm, der seine doppelte Niederlage gegen die Anonymous Bankräuber noch nicht verwunden hatte, war sofort von der neuen Strategie begeistert. Vor einigen Jahren hatte er einen Lehrgang zur Psychologischen Kriegsführung besucht und war bestens bewandert in den verschiedenen Methoden dieser ausgefuchsten Kampftechnik. Selbst roch er noch nach dem Latschenkieferaufguss der Sauna, als er zu der geheimen Einsatzbesprechung in Annes Wohnzimmer kam – Kastner und Nonnenmacher hatten ihre Kollegin überreden können, sich zumindest etwas auszuruhen und auf dem Sofa zu bleiben. Unverzüglich hielt Schramm aus dem Stegreif einen druckfähigen Vortrag über die Varianten der Kriegsführung mit psychologischen Mitteln: das taktische Verschenken von Kinderspielzeug, das Abwerfen von Flugblättern, das Beschallen mit Lautsprechern und eben auch das Beduften mit Stinkstoffen. »Ich weiß auch schon, mit was wir die mürbe machen«, sagte er und spannte seinen Bizeps an, dass es Kastner ganz schwindlig wurde. »Wir setzen Repellentien ein.«

»Angeber ... Klugscheißer ... Kampfclown«, brummte Nonnenmacher einer Fliege zu, die auf einem von Lisa gemalten Bild an der Wand saß.

»Wie bitte?«, fuhr ihn der GSG9-Chef an.

Ehe der Leiter der Polizeiinspektion des Sees inmitten von Bergen etwas erwidern konnte, sagte Kastner: »Der Kurt möchte gern wissen, was diese Repellenzdinger sind.«

»Re-pel-len-ti-en«, sagte der GSG9-Chef, wobei er jede Silbe betonte und Nonnenmacher mit einem, wie dieser fand, seltenen Klugscheißerblick ansah. »Wir Einzelkämpfer zählen sie zu den sogenannten nicht tödlichen Waffen. Sie verbreiten einen bestialischen Gestank und werden verwendet, um Örtlichkeiten gegen das Betreten oder gegen den Aufenthalt von Menschen zu sperren.«

»Das ist ja genau unser Fall«, platzte Kastner begeistert hervor.

»So ist es.« Schramm freute sich über den Zuspruch. Nonnenmacher brummelte dagegen ein »Kölner Fastnachtsdepp« in seinen Bart.

»Die Stoffe, die wir verwenden, halten sich meist über mehrere Wochen. Bekannt sind zum Beispiel synthetisch hergestellte Wirkstoffe des Analdrüsensekrets der Skunks, so etwa E-2-Butenylmercaptan oder 3-Methylbutanthiol. Es gibt mittlerweile sogar BHs, die mit Kapseln dieser Stinkstoffe ausgestattet sind.«

»Warum denn das?«, wollte Kastner erstaunt wissen.

»Wenn eine Frau vergewaltigt wird, kann sie die Kapsel zum Platzen bringen, und schon stinkt sie so krass, dass der Angreifer nichts mehr von ihr will.«

Anne gähnte. Sie fühlte sich erschöpft.

»Was es nicht alles gibt!«, staunte Kastner.

Wenige Stunden später stank es in der nördlichen Seegemeinde so unglaublich nach Katzenpisse, dass sogar die kettenrauchenden Unterstützer der Anonymous Bankräuber, die praktisch keinen Geruchssinn mehr hatten, sich immer weiter vom Bankgebäude entfernt hatten. Die anderen Besetzer hatten schon vorher das Feld geräumt. Endlich war die Straße zwischen dem Bahnhof und der kleinen Bank wieder frei befahrbar.

Die anwesenden Polizisten fanden den Gestank zwar auch schrecklich, waren aber froh, dass sie nun nicht mehr von gepiercten jungen oder langhaarigen alten Bankräuber-Unterstützern um Zigaretten angeschnorrt wurden. Die Party vor der Bank war erst einmal vorbei.

Dafür hatte der Bürgermeister der nördlichen Seegemeinde, dessen Rathaus nur einen Steinwurf entfernt lag, ein neues Problem: Im Fünf-Minuten-Takt riefen die in dem Alpendorf wohnhaften Milliardäre an und verfluchten ihn ob der unglaublichen Geruchsbelästigung. Manche drohten gar, sämtliche Charity-Projekte, die zugunsten der Einrichtungen der Gemeinde geplant waren, platzen zu lassen. Der Bürgermeister schickte daraufhin seine treueste Mitarbeiterin zur St.-Ägidius-Kirche, um für ihn eine Kerze anzuzünden. In einer Zeit, in der Lobbyisten die Entscheidungen fällten, konnte himmlische Fürsprache nicht verkehrt sein.

Aber auch die Reaktion der Bankräuberfrühling-Aktivisten Jules und Jorina ließ nicht lange auf sich warten. In einer Videobotschaft, die sie mit Wäscheklammern auf der Nase und Revolver in der Hand zeigte, fragten sie wütend, warum es auf einmal so schrecklich stinke.

Annes Wahrnehmung war genau richtig gewesen: Besonders Jules schien unter dem Geruch des Analdrüsensekrets zu leiden. Während er in die Kamera sprach, wurde sein Körper mehrmals von einem heftigen Brechreiz durchgeschüttelt: »Achtung, 'ier spriescht die Rififi ...«

»... und die Jorina.«

Jules würgte es, dann sagte er: »Occupy lebt. Wir sind die neun...«

Ein weiterer Brechreiz übermannte ihn. Jules steckte seinen Kopf in den Putzeimer, den er in der Hand hielt.

Jorina übernahm: »Der Bankräuberfrühling wird bald die ganze Welt ergreifen.« Sie schob sich mit dem Revolver das Oberteil des Strickbikinis zurecht.

Jules, dessen Gesicht ganz grün war, fuhr fort: »Verdammt, was 'ier so stinkt? Triple-föck! Wenn niescht bald auf'ört, wir können garantieren für nieschts.« Dann hob er die Pistole und schoss in die Decke.

Die Strategie der Polizisten schien aufzugehen. Im Internet streuten die Beamten über die Website der Lokalzeitung das Gerücht, dass es in der nördlichsten Seegemeinde ein Problem mit der Kanalisation gebe. Infolge des extrem heißen Sommers habe sich ein mysteriöses Fischsterben in dem See inmitten von Bergen ereignet. Und die toten Fische seien auf unerklärliche Weise in die Kanalisation der Gemeinde gelangt. Dort verwesten sie nun, und daher komme der Gestank. Die zuständigen Behörden seien aber mit Feuereifer dabei, die Sache in den Griff zu bekommen. Dazu sei es allerdings erforderlich, die Straße vor der Bank aufzureißen: Nur so könne man an die von toten Fischen verpesteten Kanalrohre kommen.

Als Jorina und Jules von den Plänen, die Straße aufzureißen, erfuhren, wurden sie hellhörig: »Das machen die doch nur, weil die einen Tunnel in die Bank graben wollen«, sagte die Bankräuberin zu ihrem Komplizen. Jules konnte nicht antworten, weil er gerade wieder von Brechreiz geschüttelt wurde.

»Jules?« Jorina sah ihren Ehemann ernst an.

»Urrrgh«, erwiderte dieser.

»Ich glaube, unsere Zeit hier ist abgelaufen.«

Am nächsten Tag saß Anne auf ihrem Sofa und las auf dem Bildschirm ihres Laptops folgende Botschaft der Frühlingsbankräuber:

> UNS STINKTS. DAHER FORDERN WIR: 2 NEUE UND VOLLGETANKTE AUDI-CABRIOS MIT STECKENDEN ZÜNDSCHLÜSSELN. WENN AUTOS MORGEN NICHT DA, STIRBT HANNES SELIGER ALS ERSTER. DANACH DIE ANDEREN. GYE & AMDDL. EMKAG 2 PXYLQLV ILVLYG. YD 2 GMQLD MBP M8.

Anne runzelte die Stirn. Den letzten Satz der Botschaft verstand sie nicht. Auch ihre Kollegen und die beauftragten Kryptologen des Geheimdienstes waren ratlos. GYE & AMDDL. EMKAG 2 PXYLQLV ILVLYG. YD 2 GMQLD MBP M8. Was sollte das bedeuten?

Die Ermittler waren geneigt, die Drohung nicht ernst zu nehmen. Doch Anne war bei Jules und Jorina gewesen. Und sie hatte den Eindruck gewonnen, dass die beiden jungen Leute durchaus bereit waren, über Leichen zu gehen. So empfahl sie, die Forderung der Anonymous Bankräuber zu erfüllen. Doch bei ihren Verbündeten rief dieser Vorschlag heftigen Widerstand hervor. GSG9-Kommandant Schramm plädierte ohnehin dafür, die Bankräuber noch länger mit dem Stinkstoff zu zermürben. Kurt Nonnenmacher fand, dass doch ein Auto reichen würde – und vielleicht auch lieber ein billigeres, ein Opel etwa, und auf keinen Fall ein teures Cabriolet. Als man sich nach ewigen Diskussionen endlich dazu durchrang, den Geiselnehmern zwei Cabriolets zur Verfügung zu stellen, entpuppte sich die Beschaffung der Rennwagen noch als gewaltiges Problem: Die beteiligten Stellen des bayerischen Innenministeriums konnten sich nicht einigen, wer zuständig war! War es Abteilung IIZ Zentrale Angelegenheiten, wofür die Wichtigkeit der Bankraubaffäre sprach? Oder die Abteilung IIB Recht, Planung und Bautechnik, weil man hier ja auch einiges zu planen hatte und es sich bei einem Verbrechen um eine rechtliche Angelegenheit handelte? Die Abteilung IC Öffentliche Sicherheit und Ordnung fühlte sich gänzlich unzuständig, da es hier ja nicht um Sicherheit, sondern um Unsicherheit ging. Und die Mitarbeiter der Abteilung ID Brand- und Katastrophenschutz, Rettungswesen und Staatsschutz, der die anderen Abteilungen gerne die Kosten für die zwei teuren Autos aufs Auge gedrückt hätten (sie galten als unglaublich hochnäsig), gingen einfach nicht mehr ans Telefon.

Am Ende war es, wie so oft in dem schönen Land mit den grünen Hügeln und schroffen Bergen, ein Anruf des am See lebenden Präsidenten des FC Bayern, der die Sache regelte. Zufällig war die von den Geiselnehmern gewünschte Automarke nämlich auch Sponsor des erfolgreichen Fußballvereins. Er sorgte dafür, dass am nächsten Morgen die beiden Fahrzeuge vor dem Bankgebäude abgestellt werden würden.

Trotz des bestialischen Gestanks, der mittlerweile von dem berüchtigten und ausgerechnet jetzt einsetzenden Föhnwind von der nördlichen Seegemeinde aus über das Wasser in die anderen Orte getragen wurde, strömten die Tagesausflügler und Touristen in das Tal. Zu allem Überfluss stand am folgenden Tag auch noch der jährliche Halbmarathon um den See an, zu dem sich viertausend Sportbegeisterte angemeldet hatten.

Eigentlich hatte auch Anne teilnehmen wollen, doch war das wegen der Geiselnahme und angesichts ihrer Verletzungen nun natürlich unmöglich. Immerhin wirkten die Schmerztabletten, die Sepp Kastner ihr nach der Flucht aus der Klinik besorgt hatte. Und auch Lisa kümmerte sich rührend um ihre lädierte Mutter: Die Achtjährige besorgte beim Metzger Wiener Würstchen und Debreziner und in der Bäckerei Brezen und bereitete für sich und ihre Mutter das Abendessen zu. Danach las Anne ihrer Tochter noch aus deren Lieblingsbuch vor. Die Geschichten zweier Zwillingsmädchen, die ihr Internat mit Streichen auf Trab hielten, hatte die Polizistin als Kind selbst verschlungen. Nach dem Vorlesen knipste Anne das Licht aus und streichelte ihre Tochter noch ein wenig.

Anne musste dabei eingeschlafen sein, denn plötzlich spürte sie, wie eine kleine Hand sanft an ihrer Schulter rüttelte: »Mama, das Telefon.«

»Was?« Schlaftrunken blinzelte Anne ins Licht. Vor dem Bett stand ihre Tochter und hielt ihr das Telefon hin.

»Das Telefon klingelt, Mama. Du bist eingeschlafen. Hier. Jetzt geh mal ran!«

»Und du?«, fragte Anne erstaunt. »Hast du noch nicht geschlafen?«

»Nö, ich doch nicht«, meinte Lisa und drückte, weil ihre Mutter offensichtlich immer noch nicht in der Lage war, das Gespräch entgegenzunehmen, selbst auf die grüne Taste.

»Lisa Loop, hallo? ... Ja, die ist da. Ja, einen Moment.« Dann flüsterte sie ihrer Mutter aufgeregt zu: »Der Johann!«

Schlagartig war Anne wach und nahm Lisa das Telefon aus der Hand. »Ja, hallo ... Ja, ich bin wieder draußen ... Ja, geht so ... Ja, gerne. Nur ... ich kann nicht weg. Ich bin mit Lisa allein ... Ja, na klar kannst du vorbeikommen.«

Dann legte sie auf und sagte zu ihrer Tochter: »So, du musst jetzt schlafen. Und ich muss noch schnell die Wohnung aufräumen. Der ist gleich da.«

»Mama«, sagte Lisa verschmitzt, »kann es sein, dass du aufgeregt bist?«

»Ja, ja, ja«, antwortete Anne hastig. »Und du schläfst jetzt, ja?« Sie gab ihrer Tochter einen Kuss auf die Wange und verließ das Zimmer. Lisa hörte noch, wie unten in der Küche Gläser klirrten und im Wohnzimmer Sessel zurechtgerückt wurden. Doch als es an der Tür klingelte, schlief sie schon.

Anne humpelte zur Tür. Sie trug ein beigefarbenes Trägertop und ihre bequeme schwarze Haushose. Johann Bibertal hatte das erste Mal, seit Anne ihn kannte, keinen Anzug an, sondern eine luftige Leinenhose und ein weißes Hemd, das über dem Hosenbund hing. Er duftete nach einem Parfum, das Anne nicht kannte. Es roch gut.

»Hallo«, sagte Anne und lächelte den Anwalt an. Warum war sie plötzlich so kurzatmig? Dass sie sich so fühlte, war ihr aber nur für einen Moment peinlich, denn im nächsten sagte Johann: »Grüß dich.« Und an seiner Atmung erkannte Anne sofort, dass auch er Herzklopfen hatte. Dann weiteten sich die Augen des Anwalts. »Oh Gott, du bist ja am Kopf verletzt!«

Ohne darauf einzugehen, sagte Anne: »Komm rein.« Sie hüpfte auf dem Bein, das sie belasten konnte, zur Seite, um ihm Platz zu machen, und machte eine einladende Handbewegung Richtung Hausinnerem.

»Und warum hüpfst du?« Er musterte sie erstaunt von oben bis unten.

»Verletzung, Schusswunde.«

»Schusswunde? Komm, ich stütze dich.« Er trat neben sie und umfasste ihre Hüfte. Anne legte ihren Arm um seine Schultern. Er roch wirklich gut. Und er fühlte sich gut an. Weil der Flur eng war und sie an der Kommode mit der Schlüsselschale vorbeimussten, kamen sie sich noch näher.

Im Wohnzimmer nahm Johann Bibertal Annes Hände und ließ sie vorsichtig auf das Sofa sinken. Dann stand er einen Augenblick unschlüssig herum und musterte die Sitzgelegenheiten. Gerade als er eine Bewegung in Richtung des etwas abseits stehenden Sessels machen wollte, sagte Anne: »Setz dich doch dahin, ist viel gemütlicher«, und deutete neben sich auf das Sofa.

Ohne zu zögern, nahm Johann Platz. Und Anne erzählte ihm, was passiert war: wie sie, nur in Elefantenunterwäsche, vor den Augen der Aktivistenmeute in die Bank gegangen war, von ihrem Gespräch mit Jorina, von ihrer Flucht, dem Sprung aus dem Fenster und von ihrem Ausbruch aus der Klinik. Zwischendurch holte er, von ihr beauftragt, eine Flasche Rotwein und etwas Käse und Brot aus der Küche.

»Und dann haben die mich halt noch hier erwischt, ein Streifschuss.« Sie deutete auf ihren rechten Oberschenkel. Ihr Bein hatte sie etwas hochgelegt, sodass ihr nackter Fuß beinahe die Leinenhose ihres Gasts berührte. Johanns Blick fiel auf Annes lilafarben lackierte Fußnägel. Und Annes Herz schlug plötzlich wie wild. Bleib ruhig, dachte sie sich, bleib ruhig, du bist doch keine fünfzehn mehr! Aber es half nichts. Sollte sie? Wollte sie? Er wandte seinen Blick wieder nach oben, weg von ihren Fußnägeln und ihrem Gesicht zu.

»Was ist?«, fragte er leise.

»Was?«, fragte sie zurück und musste schlucken.

»Du schaust so. Hast du Schmerzen?«

Hastig nickte Anne. Und ärgerte sich im selben Moment maßlos über sich selbst. Das ging ja nun wohl gar nicht in die richtige Richtung. Schnell schüttelte sie den Kopf.

»Na, was jetzt«, erkundigte er sich liebevoll. »Schmerzen oder nicht?«

»Schmerzen ... nicht«, stammelte Anne.

Vorsichtig legte er seine linke Hand auf den Fuß ihres verletzten Beins. »Deine Füße sind kalt.« Anne nickte. Sie fühlte sich wie ein unerfahrenes Mädchen. »Soll ich sie dir warm reiben?«

Anne nickte erneut. Dann sagte sie viel zu laut: »Ja, das ist doch mal 'ne Idee!« Im nächsten Moment hätte sie sich ohrfeigen können: Wie blöd war sie eigentlich? Wenn sie sich weiter so verhielt, würde sie gleich wieder allein hier sitzen.

Doch Johann schien sich nicht gestört zu fühlen. Vorsichtig begann er, mit beiden Händen die Sohle des Fußes zu bearbeiten. Zunächst massierte er mit sanftem Druck die feste Haut von Annes Muskeln. Als Anne spürte, wie ihr Fuß wärmer und wärmer wurde, drückte er mit seinen Fingerspitzen gezielt auf bestimmte Stellen an der Fußsohle. Anne schloss die Augen und bemerkte, wie angespannt sie die ganze Zeit gewesen war. Und wie sie nun loslassen konnte. Sie sank immer tiefer in die Polster. In ihrem ganzen Körper breitete sich Wärme aus. Wie lange war sie nicht mehr von einem Mann zärtlich gestreichelt worden? Und sofort schoss ihr ein anderer Gedanke durch den Kopf: Würde Johann mit ihr schlafen? Jetzt, heute, in dieser Nacht? War er in sie verliebt?

»Was macht ihr denn hier?« Eine Mädchenstimme. Anne fuhr auf. Es war taghell, Lisa stand vor ihr. Anne lag auf dem Sofa. Ihr verletzter Fuß befand sich auf dem Oberschenkel von Johann Bibertal. Auch der regte sich, setzte sich auf. Waren sie eingeschlafen? Ein kurzer Blick auf die Uhr bestätigte es: Ja, das waren sie! Es war Samstagmorgen, sechs Uhr. Lisa war, wie fast alle Achtjährigen, eine Frühaufsteherin.

»Und du bist also der Johann«, sagte Lisa zu dem Mann neben ihrer Mutter, der sich jetzt dehnte und streckte.

»Und du bist also die Lisa«, erwiderte Johann Bibertal.

»Und warum schlaft ihr hier und nicht im Bett?«, wollte Lisa wissen. Doch ehe ihr jemand antworten konnte, sagte sie: »Mama, ich hab Hunger.«

»Ich ... mir tut alles weh«, sagte Anne, während sie gähnte. Dann überlegte sie, was gestern Abend gewesen war. Hatte sie mit Johann geschlafen? Sie blickte an sich herunter. Wohl eher nicht. Schade. Warum war sie nur weggepennt?

»Es tut mir leid, dass ich eingeschlafen bin. Das sind wahrscheinlich die Schmerzmittel«, sagte sie zerknirscht.

»Ich bin doch auch eingeschlafen.« Johann lächelte sie an.

Lisa blickte zwischen den beiden Erwachsenen hin und her. »Ich habe Hunger.«

»Dann geh in die Küche und mach dir was!«

»Nein, nein, das kann ich ja machen«, meinte Johann und stand schnell auf. Während er gemeinsam mit Lisa in der Küche hantierte, überlegte Anne, ob es nun ein gutes oder ein schlechtes Zeichen war, dass sie nicht miteinander geschlafen hatten. Sie kam zu keinem Schluss.

Später – Johann hatte sich mit der Begründung verabschiedet, er habe Samstagvormittag um elf Uhr immer Kanzleisitzung mit den anderen Kollegen, Lisa hörte eine CD in ihrem Zimmer – fuhr Anne den Computer hoch und ging auf die Seite der Bankräuber.

Jorina und Jules hatten ein neues Video eingestellt:

»Hi, die neunundneunzig! Das mit den Autos ist okay«, sagte Jorina. Sie trug ein rotes Top, sah wegen ihrer Augenringe aber ganz schön müde aus.

»Abör wir wollen noch mehr«, ergänzte Jules. Schon wieder schüttelte ihn ein Würgereiz.

»Und zwar 'ne Million.«

»Also Öro. Und die Geld muss in die Autos.«

»Bis dreizehn Uhr. Sonst knallen wir den Seliger ab.«

Für Anne klang die Forderung wie ein Witz. Wie sollte man bis dreizehn Uhr so viel Geld auftreiben? Schnell rief sie ihre Kollegen an. Die hatten längst ohne sie entschieden, dass man die Forderung der Geiselnehmer nicht erfüllen konnte.

Das Ultimatum verstrich.

Ab ein Uhr nachmittags checkte Anne jede halbe Minute, ob eine neue Nachricht von den Geiselnehmern im Internet zu sehen war. Schon dachte sie, dass die Ermittler genau die richtige Entscheidung getroffen hatten, da war um vier Uhr nachmittags plötzlich eine neue Videobotschaft im Netz. Und Anne stockte der Atem, als sie sie sah.

»Ihr seid alle föck«, sagte Jules. Er wirkte alt und erschöpft. »Abör wir nicht geben auf. Wir sind die neunundneunzig.«

»Wir haben euch gewarnt«, sagte Jorina, auch sie war ganz grau im Gesicht. Die Geiselnehmerin trug jetzt ein weißes Top. Anne blieb fast das Herz stehen, als sie sah, dass es mit einer roten Flüssigkeit besudelt war.

»Ihr habt das Ultimatum nicht genutzt. Ihr nehmt uns nicht ernst. Deshalb mussten wir handeln.« Die junge Frau mit den blonden Zöpfen bückte sich, sodass sie kurz aus dem Bild verschwand. Nachdem sie sich wieder aufgerichtet hatte, hielt sie einen stark blutenden Gegenstand in die Kamera. Es war eine menschliche Hand.

Anne würgte es, während sie die Worte der Geiselnehmerin vernahm, die diese mit eiskalter Stimme aussprach: »Also, wir hatten euch ja gewarnt. Wir hatten gesagt, dass der Hannes als Erster dran ist. Und das hier ist die Hand vom Hannes. Ist scheiße, ist aber so. Damit ihr es endlich glaubt: Wir wollen hier raus. Und wir lassen uns nicht von euch verarschen.« Sie ließ die Hand fallen. Anne hörte ein dumpfes Geräusch, als sie auf dem Boden aufschlug.

»Die neue und letzte Ültimatum lautet«, übernahm der Franzose wieder das Wort, obwohl es ihn schon wieder würgte: »... Montag, elf Uhr.«

»Wenn die Kohle bis dahin nicht da ist, fehlt beim Hannes die andere Hand«, sagte Jorina noch, dann war der Film zu Ende.

Für einen Moment war Anne vor Entsetzen wie gelähmt. Sie machte sich große Sorgen um Hannes Seliger. Wenn er noch lebte, musste er schreckliche Schmerzen ertragen. Wie hielt er das aus? Konnte man einem Lebenden überhaupt die Hand abtrennen? Oder hatten Jules und Jorina ihn bereits umgebracht? Eine Hand abzusägen, das war ein bestialischer Akt, der viel Kraft erforderte und keine Zweifel zuließ. Wie besessen mussten Jules und Jorina sein!

Dann rief sie in der Operationszentrale vor der Bank an.

»Das war garantiert dieser Franzacke«, mutmaßte Nonnenmacher, als sie über das blutige Geschehen sprachen. »Die haben seinerzeit auch das Fallbeil erfunden.«

»Das stimmt so nicht ganz«, widersprach ihm Anne. »In Schottland und in Italien wurden schon im dreizehnten Jahrhundert, also viel früher als in Frankreich, Leute mit Fallbeilen geköpft, Herr Nonnenmacher.«

»Ja, ja«, nuschelte dieser. Er hatte keine Ahnung, von was Anne da sprach. Dass sie Bescheid wusste, war aber auch reiner Zufall: Sie hatte im letzten Urlaub einen historischen Roman gelesen, der von Konradin, dem letzten Staufer, handelte, und der war mit der »mannaia«, einem italienischen Beil, zwölfhundertachtundsechzig in Neapel hingerichtet worden.

Um den Dienststellenleiter nicht weiter bloßzustellen, fragte Anne jetzt: »Herr Nonnenmacher, jetzt mal eine ganz andere Frage: Gibt's eigentlich was Neues bezüglich des seltsamen Codes, den die Geiselnehmer in dieser kryptischen Botschaft übermittelt haben?«

»Dieser Buchstabensalat?«, fragte Nonnenmacher zurück. »Also ich glaub ja, dass das gar nix zum bedeuten hat. Dass die uns da bloß aufs Glatteis führen wollten. Oder vielleicht sind die auch nur auf der Computertastatur hängen geblieben und haben's nicht gemerkt.«

Weil Anne diese Meinung ganz und gar nicht teilte, ging sie nach Beendigung des Telefonats wieder auf die Seite von Anonymous Bankräuber und rief die merkwürdige Botschaft auf:

UNS STINKTS. DAHER FORDERN WIR: 2 NEUE UND VOLLGETANKTE AUDI-CABRIOS MIT STECKENDEN ZÜNDSCHLÜSSELN. WENN AUTOS MORGEN NICHT DA, STIRBT HANNES SELIGER ALS ERSTER. DANACH DIE ANDEREN. GYE & AMDDL. EMKAG 2 PXYLQLV ILVLYG. YD 2 GMQLD MBP M8.

Was sollte das nur bedeuten? Nonnenmacher hatte schon recht, wenn er meinte, dass es nach Buchstabensalat aussah. Aber genauso gut konnten diese Buchstaben irgendeine Bedeutung haben. Verbarg sich dahinter eine geheime Nachricht an Verbündete außerhalb der Bank? Man konnte die Buchstaben von vorn oder von hinten lesen, man konnte sie auseinandernehmen und neu zusammenwürfeln, sie ergaben keinen Sinn.

Später am Abend meldete sich Johann telefonisch bei Anne und sagte ihr, dass er »das letzte Mal« sehr schön gefunden habe.

»Ich auch«, hauchte Anne in den Hörer. Wir hätten nur miteinander schlafen sollen, dachte sie sich, sprach es aber nicht aus. Ich darf jetzt nur nicht zu interessiert klingen, sonst kommt der nie wieder. Da sind sie doch alle gleich, die Männer.

Beide schwiegen. Dann fragte er: »Bist du noch da?«

»Ja.«

Erneut sagte keiner etwas. Und Anne rang mit sich, überlegte, ob sie jetzt fragen sollte: Kommst du morgen wieder zu mir? Nein, das wäre taktisch das Dümmste, was sie tun konnte.

»Okay, dann ...«, meinte Johann nun, »ich wollte ja nur fragen, wie's dir geht.« Er zögerte. »Na, dann schlaf gut.«

»Schlaf gut.« Anne schluckte. Dann war er weg.

Anne lag noch lange wach und fragte sich, wie es erwachsenen Singles gelang, neue Partner zu finden – bei all den Schwierigkeiten und Eigenheiten, die sich anhäuften, wenn man mal über dreißig war. Als Teenager verliebte man sich und ging ohne nachzudenken auf den anderen zu. Je älter man wurde, umso mehr verlor man an Spontaneität und ließ sich zusätzlich noch von den absurdesten Bedenken bremsen. Und ganz offensichtlich ging es den Männern, die für Frauen wie sie infrage kamen, da kein bisschen anders.

Am Montagmorgen erhielt Anne einen Anruf von Sepp Kastner. Er rief aus der Operationszentrale an der Bank an. Und er flüsterte aufgeregt: »Anne, es geht los. Das Geld ist in den Cabrios. Stell dir vor, keiner der Elitepolizisten hat sich freiwillig gemeldet, um es hinzubringen. Die mussten ihn per Losverfahren auswählen. Aber irgendwie versteh ich das auch ...« Er machte eine kurze Pause, dann sagte er aufgeregt: »Die kommen jetzt aus der Bank.«

Anne war wie elektrisiert. »Erzähl, beschreib, was passiert!«

»Vorneweg geht dieser Jules.«

»Dann schießt ihn doch ab, verdammt!«, zischte Anne in den Hörer.

»Ja, nein, das geht ja nicht. Der hält vor sich als Schutzschild den Hannes Seliger, den Lehrling.«

»Den Verletzten?«, entfuhr es Anne entsetzt.

»Ja, halt den Hannes. Die Hände haben's ihm hinter dem Rücken gefesselt. Und der Jules hält ihm den Revolver an den Kopf.«

»Dann lebt er also noch, zum Glück. Aber dass der überhaupt noch gehen kann ... » Anne runzelte die Stirn. Dann besann sie sich aber wieder auf das aktuelle Geschehen und fragte: »Und was noch? Was machen sie jetzt?«

»Hinter dem Jules geht der Gräber, der verrückte Alte. Ganz nah an dem Jules klebt der hintendran.«

»Als Rückendeckung«, entfuhr es Anne hektisch.

»Und jetzt kommt die Jorina.«

Dann schwieg Sepp, weshalb Anne ihn nervös aufforderte: »Und was ist jetzt, ist die allein, was passiert? Sepp, ich seh doch nichts, du musst es mir erzählen!«

»Ach so, jaja, ich hab jetzt gerade nix gesagt, weil diese Jorina, die hat wieder bloß einen Bikini an, obwohl's ja doch noch frisch ist. Also, diese Ostfriesinnen! Also eine Jeans hat sie schon an, aber oben herum halt bloß dieses Strickbikiniteil ...«

»Sepp, das ist doch jetzt scheißegal, was die anhat, verdammt. Was macht sie?«

»Sie ist jetzt auch aus der Bank draußen. Und die hat vor sich als Deckung die Frau Rüdel und hinter sich die Heigelmoser.«

»Die Putzfrau«, sagte Anne. »Und was machen sie jetzt?«

»Die gehen zum Auto. Und die Geiseln, die lachen ganz komisch.«

»Wieso komisch? Wie lachen die? Laut?«

»Nein, nicht laut, sie lächeln halt«, korrigierte sich Kastner. »... merkwürdigerweise. Jetzt steigen sie alle in die Audis.«

»Wer steigt wo ein?«

»Also, auf dem Fahrersitz von dem einen nimmt der Opa Platz.« Kastner unterbrach sich selbst: »Ja, hat der denn überhaupts noch einen Führerschein?« Anne schüttelte über diesen nebensächlichen Gedanken den Kopf, sagte aber nichts. Kastner zählte weiter auf: »Auf die Rückbank setzt sich jetzt der Jules. Der hat immer noch die Pistole am Kopf von dem Lehrling.«

»Und was machen die anderen?« Anne ärgerte sich, dass sie nicht mit eigenen Augen beobachten konnte, was vor der Bank geschah. »Sepp, jetzt sag halt, was passiert!«

»In den anderen Wagen steigt jetzt die Frau Heigelmoser. Vorn, ans Steuer. Und hinten sitzen die Jorina und die Rüdel. So.«

»Was, sooo?« Sepp Kastner schwieg jedoch. Anne platzte beinahe vor Neugier. »Was ist jetzt, Sepp? Was geht ab, verdammt? Sag doch!«

»Jetzt fahren's los. So zockelig. Ja mei, der Gräber, der kann ja überhaupts nicht Auto fahren! Und die Heigelmoser! Ja, wie soll denn eine Putzfrau so ein Sportcabriolet«, er sprach das »t« am Ende des Wortes mit aus, »ja, wie soll denn eine Putzfrau so ein Rennauto fahren! Ja, das kann was werden! Gummibäume hätt' man pflanzen sollen ...« Wieder schwieg er, und Anne stellte sich vor, wie ihr Kollege mit offenem Mund den Autos hinterherstaunte. Doch dann fand er die Sprache wieder und sagte: »Wart' Anne, ich muss jetzt aufhören, ich muss raus. Mir müssen denen hinterher.« Ohne eine Antwort abzuwarten, sagte er noch »servus« und legte auf.

Eilig sprang Kastner in das Dienstfahrzeug, in dem bereits Nonnenmacher und Schramm, der Kommandant der GSG9-Mannschaft, saßen. Als erstes Fahrzeug der Einsatzkräfte folgten sie den zwei Cabrios, die mit reichlich Gezockel und abrupten Bremsmanövern, aber doch zielstrebig die am nördlichen Ende des Sees gelegene Gemeinde verließen.

»Na ja, weit werden's nicht kommen, die Banditen«, freute sich Nonnenmacher. Zwar hatte man die Autos vollgetankt, aber der Technikexperte der GSG9-Beamten hatte in jeden Motor eine Zeitschaltuhr eingebaut, der die Autos nach einiger Zeit nacheinander zum Stehen bringen würde. »Wenn das erste Auto erst einmal steht«, meinte Nonnenmacher selbstsicher, dann müssen sie sich entscheiden, wer im zweiten noch mitfahren darf. Und wenn das dann auch noch stehen bleibt ...« Er rieb sich zufrieden den Bart. Das Anonymous-Theater an dem See inmitten von Bergen würde bald ein Ende haben.

Die Fahrzeuge fuhren in nordöstlicher Richtung. »Aha, die fahren Richtung Ostin und Agatharied«, meinte Nonnenmacher. »Wahrscheinlich wollen's nach Miesbach.«

»Und dort werden's dann noch eine Bank überfallen, da kannst du Gift drauf nehmen«, mutmaßte Kastner.

»Ich glaub eher, die fahren nach Jamaika«, meinte Nonnenmacher, »da wollen heutzutage alle jungen Leute hin.

»Na, Kurt, das war einmal, mit Jamaika. Wenn man cool ist, fliegt man heut auf die Malediven.«

»Soso, die Malediven.« Nonnenmacher war das genau genommen »wurscht hoch drei«.

»Könnten Sie jetzt vielleicht beide mal die Fresse halten? Wir sollten uns schleunigst überlegen, was wir tun!« Der am Steuer sitzende GSG9-Kommandant Schramm schwitzte, als säße er in der Schilfabteilung der Seesauna.

»Die kommen sowieso nicht weit«, meinte Nonnenmacher. »Wenn das funzt, was Ihr Techniker da in den Motor eingebaut hat, dann bleiben die bald stehen. Und dann heißt's reniwaplü – genau wie im Spielcasino.«

»Aber vorher überfallen's noch eine Bank, jede Wette.« Kastner ließ die Scheibe des Fensters, an dem er saß, herunterfahren. Man hörte Kuhglocken und ein Kalb, das muhte. Ein Bauer im Traktor kämpfte an einem Hang mit seiner Mähmaschine.

»Klappe!«, schrie Schramm – er meinte nicht das Kalb.

Nonnenmachers Magen rumorte, aber das besserte sich schlagartig, nachdem die Fliege erlegt war, die sich auf Kastners Brusttasche gesonnt hatte. Der Polizist wollte sich gerade bei seinem Vorgesetzten über den neuen Blutfleck beschweren, als sein Telefon klingelte.

»Hallo, Sepp, ich bin's, Anne. Was passiert gerade? Wo sind sie?«

»Mir sind jetzt aus dem Ort draußen und fahren in Richtung Stadt. Ich glaub, die überfallen *noch* eine Bank.«

»So. Ein. Schmarren«, bellte Nonnenmacher. »Die werden so blöd sein und sich noch einmal einsperren lassen, jetzt, wo's den Haufen Geld haben!«

»Ruhe jetzt, ich muss mich konzentrieren«, tönte Schramm vom Fahrersitz. »Kastner, hören Sie jetzt sofort mit Ihren Privatgesprächen auf!«

»Das ist kein Privatgespräch«, antwortete Kastner beleidigt. »Das ist die Frau Loop.«

»Das ist mir egal. Frau Loop ist kzH und von daher privat. Verklickern Sie ihr das! Das ist eine Verfolgungsjagd mit Geiselnnehmern, die zu allen erdenklichen Taten bereit sind.« Er holte kurz Luft. »Und außerdem sitzen eine Putzfrau und ein Verrückter am Steuer. Ich kann nur sagen: Ich war bereits in Afghanistan, Somalia ...«

»Ja, ja, ja, mir sind hier aber in Bayern«, unterbrach Nonnenmacher ihn lautstark.

Doch Schramm ließ sich nicht beirren. »Ich kann Ihnen nur

sagen: Das hier ist kein Kindergeburtstag, das ist ...«, er machte eine effektvolle Pause, »... Krieg.«

Nonnenmacher lächelte spöttisch, und Kastner sagte ins Telefon: »Hast du gehört, Anne? Der Schramm meint, dass du krank zu Hause bist und deswegen nicht erwünscht.« Dann dämpfte er die Stimme und sagte: »Ich ruf dich nachher an! Also dann, pfiati!«

Nonnenmacher verdrehte die Augen. Der Sepp liebte die Frau Loop immer noch. So ein Depp!

Anne, die während des Gesprächs trotz ihrer Verletzung aufrecht an dem kleinen Couchtisch gesessen hatte, ließ sich frustriert nach hinten kippen. So überflüssig wie jetzt hatte sie sich schon lange nicht mehr gefühlt. Lustlos rief sie die Anonymous-Bankräuber-Seite auf. Vielleicht hatten die Psychopathen ja noch etwas gepostet, ehe sie die Bank verlassen hatten? Aber da war nichts. Noch einmal klickte sich Anne durch die Sammlung der Blogs – und blieb zum wiederholten Mal an der Mitteilung mit der kryptischen Botschaft hängen. GYE & AMDDL. EMKAG 2 PXYLQLV ILVLYG. YD 2 GMQLD MBP M8. Welche Bedeutung hatte dieser Buchstabensalat?

Weil sie nicht weiterkam, humpelte sie zur Ablenkung nach oben und begann, das Kinderzimmer ihrer Tochter aufzuräumen. Hatte sie es nicht erst vor Kurzem in Ordnung gebracht? Warum sah es dann jetzt schon wieder aus wie in einem Affenhaus? Überall lagen Kleider und Bücher auf dem Boden. Malsachen, Stifte, CDs, Freundebücher, ein Pferdestall mit Spielfiguren, Funkgeräte, ein Schminkset. Anne packte die Bücher zu Stapeln und legte sie vor das Regal, auf den einzelnen Brettern war längst kein Platz mehr. Dann legte sie Lisas Kleider zusammen, hängte das Dirndl in den Schrank und warf die Schuhe in den Flur, Flipflops, Sandalen, Ballerinas. Jetzt lag nur noch Kleinkram auf dem Boden herum. Anne packte alles in eine Holzkiste.

Beim Aufsammeln der Perlen und Haarspangen, der Pferde- und Feenfiguren gelangte auch eine kleine schwarze Blechdose in ihre Hand. »Die drei ??? Geheimcode« stand darauf. Lisa hatte sie von Emilie zu ihrem letzten Geburtstag geschenkt bekommen. Anne hatte sich den Inhalt noch nie genauer angesehen. Sie öffnete die Blechdose. Eine gefaltete Gebrauchsanweisung erklärte mehrere Codierungs- und Verschlüsselungssysteme, darunter Gaunerzinken und die Knotengeheimsprache, und dann war da noch eine Chiffrierscheibe. Belustigt betrachtete Anne die zwei zusammengehefteten Pappscheiben mit den aufgedruckten Buchstaben. Doch plötzlich schoss ihr das Blut in den Kopf. Hastig schnappte sie sich die Pappscheibe und humpelte, so schnell es ging, ins Wohnzimmer und an den Computer. Sekunden später ploppte das Blog mit Jules' und Jorinas Nachricht auf: GYE & AMDDL. EMKAG 2 PXYLQLV ILVLYG. YD 2 GMQLD MBP M8.

Mit zitternden Händen drehte Anne für jeden einzelnen Buchstaben an der Scheibe und schrieb dann das dechiffrierte Äquivalent auf ein Blatt. Konnte die Lösung so einfach sein? »Die drei ???« – war das möglich? Als sie am Ende den vollständigen Satz vom Zettel ablas, war sie wie elektrisiert. Ihre Wangen glühten.

Sie wählte Kastners Telefonnummer. Es tutete. Dann stoppte das Geräusch abrupt. Er hatte sie weggedrückt. Eilig betätigte Anne die Wahlwiederholungstaste. »Geh hin, du Idiot!«, sagte sie, obwohl niemand außer ihr im Raum war. Doch der Kollege drückte sie wieder weg. »Fuck«, fluchte Anne. Sie wählte erneut. »Du. Gehst. Jetzt. Hin!«

Tatsächlich hob Kastner dieses Mal ab. Ohne Begrüßung zischte er: »Anne, das geht jetzt nicht, du weißt doch, dass der Schramm das nicht mag. Wir sind jetzt auf der Autobahn in Richtung Salzburg. Wir haben schon alles sperren lassen. Die komplette A8. In beide Richtungen. Lass uns jetzt mal machen. Melde mich. Servus!«

Er wollte schon auflegen, da schrie Anne verzweifelt in den Hörer: »Sepp, warte! Ich habe den Code dechiffriert!«

»Ja, ja, ich weiß«, sagte Kastner genervt, doch dann realisierte er, was seine Kollegin gesagt hatte. »Wie bitte?«

»Ja, ich habe rausgefunden, was die vorhaben!«

»Kastner, legen Sie jetzt bitte auf.« Das war Schramm. »Ich muss mich konzentrieren.«

»Ja, aber die Frau Loop weiß ...«

»Halt jetzt die Goschen und leg auf, Zefix! Die bleiben gleich stehen, und dann müssen mir die überwältigen und festnehmen. Mach lieber deine Waffe scharf.« Das war Nonnenmacher. Dann hörte Anne Geräusche wie von einem Gerangel und schließlich nichts mehr. Hatte der Dienststellenleiter Sepp das Handy weggenommen? Drehten denn jetzt alle durch? Verzweifelt wählte sie noch einmal die Nummer. Doch Sepps Handy war nun ausgeschaltet.

Irene Heigelmoser und Dieter Gräber schlichen mit Tempo achtzig die Autobahn entlang. Die Polizisten vom See und der Kommandant der Einzelkämpfer folgten in fünfhundert Metern Abstand, dahinter kamen weitere Fahrzeuge mit GSG9-Männern. Außerdem waren alle verfügbaren Kollegen zu den Autobahnausfahrten beordert worden. Insgesamt neunundzwanzig Straßensperren hatten sie in Windeseile aufgebaut. Alle waren aufgeregt. Aber im Großen und Ganzen herrschte das Gefühl vor, gut auf die Festnahme vorbereitet zu sein.

»Ich verstehe nicht, warum die nicht schneller fahren.« Der GSG9-Mann schwitzte wie ein Ochse auf dem Feld.

»Weil's nicht Auto fahren können«, blaffte Nonnenmacher ihn an. »Mein Gott, was bin ich froh, dass jetzt gleich der erste Wagen stehen bleibt!«

»Und wenn die nur mit einem Auto weiterfahren?« Kastner war bange zumute.

»Das ist doch ganz in unserem Sinne. Dann müssen's nämlich schon einmal ein paar Geiseln freilassen. Weil in so ein Zuhälterauto passen halt nun einmal nicht mehr wie drei Leut' rein. Das heißt, da passen dann der Jules, die Jorina und maximal noch eine Person rein. Ende der Fahnenstange.«

Doch Nonnenmacher hatte sich zu früh in Sicherheit gewiegt. Plötzlich hörten die Polizisten ein ratterndes Geräusch. Es stammte von einem Motor. Aber der Lärm kam nicht von der Straße, sondern von oben. Schramm beugte sich nach vorn und spähte durch die Windschutzscheibe in den Himmel. »Was zum Teufel ist denn das?«

Kastner blickte zur Seite hinaus. Er brauchte nur drei Sekunden, um die Situation zu erfassen. »Ultraleichtflugzeuge. Das sind zwei Ultraleichtflugzeuge«, erklärte er mit einer Selbstverständlichkeit, als beschriebe er den Bettbezug seiner Mutter.

Nonnenmacher schwieg und starrte nach draußen. Schramm, der noch mehr zu schwitzen begann, sagte mit sich überschlagender Stimme: »Ist das die Journaille? Schaulustige? Was wollen diese Verrückten, was wollen die nur?«

»Ich glaub, ich weiß, wo die herkommen.«

»Woher?«, wollte der GSG9-Kommandant wissen, er kreischte jetzt beinahe.

»Aus Antdorf, das liegt südlich vom Starnberger See. Da ist ein Flugplatz. So viele Ultraleichtflugplätze gibt's nämlich gar nicht bei uns.«

»Ja, aber das hilft uns doch jetzt auch nicht weiter. Die Frage ist doch nicht, woher kommen die, sondern: Was wollen sie?« Nach einer Pause schrie der Kommandant: »Wir hätten den Luftraum sperren müssen!«

»Abschießen.« Nonnenmacher hatte seine Sprache wiedergefunden. »Ihr habt's doch so Kanonen bei eurer Truppe, oder? Damit würd' ich die Flieger einfach abschießen.«

»Ja, das wollte der Verteidigungsminister auch einmal. Aber bei so etwas macht unser liebes Bundesverfassungsgericht nicht mit«, gellte es hysterisch aus Schramms Mund. »Übergesetzlicher Notstand, das läuft hier nicht.«

Kastner verstand rein gar nichts. Er hatte immer gedacht, die GSG9er seien besonders nervenstark, aber dem Schramm brannten ja wohl gerade sämtliche Sicherungen durch.

»Verflucht, was hängt denn da unten an diesen Flugzeugen dran? Und was passiert jetzt da vorn?« Schramm hatte den Abstand zu den beiden Cabrios mittlerweile auf hundert Meter verringert. Wie gebannt beobachteten die drei Polizisten, wie sich Jules plötzlich aufrichtete und in stehende Position brachte.

Kastner stutzte. »Was hat der denn da an den Händen?«

»Ja, leck mich!«, rief Nonnenmacher. »Das sind die sauteuren Karabiner, die wo die sich gleich am ersten oder zweiten Tag bestellt haben ... und die Bandschlaufen ...« Nonnenmacher hatte sich jedes einzelne Teil, für das die Geiselnehmer Geld ausgegeben hatten, gemerkt.

Jetzt stand Jules aufrecht auf dem Rücksitz des fahrenden Cabrios. An seinen Händen hingen die Bandschlaufen und an deren Enden die Karabiner. Das erste Flugzeug verminderte seine Flughöhe, bis Jules die trapezartige Vorrichtung, die unten am Fahrgestell des knatternden Ultraleichtfliegers angebracht war, erreichen konnte. Binnen weniger Sekunden klickte er sich in das Trapez ein und wurde nach wenigen Sekunden vom Flugzeug in die Luft gehoben. Langsam gewann der Flieger wieder an Höhe.

»Diese Ultraleichtflieger können keine schweren Lasten tragen, das sind im Prinzip fliegende Mopeds. Deswegen steigt der so langsam auf«, erklärte Kastner den Mitfahrern.

»Das gibt's ja nicht, die hauen ab!« Nonnenmacher stöhnte.

»Das kann doch nicht wahr sein!«, stammelte Schramm. Mehr fiel ihm angesichts dieser überraschenden Entwicklung nicht ein.

Während die Polizisten wie gebannt Jules' Entschwinden beobachteten, hatte sich Jorina auf den Rücksitz ihres Cabrios gestellt. Das zweite Flugzeug flog nun direkt über ihr.

Als ihre Verfolger es sahen, erstarrten sie plötzlich vor Schreck.

»Au weh, ob das gut geht?« Nonnenmachers Gesichtsausdruck verzerrte sich. Zwar hatte er keinerlei Verständnis für die beiden Verbrecher, aber das, was Jorina nun drohte, wünschte er keinem Menschen: In etwa hundert Metern Entfernung kam eine Autobahnbrücke. Und Jorina hatte sich mit den Karabinern bereits am Trapez eingehängt.

»Das schafft die nicht mehr ...«, sagte Kastner leise. Er empfand plötzlich Sympathie für die ostfriesische Bankräuberin mit den blonden Zöpfen. Würde sie jetzt sterben? Gegen die Brücke knallen?

»Und aushängen kann sie sich auch nicht mehr. Da ist schon zu viel Zug auf den Bandschlingen. Das wird für die Spurensicherung kein Zuckerschlecken«, meinte Schramm. Er sagte es ohne jede Häme. Jeder tote Mensch war einer zu viel. Diese Einstellung hatte er sich auch als Einzelkämpfer im Dienst der deutschen Polizei erhalten. Und er hatte viele sterben sehen.

Kastner stellte sich Jorinas zarten Körper vor, wie er in wenigen Sekunden gegen die Brückenbrüstung donnern würde. Er wurde von einem Brechreiz ergriffen. Schnell streckte er den Kopf durch das geöffnete Fenster und übergab sich. Als er wieder nach vorn schaute, konnte er es kaum glauben: Jorina hatte ihre schlanken langen Beine angezogen und schwebte, ja, sie schwebte über das Brückengeländer hinweg, nur Millimeter davon entfernt. Als wäre sie ein Engel, entflog die Bankräuberin ihren Jägern.

Schramm schüttelte den Kopf. Nicht wegen der gelungenen Flucht der Geiselnehmer, sondern wegen der wirren Gefühle, die ihn bewegten: Konnte er es mit seinem Berufsethos vereinbaren, dass er erleichtert war? Ehe er sich darüber klar werden konnte, piepte Kastners Handy. Eine SMS von Anne Loop.

Der Polizist las sie vor:

»Code geknackt: TIM & HANNE. MACHT 2 FLIEGER BEREIT. A8. Sepp, wir brauchen Luftüberwachung. Die wollen mit Flugzeug fliehen! Anne.«

Zu spät. Die Bankräuber Jules und Jorina flogen noch ein Stück weit die A8 entlang, dann überquerten sie die Alpen und tauchten in Italien unter. Allerdings ohne das Geld. Das rissen sich Dieter Gräber und Irene Heigelmoser unter den Nagel. Während sich alles auf Jules und Jorina konzentrierte, blieben sie mitten auf der Autobahn stehen, warfen Ernestine Rüdel und Hannes Seliger aus den Nobelkarossen, stiegen gemeinsam in eines der Cabrios, fuhren noch ein paar Meter weiter, bis das Fahrzeug plötzlich überraschend stehen blieb, kletterten flink aus dem Auto, schnappten sich die Geldkoffer und eilten über eine Wiese in das nahe gelegene Dorf. Dort kaperten sie den VW-Bus einer Urlauberfamilie aus Thüringen und setzten sich damit in die benachbarte Alpenrepublik ab.

Es gab nicht wenige an dem See inmitten von Bergen, die dem dementen, aber körperlich erstaunlich fitten Altenheimbewohner Dieter Gräber und der pferdeverliebten Putzfrau Irene Heigelmoser einen Neustart gegönnt hätten. Doch dazu kam es nicht.

Zum Verhängnis wurde den beiden letztlich, dass Gräber bei ihrer ersten Rast in Österreich vom Tankwart eine Quittung verlangte. Weil der Kassencomputer jedoch streikte, verloren die beiden so viel Zeit, dass sogar die eher gemütlichen Tiroler Polizisten, die beim Eintreffen des Hilferufs der bayerischen Kollegen gerade bei einer zünftigen Jausen gesessen hatten, sie einholen und festnehmen konnten. Didi Gräber war seine Vergangenheit als Finanzbeamter zum Verhängnis geworden. Einem ehemaligen Geheimagenten wäre das garantiert nicht passiert.

Schramm, Nonnenmacher und Kastner nahmen noch auf der Autobahn die zurückgelassenen Geiseln Ernestine Rüdel und Hannes Seliger in Gewahrsam. Als die Polizisten die Arme von Hannes Seliger sahen, waren sie überrascht: Da fehlte nichts. Seliger erklärte, dass für den Videofilm im Internet eine Kunststoffhand verwendet worden sei, die nach dem letzten Faschingsprosecco im Wandschrank der Bank vor sich hin gestaubt hatte. Ob die Hand in dem Film denn wirklich so echt ausgesehen habe?

»Ja«, meinte Nonnenmacher und merkte altklug an: »Im Film schaut vieles echter aus als wie in echt. Das ist so beim Film.«

Nach Jorina und Jules wird bis zum heutigen Tag gefahndet. Mit sachdienlichen Hinweisen wenden Sie sich bitte an die Polizeidirektion an dem See inmitten von Bergen.

Nach dem Maulwurf, der die Videokameras vor der Bank montiert hatte, wird ebenfalls bis heute gesucht.

Ein Gymnasiast des Klostergymnasiums vom See gilt als hoch verdächtig. Der Junge hatte in den Osterferien des Vorjahres einen Abitur-Vorbereitungskurs in Straßburg besucht. Außerdem entdeckten die Ermittler in seinem Zimmer eine Guy-Fawkes-Maske und mehrere Videokameras, die von ihrer Bauart her den am Bahnhof eingesetzten Geräten glichen. Allerdings fanden die Ermittler an den abmontierten Kameras vom Bahnhof keine Fingerabdrücke, die mit denen des angehenden Jurastudenten übereingestimmt hätten. Die jungen Leute – und gerade jene, die an Flüssen und Seen wohnen – sind heutzutage mit allen Wassern gewaschen.

NACHSCHLAG

Die meisten Menschen wissen, dass ein »Reiberdatschi« ein Reibekuchen ist. Was aber verbirgt sich hinter dem Codewort »Räuberdatschi«, das in dieser Bankraubgeschichte eine zentrale Rolle spielt? Ist es gar eine Erfindung des Saunaathleten Schramm von der GSG9? Nein, ist es nicht. Es handelt sich um ein geheimes Rezept. Aber, weil ich Sie, liebe Leserinnen und Leser, sehr schätze, habe ich alle Hebel in Bewegung gesetzt, um es ausfindig zu machen.

Und so lüftet nun exklusiv für Sie der Tegernseer Spitzenkoch Christian Jürgens ein kulinarisches Geheimnis:

RÄUBERDATSCHI MIT SCHWAMMERLSOSSE

Räuberdatschi mit Speck und Kräutern

800 g mehlige Kartoffeln
2 Eigelb
2 EL Schmand
1 Zwiebel
100 g Frühstücksspeck
1 TL fein geschnittene Schnittlauchröllchen
1 TL gehackte Petersilie
1 Zweig frischer Majoran
Salz, frisch gemahlener weißer Pfeffer
1 Prise Muskatnuss
Öl zum Ausbacken

Zubereitung
Die Kartoffeln schälen und auf einer Küchenreibe in sehr feine Raspel reiben. Dann die Raspel in einem feinen Sieb fest ausdrücken und abtropfen lassen. Den Saft auffangen und etwa fünf Minuten stehen lassen, sodass sich die Stärke am Boden absetzt. Den Saft abgießen. Die abgesetzte Stärke nun mit den Kartoffeln, dem Eigelb und dem Schmand verrühren. Dann die Zwiebeln schälen und in feine Würfel schneiden, ebenso den Speck. Die Zwiebeln und den Speck zusammen mit den Kräutern unter die Kartoffelmasse heben und mit Salz, Pfeffer und Muskatnuss abschmecken. Anschließend kleine Küchlein formen und in einer beschichteten Pfanne mit Öl knusprig ausbacken.

Schwammerlsoße

250 g gemischte, küchenfertige Waldpilze (Pfifferlinge, Steinpilze, Wiesenchampignons, Maronen)
1 Schalotte
1 Scheibe durchwachsener Speck
2 EL Butter
100 g Sahne
Saft von 1 Zitrone
1 TL gehackte Petersilie
Salz, frischer gemahlener weißer Pfeffer

Zubereitung
Die Schalotte schälen und in feine Würfel schneiden, den Speck in feine Streifen schneiden. Beides zusammen in einer beschichteten Pfanne mit der Butter glasig anschwitzen. Nun die Waldpilze zugeben und kurz mitangehen lassen, anschließend wieder aus der Pfanne nehmen. Den Fond, der sich in der Pfanne gebildet hat, etwas reduzieren, dann die Sahne zugeben und kurz einkochen lassen, bis sich die Soße leicht bindet. Jetzt wie-

der die Pilze zugeben, mit Salz, Pfeffer und Zitronensaft abschmecken, zum Schluss die gehackte Petersilie hineinstreuen.

Fertigstellen

Die Räuberdatschi-Küchlein auf vorgewärmte Teller legen, mit der Schwammerlsoße nappieren, ein paar Pilze darauf verteilen und mit Kräutern aus dem Garten garnieren.

Christian Jürgens, der zu Deutschlands zehn besten Köchen zählt, ist Küchenchef im Gourmetrestaurant »Überfahrt« in Rottach-Egern am Tegernsee.

Quellen

Zitat am Anfang des Buchs:
Kjell Aleklett, in: Spiegel, Ausgabe 33/2012 vom 13.08.2012

Zitat vor Kapitel 1:
Klaus Schönberger, Bankraub oder Lotto?, in: Ders. (Hrsg.): VaBanque. Bankraub – Theorie. Praxis. Geschichte, S. 39, Verlag Assoziation a

Zitat vor Kapitel 2:
Martin Kaltwasser, Architektur des Bankgebäudes, in: Klaus Schönberger (Hrsg.): VaBanque. Bankraub – Theorie. Praxis. Geschichte, S. 186, Verlag Assoziation a

Zitat vor Kapitel 3:
Inna Schewtschenko, in: Süddeutsche Zeitung, 20.11.2012, S. 9, Bildunterschrift

Zitat vor Kapitel 4:
David Graeber, in: Spiegel, Ausgabe 20/2012 vom 14.05.2012

Zitat vor Kapitel 5:
Wörterbucheintrag »gamsig« in: Neues Wörterbuch des Bairischen

Zitat vor Kapitel 6:
Bayerisches Landeskriminalamt, Pressestelle